죄인이 기도할 때

TSUMIBITO GA INORU TOKI

Original Japanese edition published in Japan in 2018
by Futabasha Publishers Ltd., Tokyo.
Republic of Korean version published by Somy Media,Inc.
Under licence from Futabasha Publishers Ltd.

죄인이 기도할 때

고바야시 유카 장편소설
민경욱 옮김

소미미디어
Somy Media

차례

제1장

조우

11월 6일의 저주…….

이 기괴한 일은 당시 중학생이었던 소년 S의 자살에서 시작되었다.

차가운 비가 내리는 11월 6일, 장을 보고 집에 돌아온 어머니는 저녁 준비를 마치고 2층 자기 방에 있는 S의 이름을 큰 소리로 불렀으나 좀처럼 대답이 들리지 않았다.

걱정된 어머니는 아들 방으로 갔는데, 그곳에는 자기 목을 칼로 그어 피투성이가 된 S가 쓰러져 있었다. 발견하자마자 119에 신고했으나 구급대가 출동했을 때는 이미 출혈 과다로 심폐 정지 상태였다고 한다.

구급대원은 소생을 위해 최대한의 응급처치를 했고, 한때 호흡이 돌아오기도 했으나 병원에 이송된 직후 바로 사망했다.

S가 쓰러진 근처에는 몇 명의 이름과 '이 녀석들을 저주한다'라

고 피로 쓴 노트가 남아 있었다고 한다. 그런데 이름이 적혔을 것으로 추정되는 곳은 목을 그을 때 튄 피로, 쓴 글은 거의 알아볼 수 없었다.

그다음 해 11월 6일, S의 어머니는 아들의 뒤를 따르듯 자살했다. 공원 끝의 고지대에 세워진 전망대에서 몸을 던졌다.

불행의 연쇄는 멈추지 않고 그 뒤로도 기묘한 자살이 이어졌다.

어머니가 자살한 다음 해, S와 같은 반이었던 Y가 폐허가 된 빌딩 옥상에서 투신자살했다. 현장에는 Y의 유서가 남겨져 있었다고 전해진다.

우연이라고 치부할 수 없을 만큼 기묘하게도 이날 역시 11월 6일이었다.

S의 이웃 주민이나 동급생들은 삼 년간 이어진 불행을 불길하게 여겼는데, 그들 가운데는 '11월 6일의 저주'라며 공포에 떠는 사람도 많다. 또 올해는 이 불길한 사건이 일어나질 않기를 바랄 뿐이라며 불안에 시달리고 있다.

Y가 남긴 유서에는 S를 괴롭혔던 내용과 사죄문이 적혀 있었던 듯한데 이것은 진정 '11월 6일의 저주'일까?

(《주간워시》 8월 28일호)

고등학교 근처의 전망대 공원으로 도망친 나는 녀석들에게 바로 추격당해 인적이 드문 잡목림으로 끌려갔다. 나뭇잎이 울창하게 우거진 탓에 햇빛이 차단되어 주변은 갑자기 어두컴컴해졌다.

큰 나무 아래에 쓰러진 나는 날아오는 발길질로부터 머리를 보호하기 위해 필사적으로 머리를 양팔로 감쌌다. 배를 감추려고 무릎을 굽혀 애벌레처럼 몸을 움츠렸다.

왜 이럴까…….

위액이 올라와 이렇게 힘든데도 머리에 떠오른 것은 편의점에서 서서 읽었던《주간워시》의 기사였다.

주간지에는 '기묘한 사건부'라는 코너가 있고, 매회 불가사의한 사건을 실었다. 격렬하게 천둥과 비가 쏟아지는 밤, 하늘에 용이 나타났다는 마을과 아이들이 계속 서 있으면 행방불명되는 불가사의한 공원 이야기 같은 소문을 특집으로 다뤘다.

이번 주에는 '11월 6일의 저주'였다.

진상은 밝혀지지 않았으나 소설이나 만화와 달리 현실에 일어난 사건이라는 점이 흥미진진해 이상하게 마음을 빼앗겼다.

강한 육체적 고통을 느낄수록 문장이 선명하게 되살아났다. 현실도피로 조금이나마 고통이라는 감각을 잊으려 했을지 모른다.

"기분 나빠! 이 자식, 웃고 있잖아!"

"완전히 마조*네!"

나와 같은 고등학교 교복을 입은 미노와 후유토와 아라키다 쓰요시는 그렇게 말하고 경멸의 미소를 지었다.

* 고통에서 쾌감을 얻는 이상 성향을 나타내는 마조히스트의 줄임말.

그들은 고등학교 1학년이고 나와 같은 반이다.

시큼한 위액을 질질 흘리면서 필사적으로 계속 헐떡였다. 온몸의 근육이 긴장해 숨쉬기가 너무 힘들었다.

나무 그늘이었으나 30도가 웃도는 기온 탓에 몸은 땀범벅이 되어 기분이 너무 안 좋았다. 매미 소리가 고통에 박차를 가하는 듯하여 귀를 막고 싶었다.

이런 비참한 상황에서도 나는 왜 여전히 살고 싶을까? 아니, 더는 살고 싶지 않아.

몸의 모든 세포에 물어봐도 모두 그렇게 대답한다. 이제 죽고 싶다고.

하지만…… 아직은 죽는 게 싫다.

어차피 죽을 거라면 11월 6일에 녀석을 죽이고 나서 죽고 싶다.

자살하기 전, 내가 맞는 장면을 누군가에게 찍게 하고, 그 영상을《주간워시》를 내는 출판사에 보낸다. 동영상과 함께 녀석의 이름을 적은 유서도 동봉한다. 그러면《주간워시》에 실린 '11월 6일의 저주'는 세상의 주목을 다시 받을 테고, 더 불가사의해질 것이다.

하지만 나는 S와 전혀 관련이 없다. 그래서는 의미가 없다.

아니지, 관련이야 만들면 그만이다.

자기를 괴롭힌 사람의 이름을 남기고 죽은 S는 자신의 목숨과 맞바꿔 상대에게 복수하려 했다.

그의 뜻을 이어받아 11월 6일은 굴욕을 당한 사람이 상대에게 보복하는 날로 만드는 거야. 성인의 날 따위 필요 없어. 춘분이나 어린이날, 바다의 날, 산의 날도 다 필요 없어. 그 대신 '복수의 날'을 만들면 돼. SNS 같은 데 '복수의 날'을 추진하자는 내용을 써서 뿌리자.

부조리한 상황에 쫓겨 자살할 마음을 먹은 사람이 있다면 '11월 6일 복수의 날'에 증오하는 상대를 매장해버리고 죽자!

이렇게 쓰고 나부터 앞장서는 것이다.

사람을 벌레처럼 취급했던 사람들은 그날이 올 때마다 벌벌 떨겠지. 지금까지 자신들이 경멸하고 궁지에 몰았던 상대가 보복하지는 않을까 두려워하며 전율하는 날이 될 것이다.

실제로 복수극이 많이 일어났으면 좋겠다. 그러면 조금쯤 이 세상에서 학교폭력이 줄어들지 모른다.

하지만 그날까지 기다릴 수 없다. 아니, 녀석이 기다려주지 않을 것이다.

이 녀석들의 폭력은 날이 갈수록 악랄해져 요즘 들어서는 목숨이 위험하다는 생각마저 든다. 소년이 폭행당해 사망했다는 뉴스나 기사를 볼 때마다 내일은 나겠구나 싶다. 험악한 사건이 많다며 한탄할 수 있다는 건 아직 행복한 세계에 있다는 증거다.

폭력을 당하는 사람은 자기 사정에 맞춰 계획을 실행할 수 있을 만큼 여유롭지 않다.

이대로 가다가는 그 소년과 마찬가지로 나도 죽임을 당하게 될까…….

사실은 대갚음해주고 싶은데 그게 불가능하다면 하루라도 빨리 죽는 편이 나을 것 같다. 오래 살면 그만큼 고통만 늘어날 테니까…….

"이제 됐어. 죽여."

내 진심에 후유토와 쓰요시는 순간 어리둥절한 표정을 지어 보였다. 반면 옆에 서 있던 가와사키 류지만은 이를 드러내고 크게 웃었다.

류지는 같은 고등학교의 한 학년 위 선배다. 180센티미터가 넘는 큰 키에 위압적일 정도로 근육질인 남자다. 이목구비가 또렷하고 어깨까지 내려오는 곧게 뻗은 생머리는 금발과 흑발이 섞여 있다. 교복을 입지 않을 때는 늘 면으로 된 운동복을 위아래로 입고 빨간 스니커스를 신는다.

쓰요시의 말로는 류지는 고등학교에 들어온 뒤 컬러 갱 '레드엘'에 들어갔다고 한다. 지금은 해산됐지만 레드엘은 이 일대에서 유명한 불량소년 조직이었다. 불량소년이라는 말은 너무 귀엽게 들린다. 녀석들은 절도와 공갈, 폭행 같은 중대 범죄 행위를 저질렀으니까.

며칠 전에도 나와 동갑인 열여섯 살 소년이 폐창고에 감금되어 집단 린치를 당한 끝에 사망했다. 인터넷 뉴스에서 봤는데 소년은 '제발 이제 죽여줘!'라고 애원했을 정도로 잔혹한 폭행을 받아왔다고 한다. 그 범인들이 전 '레드엘'의 일원이었다. 체포되지 않은 것으로 보아 류지는 범행에 가담하지 않은 듯한데 이 녀석은 밥 먹듯 사람도 죽일 수 있는 괴물이다.

경찰이 해산으로 몰고 갔으나 언제 또 새로운 조직을 만들지는 알 수 없다.

다양한 기술이 발전하여 살기 좋은 거리를 만들어도 이런 괴물이 없어지지 않으리라는 생각을 하면 미래를 절망할 수밖에 없다.

한 번이라도 좋으니까 '원더풀 월드'라는 말을 해보고 싶다.

어른들은 눈에 띄게 행동하지 말라고 아이들에게 충고하는데 상대가 달려들 때는 어떻게 하나.

다음 순간, 류지의 큰 발이 복부를 강하게 밟았다.

기분 나쁜 소리가 났다. 갈비뼈에 금이 간 것 같다.

"너, 내가 정말 죽이지 못할 것 같냐?"

류지는 익숙한 손놀림으로 주머니에서 칼을 꺼냈다.

"선배, 정말 그러면 곤란해져요."

후유토의 불안한 목소리에 기분이 풀렸는지 류지가 젠체하며 내뱉었다.

"나는 경찰도 살인도 두렵지 않아. 전에도 난 사람을 죽여봤으니까."

살인은 자랑거리가 전혀 아닌데.

콧방울을 잔뜩 부풀리며 자랑스럽게 떠드는 류지의 모습이 우스워 보였다.

정말 사람을 죽였다면 소년원에 송치되었을 텐데 그런 소문은 한 번도 듣지 못했다. 틀림없이 허세를 부려 자신을 대단하게 보이려 하는 것이리라. 정말 한심한 새끼다.

"도키타, 네가 10만을 안 가져와서 맞는 거야. 네가 잘못한 거라고."

후유토의 질책하는 목소리가 조금 떨렸다.

칼을 보고 정신이 번쩍 난 모양이다. 하지만 내가 죽을까 봐 걱정하는 게 아니다. 자신이 경찰에 잡혀 인생을 망치는 게 두려울 뿐이다. 인간은 자신의 보신만을 생각한다.

나는 분명히 선언했다.

"너희 같은 녀석들에게 돈을 줄 마음이 전혀 없어."

당장 울음을 터뜨릴 것 같은 후유토의 얼굴이 우스웠다.

쓰요시는 초조한 듯 머리를 마구 긁적이더니 소리를 높였다.

"류지 선배를 무시하지 마! 선배는 한번 한다고 맘먹은 일은 꼭 하는 사람이니까!"

류지는 "눈알을 찌르고 귀를 잘라줄까?"라고 말하면서 콧노래를 부르며 다가왔다. 입가의 미소가 사라지고 눈빛이 매서워졌다.

긴장으로 온몸이 굳었다.

죽을 각오는 되어 있다. 그러나 눈과 귀만 당하는 건 곤란하다. 창고에서 살해당한 소년의 공포가 빼저리게 느껴졌다.

하려면 과감하게 죽여줘.

오른쪽 귀가 세게 당겨지고 칼이 살에 닿는 순간, 붕 하는 소리와 함께 눈앞으로 무언가가 가로질렀다. 반짝반짝 빛나는 칼이 원을 그리며 상공을 날아갔다.

매미 소리가 일제히 멈췄다.

류지는 어리둥절한 상태였고, 후유토와 쓰요시는 경계하는 표정으로 무언가를 보고 있었다.

그들의 시선 끝에 피에로가 서 있다.

키가 작고 마른 체형이라 영 듬직하지는 않았는데 등을 꼿꼿이 펴고 있는 모습은 어떤 것에도 흔들리지 않을 듯한 오라를 뿜어내고 있었다. 인간이 분장한 게 아니라 느닷없이 다른 세계에서 나타난 기묘한 생명체 같았다.

컬러풀한 복장 탓일까? 옅은 보랏빛 구름이 흘러가는 저녁노을 진 하늘에 위화감 없이 녹아들었다.

새빨간 머리는 사자처럼 치솟아 있었고 얼굴에는 피에로 마스크를 쓰고 있었다. 싸구려 마스크가 아니었다. 특별 주문한 것인지 피부에 착 달라붙어 있었다.

눈 주위는 검게 칠했고, 오른쪽 눈에는 흘러내린 듯한 파란색 눈물이 덧그려져 있다. 중앙에는 광택이 감도는 둥글고 빨간 크라운 노즈. 그 아래에는 귀를 향해 불길할 정도로 두껍게 찢은 커다란 입술. 그 입술 안으로 하얗고 가지런한 조그만 이가 보였다.

컬러 콘택트렌즈를 꼈는지 검은 눈동자 부분이 보라색이다.

노란 점프슈트를 입은 피에로의 상반신에는 단추처럼 커다란 오렌지색 동그란 양모 솔이 세 개 달려 있었다. 기장이 짧은 검은 조끼를 입고 앞이 둥근 은색 구두를 신었고, 손에는 하얀 장갑을 끼고 있었다.

피에로를 처음 봤을 때, 옛날에 봤던 영화가 떠올랐다.

어릴 때 봤던 '페니와이즈'라는 피에로가 사람들이 두려워하는 모습으로 변해 아이들을 차례로 죽이는 공포 영화*.

눈앞에 나타난 피에로가 그 영화에 나온 피에로와 비슷했다. 그 영화를 본 뒤로 피에로를 무서워하게 되었는데, 지금은 진짜 페니와이즈이면 좋겠다고 생각했다.

나를 죽여도 좋으니까 류지도 죽여줘.

이 녀석이 두려워하는 건 뭘까…….

두려운 대상으로 변한 페니와이즈에 쫓기고, 페니와이즈의 날카로운 이빨에 피투성이가 되는 세 사람을 상상하자 입가에 미소가 절로 흘렀다.

피에로는 가벼운 발걸음으로 다가와 쓰러져 있는 나와 류지 사이에 섰다. 그리고 류지를 향해 검지를 좌우로 흔들었다. 그 모습에 심기가 뒤틀렸는지 류지가 피에로를 향해 주먹을 날렸다.

* 여기서 말하는 영화는 스티븐 킹 원작의 《그것》이다.

피에로는 뒤로 날아가 내 옆으로 푹 쓰러졌다.

"뭐야, 이 새끼. 아주 약하잖아."

쓰요시가 어이없는 표정으로 말했다. 그러나 그건 그 애의 착각이었다. 맞아서 날아간 듯 보인 피에로는 류지에게 맞기 직전, 주먹을 피해 일부러 맞은 척하며 쓰러진 것이다.

피에르는 줄 인형처럼 가볍게 일어나 나무 주위를 한 바퀴 돈 다음 류지 바로 앞에 섰다. 중력 같은 것이 존재하지 않는 듯한 가벼운 몸놀림에 왠지 즐거워하는 듯한 여유까지 보였다.

류지는 다시 힘껏 주먹을 날리려 했으나 퍽 하는 둔탁한 소리와 함께 앞으로 고꾸라지면서 거대한 몸이 나무 기둥에 쿵 부딪혔다. 새 몇 마리가 일제히 날아올랐다.

류지가 때린 것은 피에로가 아니라 마술처럼 나타난 검은색 풍선이었다. 피에로는 맞은 척하며 나무 뒤에 숨겨 놓은 풍선을 들고 와 등 뒤에 숨긴 채 류지 앞에 섰던 것이다.

기술을 모르는 사람에겐 그저 손을 뒤로 감춘 듯이 보였을 것이다.

주먹이 날아오는 순간, 피에로는 얼굴 위치에 풍선을 대고 재빨리 몸을 숙였다. 류지는 때릴 상대가 사라지는 바람에 균형을 잃고 나무로 돌진했다.

피에로의 손에 있던 풍선이 태평하게 흔들리고 있었다. 중앙에는 'LOVE&PEACE'라는 하얀색 글자가 적혀 있었다.

갑자기 어디선가 아이들 환호성 같은 소리가 들렸다. 깔깔대며 소리 높여 웃는 소리였다. 그 소리의 주인공은 등에 날개라도 달린 듯 가볍게 날아다니는 피에로였다.

남자인지 여자인지, 성별은커녕 아이인지 어른인지도 모를 섬뜩함이 감돌았다. 같은 생각이었는지 운동복에 묻은 흙을 털어내면서 류지도 겁먹은 소리를 냈다.

"이 새끼, 뭐야……."

조금 전까지 '경찰도 살인도 두렵지 않아'라고 말했던 인간이라고 할 수 없을 정도로 얼굴이 잔뜩 굳었다. 간신히 입가에 조소를 머금고 있을 뿐이다. 오른쪽 뺨에서는 경련이 일고 있었다.

피에로는 다시 덤비라고 도발하듯 손바닥을 펼쳐 손짓했다. 양발은 조금도 쉬지 않고 움직였다.

후유토와 쓰요시는 그 기묘한 모습을 멀거니 바라보았다.

이마에 핏줄을 세우고 화가 나서 벌겋게 충혈된 류지의 눈을 본 쓰요시는 서둘러 피에로의 뒤로 돌아가 가방을 휘둘렀다.

재빨리 몸을 반으로 접은 듯이 구부린 피에로는 그 상태로 쓰요시의 다리를 돌려 찼다. 중심을 잃은 쓰요시가 바닥에 쓰러졌다. 또 아이 같은 웃음소리가 터져 나왔다.

분을 참지 못하고 달려드는 류지를 가볍게 피한 피에로는 류지의 뒤로 돌아가 엉덩이를 찼다. 류지가 땅에 무릎을 꿇었다.

피에로가 잽싸게 주머니에서 접이식 칼을 꺼내 류지의 목에 대는 바람에 공격 태세를 취하던 후유토는 그 자리에서 얼어붙어 꼼짝도 못 했다.

셋을 상대해야 하니 방어하는 것만으로도 힘에 부칠 텐데 피에로의 발놀림과 몸짓은 그야말로 기계체조 선수처럼 아름다웠다. 아니, 평범한 사람의 움직임이라고는 생각할 수 없었다. 마치 사전에 합을 맞춘 영화의 격투 장면 같았다.

정신을 차리고 보니 온몸의 통증이 싹 사라졌다. 그리고 눈앞에 펼쳐진 상황에 넋을 잃었다.

피에로는 무릎을 꿇은 채 옴짝달싹 못 하는 류지 앞으로 가 그의 오른쪽 눈에 칼날을 갖다 댔다.

주위에 긴장감이 내달렸다.

곧이어 눈알을 찌르는 장면이 상상되어 흠칫했으나 피에로는 천천히 칼을 거두었다.

어디선가 '경찰에서 알립니다. 공원 안에서 날치기 사건이 빈번하게 일어나고 있습니다. 소지품에서 눈을 떼지 마십시오'라는 방송이 흘러나왔다.

류지는 피에로가 아닌 나를 보면서 "반드시 죽여줄게"라고 낮은 목소리로 내뱉듯 말하고 사라졌다. 후유토와 쓰요시도 서둘러 가방을 주워 뒤를 좇았다.

만약 '레드엘'이 해산되지 않았다면 바로 동료를 데리고 보복하러 왔을 것이다.

피에로는 아무 일도 없었다는 듯 내 앞에 웅크리고 앉더니 주머니에서 풍선을 꺼내 단숨에 불었다.

부풀어 오른 라벤더색 풍선에는 검은색 매직으로 'SMILE'이라고 적혀 있었다. 피에로가 풍선을 솜씨 좋게 묶어 내 눈앞에서 좌우로 살살 흔들었다.

"경찰에 신고 안 했어?"

피에로는 복화술처럼 입술과 얼굴 근육을 전혀 움직이지 않고 소프라노 같은 목소리로 빠르게 말했다. 순간 누가 말하고 있는지 알아차릴 수 없었다.

"경찰에 신고할 수 없어요. 녀석들이 전에 '겁먹고 다른 사람한테 알리지 마라! 내가 경찰에 붙잡혀 소년원에 들어갔다 온다고 달라질 건 없으니까. 나오자마자 너와 가족을 죽이러 갈 테니까'라고 했어요."

"폭력은 아무것도 만들어내지 못해. 그런 말은 거짓말이야. 이 세상은 약육강식이거든. 스스로 강해지지 않으면 괴롭힘을 당하지. 체력만이 아니야, 정신력도 마찬가지지."

여전히 복화술로 말했다.

겉모습은 그야말로 환상적인데 내뱉는 말은 서글플 정도로 현실적이다. 하지만 왠지 그 말에 마음이 편안해졌다. 겉만 번지르르한 말을 이제 더는 듣고 싶지 않았다.

"당신은 강한 사람이군요."

내 말에 피에로는 오른손을 앞으로 내밀었다.

"강하면서도 약하지. 나는 페니."

역시 페니와이즈를 의식했구나.

점점 피에로에게 흥미가 솟구쳤다.

"나는 도키타 쇼헤이."

이름을 말하고 페니의 손을 잡으려던 나는 심장이 떨어지는 줄 알았다.

갑자기 페니의 손에서 커다란 개구리가 나타났기 때문이다. 어디에 숨기고 있었는지 모르겠다. 자세히 보니 진짜를 쏙 빼닮은 고무 장난감이 손바닥 위에 있었지만. 페니가 또 같은 장난을 친다 해도 나는 어떻게 한 건지 영영 알아내지 못할 것 같다. 그만큼 자연스럽게 개구리가 나타났다.

나는 예전부터 개구리가 싫었다.

페니가 배 부분을 손가락으로 누르자 개구리가 크게 입을 벌리고 "개굴개굴" 기분 나쁜 소리를 냈다.

"아직 친하지 않으니까 악수는 해줄 수 없어."

페니는 어린애 투정 같은 말투로 말하고 나서 근처 나무 밑에 놓아둔 무지개색 원 숄더 데이팩을 멨다. 안에 뭘 넣었는지 무지개색 데이팩이 잔뜩 부풀어 있었다.

얻어맞고 있던 탓에 그렇게 커다란 짐을 들고 있는데도 페니가 다가오는 기척을 전혀 느끼지 못했다. 그것은 그 셋도 마찬가지였을 것이다.

페니는 통통 튕기듯 달리다가 돌아보고는 이쪽을 향해 손짓했다. 화려한 발놀림으로 나아가는 뒷모습을 보니 자연스레 몸이 움직이기 시작했다. 나는 페니의 뒤를 쫓았다.

잡목림에서 빠져나와 넓은 잔디밭 광장으로 나왔다. 잔디밭 중앙에는 공원에서 가장 큰 느티나무가 서 있다.

멀리 떨어진 동쪽의 놀이기구에 몇 사람이 있었다. 아마 아이들이 놀고 있을 것이다.

우리가 있는 나무 주위에는 놀이기구도 벤치도 없어서 늘 한산했다. 가로등도 많지 않아 밤에는 인적이 거의 없는 장소였다. 그러고 보니 잡목림에 수상한 사람이 출몰한다는 소문이 자자했다.

느티나무 아래에서 무릎을 안고 앉은 페니를 보자 그가 거기에 있는 것만으로도 안심이 됐다. 자유롭게 날아다니는 피에로가 갑자기 사라졌을까 봐 불안했던 터이다. 재빨리 느티나무로 가 페니 옆에 앉았다.

페니는 데이팩에서 생수를 꺼내 "줄게" 하며 내게 건넸다. 가볍게 고개를 숙이고 물병을 잡으려다 비명을 질렀다.

병 옆에서 개구리가 고개를 내밀었다.

페니는 소리 내어 낄낄 웃은 다음, 이번에는 정말 생수병을 주었다.

목이 말랐던 터라 기뻤다.

뚜껑을 따서 생수를 한 모금 머금고 고개를 좌우로 흔들며 입안에 남아 있던 위액을 씻어내듯 뱉었다. 입속이 찢어졌는지 살짝 피 맛이 났다.

조금 전까지는 몰랐는데 점점 몸의 통증이 거세졌다. 특히 짓밟힌 갈비뼈 부분이 너무 아팠다.

"왜…… 나를 도와줬어요?"

"너, 죽고 싶어?"

페니는 대답하는 대신 내게 질문을 던졌다. 녀석들에게 '이제 됐어, 죽여'라고 한 말을 들은 게 틀림없다.

"가능하다면 녀석을…… 류지를 죽이고 나도 죽고 싶어요."

"안타깝네. 상대만 죽이면 되는데."

"사람을 죽이면 감옥에 가고, 그다음 인생은 어차피 힘들 테니까…… 살아봤자 의미가 없잖아요."

"완전범죄를 하면 되지."

"완전범죄? 그건 무리죠. 일본 경찰은 우수해요."

"내가 죽여줄게."

청부살인? 농담이겠지. 설마 살인이 취미인 살인마일까?

조금 경계하면서 머리를 굴리고 있었더니 페니가 또 깔깔 웃어댔다.

어쩌면 나를 놀리는 데 재미를 붙인 건지도 모르겠다. 나는 내 진심을 전하려고 조금 전까지 생각했던 '복수의 날'을 설명했다.

페니에게는 나이와 성별을 뛰어넘는 뭔가가 있었다. 상식과 동떨어진 위치에 있는 것 같다. 그렇지 않다면 칼을 든 류지에게 춤을 추듯이 다가와 마술을 부리는 것처럼 나를 도왔을 리가 없다.

아무리 반도덕적인 말을 하더라도 반박하지는 않을 것 같아 솔직하게 털어놓았다. 그런데 페니는 내 얘기에 맞장구조차 쳐주지 않았다. 감정 없는 마네킹처럼 아무런 반응을 보이지 않았다.

"한심하다고 해도 어쩔 수 없어요. 그것 말고는 내가 지금 살 이유도, 하고 싶은 일도 없으니까요."

"그 계획, 로맨틱하다."

무슨 뜻인지 알 수가 없어 나도 모르게 페니의 얼굴을 쳐다봤다.

페니는 웃고 있는 것 같았다. 마스크에 미소가 그려져 있기 때문만은 아니다. 가지런하고 작은 이가 살짝 보였기 때문이다.

장난이라고 생각하는 걸까? 혹시 정신적으로 병든 아이를 자극하지 않으려고 애쓰는 건 아닐까? 아니면 정말 찬성하는 걸까?

도무지 판단이 서질 않았다.

"열심히 사는 사람을 잔혹하게 상처주는 놈들을 모두 죽여버리고 싶어요."

그렇게 말한 나를 페니의 보라색 두 눈동자가 탐색하듯 가만히 바라봤다.

"네가 죽고 싶은 이유에 흥미가 있어."

감정 없는 새된 목소리가 울렸다. 페니는 검지를 세우고 "그거면 돼. 알려줘"라고 말했다.

상쾌한 바람이 불어왔다. 나뭇잎 흔들리는 소리가 났다.

해가 저문 탓인지 아까까지 있던 열기가 사그라들고 매미 소리도 잦아들었다.

"이 세상에 태어났을 때, 나는 숨을 안 쉬었대요."

솔직한 이야기를 털어놓는 나 자신에 놀랐다. 그리고 실은 줄곧 누군가에게 들려주고 싶었음을 깨달았다.

페니는 사람이 아니라 대화가 가능한 로봇 같아 말하기가 쉬웠다. 아무리 슬픈 일이나 굴욕적인 과거도 솔직히 말할 수 있을 것 같았다.

나는 태어났을 때 숨을 쉬지 않았다고 한다. 지금은 그 이유를 잘 안다. 이 세상에서 살고 싶지 않았기 때문이다. 의사가 여러 번 엉덩이를 두드려 간신히 호흡을 찾았다는데 괜한 짓을 했다 싶다. 그보다 아버지와 어머니가 만나 아이를 만들지 않았으면 더 좋았을 텐데.

그렇게 생각한 사람은 나만이 아니다. 그 누구보다 자신이 선택한 삶을 후회하는 사람은 부모님일 것이다.

아버지는 종합상사에 근무했다. 내가 어렸을 때는 판로를 확대한다며 해외 출장이 잦았는데 어머니를 잃은 뒤로는 사업 투자부로 자리를 옮겨 일본에 있을 때가 많아졌다. 그러나 바쁘다는 핑계로 집에는 거의 들어오지 않았다.

어머니를 잃었다는 게 꼭 죽음을 의미하는 건 아니다. 물론 내게는 죽은 사람이지만. 아니, 그렇게 생각하지 않으면 정체성을 유지할 수가 없다.

내가 열세 살 때, 어머니는 거실에 이혼서류와 편지를 남기고 집을 나갔다. 아니, 편지라고 할 만한 것도 못 된다. 편지지에 딱 한 문장이 적혀 있었을 뿐이니까.

'다시, 인생을 시작하고 싶어.'

어머니가 남긴 편지에는 '미안하다'라거나 자신의 아들을 걱정하는 내용은 전혀 없었다.

어렴풋하게나마 어머니가 떠난 이유는 알고 있었다. 아버지가 바람을 피웠기 때문이다.

스기야마 에리카를 처음 만난 것은 열 살 생일을 맞을 무렵, 아버지 회사 창립 기념일에 열린 선상 파티에 어머니와 함께 참석했을 때였다. 아버지는 지극히 자연스럽게 직장 동료라며 에리카를 나와 어머니에게 소개했다. 그때 아버지는 어떤 마음으로 자신의 불륜 상대를 소개했을까? 당시에는 친밀한 관계가 아니었을지도 모른다. 그러나 그날 조금 초췌해 보이던 어머니의 얼굴을 나는 지금도 기억한다.

아버지와 띠동갑인 에리카는 젊고 아름다운 여성이었다. 넓은 이마가 영리해 보였고, 자신감 넘치는 태도는 당당한 인상을 주었다. 어학에 뛰어나 여러 나라의 말로 즐겁게 대화했다. 그녀가 가까이 올 때마다 코가 뻥 뚫릴 것 같은 민트 향이 났다.

그리고 아버지의 불륜을 확신한 것은 열두 살 무렵이었다.

그날은 어머니 생일이었다. 나는 하굣길에 케이크 한 판을 샀다. 아버지는 선물을 사올 예정이었는데, 밤 11시가 지나도록 집에 돌아오지 않았다. 걱정이 되어 어머니 몰래 여러 번 전화를 걸고 문자를 보냈으나 아무리 기다려도 답은 오지 않았다.

"우리 둘이 먼저 케이크 먹자."

불안해하는 어머니의 표정을 보고 애써 밝은 목소리로 제안했을 때 집 전화가 울렸다. 아버지면 잔소리 한마디라도 해야겠다고 생각하면서 수화기를 들었는데 상대는 에리카였다.

"히데유키 씨가 너무 취해서, 오늘 집에 못 들어갈지도 모르겠네요."

도키타 씨나 과장님이 아니라 '히데유키 씨'라고 부르는 목소리에 불길함을 느꼈고, 혐오감이 솟구쳤다.

아버지의 셔츠에서 나던 민트 향은 이 여자의 것이었구나.

"아버지, 오늘 일이 늦게 끝난대."

"정말 아버지였니?"

공허한 표정으로 소파에 앉아 있던 어머니는 그때까지 들어본 적 없는 냉랭한 목소리로 말했다.

"응. 아버지였어."

떨리는 목소리를 들키지 않으려고 케이크를 가지러 부엌으로 향하는데 어머니가 내뱉듯 말했다.

"그 사람…… 네 아버지 말이야, 바람났어. 나랑 너는 필요가 없나 봐."

이미 한계였으리라. 아들에게는 들키지 않으려고 필사적으로 숨겼으나 어머니의 마음속에는 무언가가 부서졌을지 모른다.

"가족 같은 건, 성가시겠지."

숨죽여 우는 어머니는 같은 말만 되풀이했다.

"그거, 엄마 착각이야."

그렇게 가볍게 말했던 내 목소리를 지금도 기억한다.

아직 초등학생이었던 나는 부모님의 불화를 알았다고 한들 어떻게 대처해야 할지 몰랐다. 지금 생각하면 어머니에게 더 친근하게 다가가 이야기를 들어줬어야 했다. 아버지에게 '바람피우지 말아요!'라며 성을 내고, 에리카 앞에서는 '내 아버지를 빼앗어가지 마세요!'라며 울며 매달렸어야 했다. 하지만 나는 어떤 것도 실행에 옮기지 못했다. 무슨 짓이든 하면 정말로 가족이 무너질 것만 같아 무서웠다.

그 무렵의 나는 아버지의 모교인 명문 사립 중·고등학교에 합격해 밝은 미래만이 기다릴 거라는 기대에 한껏 부풀어 있었다. 그런데 바로 그 순간, 비극적인 사건이 일어나고 말았다.

교육열이 강했던 어머니는 합격 소식에 울며 기뻐해주었다. '쇼헤이가 내 자랑'이라고도 해주었다. 그래 놓고는 인생을 다시 시작하고 싶었을 때, 어머니에게 나는 필요 없는 아이가 돼버렸다.

중학교를 다니는 동안 견디기 힘든 현실을 받아들이지 못해 줄곧 생각했다.

어머니가 나를 데리고 가지 않은 것은 자기 인생에서 지우고 싶을 만큼 필요 없는 아이이기 때문이다…….

그 사실을 받아들이는 게 너무나 힘들었다.

에리카가 우리 집에 오게 된 것은 어머니가 집을 나가고 반년쯤 지났을 때였다.

그녀에 대한 증오와 분노야 당연히 있었으나 그보다 아버지를 용서할 수 없었다. 하지만 나는 내내 미소 지으며 순종하는 척했다. 아버지에게 버려지면 어떻게 살아야 하나, 하는 생각에 대학 졸업 때까지는 자신의 감정을 죽이고 착한 아이를 연기하기로 했다.

이따금 우리 집을 찾아오는 에리카는 내가 좋아하는 소고기 스튜나 새우 그라탱 등을 만들어주었다. 요리는 못할 줄 알았는데 의외로 다 맛있었다.

세상에 필요 없는 나를 위해 요리하고, 생일에는 유행하는 스니커스를 선물해주고, 공부도 열심히 가르쳐주었다. 필사적으로 호감을 얻으려고 노력하는 에리카를 보고 있자니 계속 미워할 수만은 없었다.

기말고사 영어 시험에서 학년 최고 점수를 받은 나는 답안지를 들고 내 방에서 거실로 서둘러 나갔다. 에리카가 가르쳐준 덕분에 성적이 올랐다. 결과를 보고 좋아할 에리카의 얼굴을 상상하니 가슴이 뛰었다. 예전의 어머니처럼…….

"결혼은 무리야. 당신과는 몰라도 쇼헤이와 가족이 되는 건 무리라고."

망설임 없는 에리카의 목소리에 나는 거실 문 앞에서 그대로 얼어붙었다.

"뭐라고? 쇼헤이도 당신을 잘 따르고, 이제 진짜 가족이 되면 좋잖아?"

아버지의 설득에 그녀는 담담하게 대답했다.

"미안하지만 쇼헤이를 돌보고 싶진 않아. 만약 우리에게 아이가 생긴다면 난 내 아이만 바라보게 될 거야. 당신과 같이 살려고 거짓말하고 싶지는 않아. 이런 내가 싫다면 그만 헤어져."

"잠깐만. 쇼헤이는 앞으로 삼 년만 있으면 도쿄의 대학에 갈 거야. 그럼 그다음에 같이 살자."

"앞으로 삼 년이나 이런 생활을 계속하자고?"

왜 그러지? 내가 뭘 잘못했지…….

나는 늘 최선을 다했다. 어머니가 바라는 학교에 합격했고, 초등학교 때는 그림대회에서 현의 지사상을 받았고, 독후감도 삼 년 연속 입선했다. 늘 전력을 다해 노력했다. 부모님에게 반항하지 않는, 손이 안 가는 아이였다.

에리카가 싫어할 만한 일도 전혀 하지 않았다. 그녀가 만든 요리를 '맛있다'라고 칭찬하며 양호한 관계를 쌓아왔을 터이다.

그런데 왜…….

어머니가 원한 사람은 아버지뿐이었다. 에리카가 원하는 사람도 아버지뿐이다. 모두 나를 짐으로 생각하고 아무도 필요로 하지 않는다.

부모에게 필요 없는 자식은 아무도 필요로 하지 않는다.

답안지를 마구 구겨버리고 거실 문을 열었다.

"아버지, 엄마 있는 곳을 알려줘. 내가 두 사람에게 방해가 된다면 당장 나갈게."

아버지는 낭패한 모습이었고 에리카는 불편한 듯 눈을 내리깔았다.

"내가 싫으면 당신도 이 집에 안 오면 그만이야. 애당초 가정을 깨고 어머니를 쫓아낸 주제에 잘도 드나들더라. 비상식적이었지."

에리카는 "미안해"라며 기어들어가는 목소리로 말하고 백을 들고 집에서 나갔다. 뒤따라간 아버지가 "나중에 전화할게"라고 사과하는 목소리가 현관에서 들려와 짜증이 솟구쳤다.

나는 돌아온 아버지에게 "엄마한테 갈 테니까 연락처를 알려줘"라고 내던지듯 말했다.

이번에는 내가 아버지를 버릴 거야. 에리카와 행복하게 살라고. 아들보다는 여자가 더 중요할 테니까.

"네 어머니에게는…… 남자가 있어."

순간 머릿속이 새하얘졌다. 아버지의 말을 도무지 이해할 수 없었다.

"그림 교실 강사야."

분명 집을 나가기 일 년 전부터 그림 교실을 다니긴 했다. 그 무렵부터 화장기 없이 지내던 어머니가 립스틱을 짙게 바르고 옷차림도 화려해졌다.

"너도 그림을 배울래?"

어머니가 물었던 게 떠올랐다. 학교에서 미술부에 들었던 터라 거절했는데, 그때 같이 그림 교실에 다녔으면 어머니는 나도 데리고 나갔을까? 아마 아닐 거다. 어머니의 새 남자 역시 날 싫어했을 테니까.

"물론 아버지가 먼저 잘못했지만, 어머니도 다른 곳에서 새 인생을 시작했다."

"그럼 아버지는 죄책감 때문에 필요도 없는 나를 맡은 거야?"

"그렇지 않아. 필요 없다는 생각은 안 해."

죄다 거짓말뿐이다. 아버지도, 어머니도, 에리카도 모두 다. 그리고 가장 위선적인 것은 나 자신이다. 왜 이렇게 불필요한 사람이 되었을까. 왜 아무에게도 사랑받지 못할까.

누군가를 원망하고 싶었는데 나 자신이 싫어 견딜 수 없었다.

내가 거기까지 말하자 페니는 천천히 하늘을 올려다봤다.

주위는 이미 밤의 어둠에 휩싸였다. 하늘에는 헤아릴 수 없을 정도로 많은 별이 빛나고 있었다.

"너는 필요 없는 아이가 아니야."

페니는 하늘을 올려다본 채 그렇게 말했다.

"위로해주지 않아도 돼."

"나는 네 목숨을 갖고 싶어."

"목숨?"

"응. 네 목숨을 갖고 싶어."

"내 목숨 같은 거 아무런 가치도 없어."

"그걸 정하는 사람은 나야. 어차피 죽을 거니까 괜찮지?"

페니는 그렇게 말하고 자리에서 일어나 잠자코 나를 내려다봤다.

이런 가치 없는 목숨을 원한다면 망설일 필요도 없다. 되레 고민할 거리도 없다. 사실은 스스로 죽는 건 무서웠고, 녀석들을 죽이는 것도 쉬운 일은 아니었다. 그렇다면 누군가에게 내 운명을 맡기는 편이 편하겠다. 예컨대 온몸이 조각조각 난데도, 장기를 떼어 판다고 해도, 누군가에게 도움이 되는 죽음이라면 더 좋다.

"그래…… 내 목숨을 줄게."

"내일 밤 7시에 여기서 또 보자."

페니는 안녕이라며 손을 흔들고는 춤을 추듯 공원을 떠났다.

어둠 속으로 사라져가는 페니의 뒷모습이 줄곧 머릿속에 남았다.

다음 날, 반신반의하면서 약속 시각 삼십 분 전에 전망대 공원에 가봤다.

페니는 가벼운 마음으로 얘기했을지 모르겠으나 '너는 필요 없는 아이가 아니야'라는 말이 울고 싶을 정도로 기뻤다. 아무것도 모르는 타인에게 기대고 싶을 만큼 나를 도와줄 사람이 하나도 없었다.

잔디 광장에서 느티나무에 기대 탄산음료를 마시고 있는데 왼쪽 어깨에 어떤 기척이 느껴졌다. 초록색 무언가가 눈에 들어왔다.

나는 "으악!" 하고 소리를 지르며 탄산음료를 내뿜었다.

페니는 장난감 개구리를 개굴개굴 울게 하면서 깔깔대고 웃었다. 손목시계를 보니 약속한 시각이었다.

페니는 아무 일도 없었다는 듯 옆에 앉더니 평소처럼 말했다.

"어제 얘기 다음이 궁금해."

"다음?"

"응. 어머니가 집을 나가고, 아버지의 불륜 상대에게도 성가신 존재로 취급당하고, 아버지에게 진실을 들었잖아. 그다음은?"

"내 얘기, 전혀 재미없는데 왜 궁금해?"

"목숨 시험이야."

"시험?"

"필요한 목숨인지 아닌지 확인해야지."

"그러니까 내 목숨 따위 아무런 가치가 없다니까."

"그걸 정하는 사람은 나야. 너에 대해 알고 싶어."

페니가 뭘 원하는지 전혀 알 수 없었다. 그렇다고 앞으로 어떻게 해야 할지도 몰랐다. 판단이 서지 않는 자신의 미래를 털어놓을 수 있는 상대는 페니밖에 없었다.

"부모에게 배신당했다는 걸 깨닫고……."

둘만 있는 조용한 잔디 공원에서 나는 과거의 일을 하나씩 떠올리면서 비참한 현재를 이야기했다.

그날, 집에서 뛰쳐나와 정신을 차려보니 집 근처 붕어빵 가게에 와 있었다. 그곳은 불량식품을 파는 오래된 작은 가게였다.

가게 앞에 벤치가 있는데, 초등학교 때는 종종 어머니와 함께 붕어빵을 사 먹었다. 둘 다 커스터드 맛을 좋아했다.

벌써 해가 저물어 가게 셔터는 닫혀 있었다. 벤치에 앉아 멍하니 행복했던 때를 생각했다.

어릴 때는 조금만 늦어도 엄마가 마중을 나왔다. 마중해주는 사람이 있고 돌아갈 집이 있는 게 당연하다고 늘 생각했다.

그때 "쇼헤이" 하고 내 이름을 부르는 소리가 들려왔다.

숨을 헐떡이며 달려온 사람은 모토미야 하루이치였다. 그리운 목소리를 듣는 순간 울음을 터져나올 뻔했는데 필사적으로 참았다.

사립 중학교로 진학한 뒤에는 공부하느라 바빠 하루이치가 만나자고 하는 것을 번번이 거절했다. 그런데 내가 부르자마자 바로 달려오는 그 애의 변함없는 다정함에 가슴이 터질 것만 같았다.

하루이치는 "갑자기 무슨 일이야?"라며 걱정스러운 표정으로 벤치에 앉았다.

무슨 말부터 해야 할지 모르는 심정을 알아차린 듯 하루이치는 부러 밝은 목소리로 말하며 미소 지었다.

"네 연락을 받으니까 기쁘더라. 이제는 나랑 수준이 다르니까 노는 것도 싫어하는 줄 알았거든."

더는 눈물을 참지 못했다. 눈에서 눈물이 땅으로 떨어졌다. 이런 나를 위해 부르자마자 달려와 준 하루이치가 고마웠다.

내가 "고마워"라고 말하자, 하루이치는 "고맙다는 말은 내가 할 소리지. 마키는 아직도 네가 영웅이란다. 아니, 그건 사랑인가?"라며 웃었다.

초등학교 4학년이 되었을 때, 반이 바뀌면서 하루이치와 같은 반이 되었다.

자세한 내막은 모르겠지만 하루이치와 여동생 마키는 마사요 할머니가 갓난아기 때부터 키워왔다. 마키는 우리보다 한 살 어린 초등학교 3학년이었다.

마사요 할머니는 초등학교 뒤편에 있는 함석지붕 단층집에 살았는데, 학교 아이들에게는 '산 할머니'라고 불렸다.

마사요 할머니는 헬멧을 쓰지 않고 자전거를 타는 아이들이나 신호를 무시하는 사람을 보면 긴 백발을 흩날리며 '너희, 죽고 싶어!'라고 호통을 쳤다. 할머니가 얼마나 무서웠는지, 차가 거의 다니지 않는 건널목에서도 파란 불이 들어올 때까지 몇 분씩 기다리고는 했다.

하루이치는 그런 마사요 할머니 덕분에 반에서 기피 인물이었다. 그래서 나도 대화를 나눈 적이 거의 없었다.

그 당시, 나는 시가 운영하는 축구 교실을 다녔다. 주말에도 축구 연습이 있어서 학교 운동장에 갔다.

연습이 끝나고 같은 팀 선수들과 헤어져 어머니에게 받은 용돈으로 막대 아이스크림과 봉지 과자를 샀다. 하굣길의 군것질은 금지되어 있지만 휴일이니까 괜찮겠지, 하고 아이스크림을 먹으면서 돌아왔다.

그때 어디선가 으르렁대는 불길한 소리가 울렸다.

으르렁대는 소리는 낡은 블록 담장으로 둘러싸인 집 안에서 났다. 그곳은 하루이치의 집이었다.

놀라서 집 마당을 들여다본 순간, 핏기가 가시고 몸이 얼어붙었다. 얼마나 무서웠는지 심장이 쿵쾅댔다.

현관 부근에 맹수처럼 사나운 검은 개 한 마리가 있었다. 개 앞에는 하루이치와 당장이라도 울음을 터뜨릴 것 같은 마키가 서 있었다. 둘 다 창백한 얼굴로 무릎을 덜덜 떨었다.

그 검은 개는 두 집 건너에 사는 성질 나쁜 남자가 키우는 개였다. 남자는 아이들이라면 진저리를 쳤다. 얼마나 싫어하는지, 종종 등하굣길에 아이들의 떠드는 소리가 시끄럽다며 호통을 치고 학교에도 민원을 넣을 정도였다. 쓰레기 배출 건으로 마사요 할머니와 대판 싸우는 모습도 몇 번인가 본 적이 있다. 어쩌면 그날도 뭔가에 화가 나 일부러 개를 풀었을지 모른다.

개는 이를 드러내고 당장이라도 달려들 것만 같았다. 남매 바로 뒤는 담이라 더는 도망칠 곳이 없었다.

나는 순간적으로 아이스크림을 던졌다. 그리고 내가 던진 아이스크림은 개의 배에 명중했다.

개는 흠칫 몸을 떤 뒤 아이스크림 냄새를 킁킁 맡고 핥았다. 나는 그 틈에 과자 봉지도 열어 개를 향해 던졌다.

"달려!"

내가 소리치자 하루이치는 마키의 손을 잡고 달리기 시작했다. 조금이라도 속도를 늦추면 개가 쫓아올 것만 같아 계속 전속력으로 달렸다. 우리는 붕어빵 가게 옆의 긴 돌계단을 올라 신사 경내로 뛰어들었다.

주위가 나무로 가득해서인지 조금 마음이 가라앉았다.

셋이서 벌벌 떨며 계단 아래를 훔쳐봤지만 개가 쫓아오는 기색은 없었다.

그제야 긴장이 풀렸다. 우리는 약수가 나오는 음수대에 달린 용의 입에 번갈아 손을 내밀어 물을 마셨다.

"이제 개 안 와?"

"이곳은 신이 계시니까 괜찮아."

불안해하는 마키에게 하루이치가 대답했다.

"쇼헤이 군, 여동생을 도와줘서 고마워."

하루이치는 나에게 고개를 숙이며 말했다.

그전까지 누구에게도 이토록 솔직한 감사를 받은 적이 없었다. 나는 쑥스러워서 "응"이라고 대답하고 전부터 궁금했던 것을 물었다.

"집에 할머니 말고 다른 어른은 없어?"

마키가 갑자기 오빠의 손을 꼭 잡았고, 쌍꺼풀이 진한 하루이치의 눈이 촉촉해졌다. 그 모습에 쉽게 물어선 안 되는 질문이었음을 깨달았다. 그리고 후회했다.

하루이치는 최대한 태연하게 대답했다.

"부모님은 두 분 다 교통사고로 돌아가셨어."

마사요 할머니가 왜 그렇게 교통 규칙에 엄격했는지 그제야 이해했다. 그와 동시에 너무나 마음이 아팠다. 이 세상에서 갑자기 부모님이 사라지다니, 나로선 도무지 상상할 수 없었다.

마키는 개미 행렬에 정신이 팔렸다. 우리는 다리가 온통 이끼로 덮인 근처의 낡은 벤치에 앉았다.

처음에는 긴장했는데 하루이치와 이모저모 이야기를 나누다가 좋아하는 축구팀과 선수가 같다는 걸 알았다. 또 아무리 얘기해도 화제가 끊어지질 않았다.

돌아올 때는 서로의 이름에 호칭을 빼고 그냥 이름을 부르는 사이가 되어 있었다. 나는 하루이치를 축구 교실에 초대하고 신사 앞에서 헤어졌다.

뒤돌아 막 걷기 시작했는데 하루이치가 큰 소리로 불렀다.

"쇼헤이! 내가 꼭 도와줄게!"

나는 그게 무슨 뜻인지 몰라 황급히 돌아봤다.

"쇼헤이가 위험한 일을 당하면, 그때는 내가 꼭 도와줄게!"

대놓고 낯간지러운 소리를 하는 통에 피식 웃음을 터뜨리고 말았는데, 솔직히 기뻤다. 하루이치와 더 친해졌으면 좋겠다는 생각도 했다.

그 뒤로 우리는 늘 같이 다녔다. 같이 다니면서 심지가 굳은 하루이치가 여간해선 다수의 의견에 휩쓸리는 법이 없다는 걸 알았다. 우유부단한 성격의 나는 하루이치의 강인함에 끌렸다.

무엇이든 고민이 있을 때는 서로 의논하여 함께 이겨냈다. 애들의 미움을 받더라도 하루이치만 있으면 무서울 게 없었다.

개 사건으로 하루이치의 집에 자주 놀러 가게 되면서 마사요 할머니도 점점 좋아졌다.

마사요 할머니는 감자튀김을 해주면서 개로부터 도와준 일을 칭찬했다.

"너는 나중에 훌륭한 남자가 될 거다. 마키도 쇼헤이 같은 남자랑 결혼해라." 할머니는 이렇게 말하고 호탕하게 웃었다. 앞니가 하나 빠졌지만, 애교 있는 얼굴이라 나도 따라 웃게 했다.

마키는 시종일관 부끄러운 듯 고개를 숙이고 있었다.

할머니의 감자튀김은 가게에서 파는 봉지 과자보다 수백 배 맛있었다.

그리운 시절을 떠올리고 있는데 하루이치가 환하게 웃으며 말했다.

"아직 끈질기게 살아 있으니까 할머니 감자튀김 먹으러 와."

그때 나는 하루이치와 같은 고등학교에 가기로 마음먹었다. 아버지와 동문이 되는 게 싫었고, 그건 아버지에 대한 반항이기도 했다. 무엇보다 하루이치와 다시 축구를 하고 싶었다.

중학생이 된 뒤로 그만뒀지만, 개 사건 이후 나는 축구 교실에 들어온 하루이치와 같이 늦게까지 연습했다.

집으로 돌아오자마자 소파에서 잡지를 읽고 있는 아버지에게 공립고등학교로 진학하겠다고 선언했다. 아무도 필요로 하지 않는 사람이라면 나 혼자 장래를 결정해도 문제는 없을 것이다.

아버지는 얼굴을 찌푸리고 신경질적으로 말했다.

"소문이 그리 좋지 않은 학교야. 진학률도 낮고, 네가 갈 만한 학교는 아니지."

"진로는 알아서 결정할 테니까 잔소리하지 마."

"지금 성적이면 자동으로 진학하게 될 텐데 왜 굳이 공립 시험을 치려는 거냐?"

"아버지와 같은 학교에 다니기 싫으니까."

나는 그렇게 내뱉고 거실 문을 거칠게 닫은 다음 방으로 들어왔다. 웃음이 비져나왔다. 후련했다.

아이 양육에도 그다지 관심이 없고, 교육에도 열심인 적 없던 아버지가 새삼 아버지 행세를 하는 꼴이 보기 싫었다.

끝내 나는 내 고집대로 하루이치와 같은 고등학교에 진학했다.

하루이치와 반은 달랐으나 같이 축구부에 들어갔고, 방과 후에는 매일 운동장에서 얼굴을 마주했다.

축구부에는 같은 반의 쓰요시와 후유토도 있어서 두루두루 친해졌다. 집에는 마음 둘 곳이 없었으나 학교에 가면 나름 즐거웠다. 그래서 축구부 친구와 패스트푸드 가게에서 저녁을 먹고 돌아오는 일이 늘었다. 부모를 신뢰할 수 없었던 만큼 친구의 존재가 커졌고 그들이 정신적 지주가 되었다.

하지만 그렇게 생각한 것은 나뿐이었다.

고등학교에 들어가고 두 달이 지났을 무렵이다. 축구부 활동을 끝내고 하루이치, 쓰요시, 후유토와 함께 햄버거를 먹으러 갔다 가게를 나오는데 류지와 마주쳤다.

"딱 좋은 타이밍이야."

척 보기에도 불량해 보이는 애들과 있던 류지는 친한 사이처럼 후유토와 쓰요시의 어깨를 감싸더니 말했다.

"지금 돈이 없어서 곤란하던 참인데 좀 빌려줄래?"

놀랍게도 후유토와 쓰요시는 바로 지갑을 꺼내 있는 돈을 전부 건넸다.

류지는 거의 학교에 오지 않았는데 이따금 학생들을 놀라게 하는 행동을 하려고 등교했다.

축구부 선배들 말로는 마음에 들지 않은 선생님을 패고, 자동차 타이어에 구멍을 낸 적도 있다고 하는데 경찰에는 신고하지 않았다고 한다. 학교에 대한 나쁜 소문이 퍼질 것을 두려워한 교장이 막았다는 것이다.

저출산이 진행되는 사회에서 학교를 운영하는 일이 어렵다는 것은 잘 알지만, 저런 녀석을 그냥 놔두는 건 아무래도 이상하다며 하루이치는 자주 불을 뿜었다.

류지 일행이 사라진 뒤, 하루이치는 노여움을 담은 목소리로 말했다.

"이거, 갈취잖아. 설마 여러 번 당했어?"

"아니, 가끔."

후유토는 거북한 듯 시선을 떨어뜨렸다.

"저렇게 보여도 괜찮은 면도 있어. 나랑 후유토가 가출했을 때, 류지 형 아는 사람이 하는 노래방에 재워주기도 했어." 쓰요시가 말했다.

"저 나이에 사업도 성공시켰고." 후유토가 갈취에 대한 변명으로는 얼토당토않은 말을 했다.

"사업이란 게 뭔데?" 하루이치가 바로 물었다.

"여자아이를 소개하고 한 달에 50만 엔 정도 번대. 50만이라니, 굉장하지 않아?"

"그건 매춘이잖아! 무엇보다 그렇게 버는데 왜 너희에게 돈을 뜯냐? 더는 나쁜 놈들과 어울리지 않는 게 좋아."

어릴 때부터 부모님 대신 여동생을 돌봐왔던 하루이치는 친구들도 형처럼 요모조모 잘 보살폈다.

"갑자기 모범생이 되라니, 가능하겠냐?"

후유토가 얼버무리듯 말했다.

하루이치는 도무지 납득이 가지 않는 듯했으나 나는 애써 찾은 안식처를 잃지 않으려고 하루이치의 등을 두드리며 말했다.

"하루이치는 늘 걱정이 많다니까."

나는 항상 그 모양이었다. 눈앞의 문제를 외면하고 최대한 편안히 지내려 한다. 하지만 그것은 행복한 방향이 아니었다. 결국은 누구를 위한 것도 아니다. 물론 내게도…….

다음 날부터 후유토와 쓰요시는 축구부에 나오지 않았다.

교실에서 마주쳐도 왠지 서먹서먹해졌고, 나중에는 대놓고 나를 피했다. 이유를 물어도 "피한 적 없어"라고만 할 뿐이있다.

얼마 후에는 하루이치도 축구부를 쉬고, 학교에도 나오지 않았다. 걱정되어 수없이 메일이나 전화를 했지만 답이 없었다. 집에도 찾아가 초인종을 눌러봤지만 아무도 나오지 않았다.

불안을 품은 채 마당에서 나오려는데 메일 착신음이 울렸다.

신사로 와.

하루이치가 보낸 메시지다. 그길로 바로 신사로 향했으나 하루이치는 그곳에 없었다.

벌써 해가 저물어서 숲으로 둘러싸인 경내는 어두워 으스스했다. 나는 벤치에 앉아 까마귀 울음소리를 들으면서 음수대에 새겨진 용의 입에서 흘러나오는 물을 멀거니 바라보고 있었다. 문득 셋이 번갈아 물을 마시던 날이 떠올랐다.

한참 있다가 하루이치가 나타났다. 안색이 나빴고, 잠을 못 잤는지 눈이 충혈됐다. 피로에 지친 얼굴이었다.

하루이치가 말없이 옆에 앉았다.

"무슨 일 있었어? 왜 학교에 안 나와?"

그렇게 묻자 하루이치는 주머니에서 스마트폰을 꺼내 어떤 영상을 보여줬다. 교복이 흐트러져 있고, 얼굴이 퉁퉁 부은 중학생 정도의 소녀가 찍혀 있었다.

"노래방에서…… 당했어."

등줄기가 얼어붙고 심장박동이 빨라졌다. 스마트폰을 낚아채듯 가져와 소녀의 얼굴을 응시했다.

"설마…… 마키야?"

"곁에 있어야 해서 당분간 학교에는 못 가."

"누구한테 당했는데! 경찰에는 신고했어?"

냉정을 잃고 속사포처럼 질문했다.

"복면한 상태라 범인을 모르고, 마키도 신고할 마음이 없다니까 시끄럽게 만들지 말아줘."

"왜 경찰에 신고 안 해?"

"이런 일, 다른 사람이 알면 힘들어지니까."

그렇게 말하는 하루이치의 목소리는 차가웠다. "우리 가족 문제니까 남은 끼어들지 마."

아버지와 어머니보다 하루이치를 믿었고, 가족보다 소중한 존재로 생각했다. 하지만 그건 나만의 착각이었다.

"가족이 아니라도 걱정 정도는 할 수 있잖아."

"걱정? 정말?"

"당연하지."

"그럼, 증명해봐."

"증명?"

순간 하루이치의 얼굴이 굳어졌다.

"어쨌든 당분간 학교에는 못 가. 여러모로 힘드니까…… 자주 연락하지 마."

그 말만 남기고 하루이치가 성큼성큼 사라졌다.

조금 마른 친구의 등이 마치 다른 사람처럼 보였다.

아무것도 할 수 없는 놈의 걱정이나 받는 것도 성가시겠지. 내가 걱정한다고 마키의 상처가 낫지도, 하루이치의 마음이 든든해지지도 않을 테고.

그들에게 나는 그렇게 보잘것없는 존재였다.

다음 날, 후유토와 쓰요시가 오랜만에 말을 걸어왔다. "방과 후에 강 둔치로 와."

축구부를 쉬고 강 둔치로 가자 거기에는 후유토와 쓰요시가 아니라 류지가 있었다.

"나를 두고 '더는 나쁜 놈들과 어울리지 않는 게 좋아'라고 했다더라."

류지의 말을 듣는 순간, '저런 녀석을 그냥 놔두는 건 아무래도 이상해'라며 불을 뿜던 하루이치가 떠올랐다.

"무슨 얘기죠?"

말을 다 끝마치기도 전에 류지의 돌려차기가 날아와 나는 모래 위에 쓰러졌다. 발에 차인 오른팔에 묵직한 통증이 찾아왔다.

"너도 들었잖아." 류지가 옆의 둘에게 말했다.

나는 고개를 들고 겁먹은 표정을 짓고 있는 후유토와 쓰요시를 노려봤다.

"누가 그랬나요? 저는 그렇게 말한 적 없는데요."

"미야모토 하루이치지. 네가 내 험담을 하라고 위협했다던데?"

류지가 빈정거리며 말했다.

순간 의문투성이였던 것들이 하나의 선으로 이어졌다. 외부의 소리가 사라지고 하루이치의 '걱정? 정말? 그럼, 증명해봐'라는 소리가 되살아났다.

마키를 덮친 범인은 틀림없이 류지다. 하루이치도 그걸 안다. 하지만 모르는 척하고 있다.

"너, 부촌에 있는 고층 맨션에 산다더라."

씩 웃는 류지의 얼굴을 본 순간, 미행당했음을 깨달았다.

"반성 요금으로 월 5만이야."

돌이켜 보면 후유토와 쓰요시는 아직 1학년인데 축구부 스타팅 멤버로 뽑힌 하루이치를 질투하고 있었다. 그러고는 늘 자기들을 깔보며 거들먹거린다며 불평했다.

나는 하루이치를 향한 후유토와 쓰요시의 혐오감을 어렴풋하게나마 알고 있었으나 그리 깊게 생각하지 않았다. 하루이치와 오래 지내다 보면 반드시 그의 장점을 알게 되리라 생각했다.

틀림없이 둘 중 하나가 류지에게 하루이치가 험담했다고 고자질했을 것이다. 어쩌면 갈취 대상을 자신들이 아니라 하루이치로 바꾸고 싶었는지 모른다.

추궁당한 하루이치는 나를 범인으로 몰았다. 처음에는 저항하며 굽히지 않았을지 모른다. 하지만 여동생에게까지 손을 대니 뜻을 꺾었으리라.

류지에게 누가 말했는지는 중요하지 않았다. 적당한 돈줄을 찾으면 그만이니까. 그리고 우리 집을 조사해 돈이 나올 것 같다고 예상했을 것이다.

“겁 처먹고 도움 요청할 생각은 하지 마라. 경찰에 붙잡혀 소년원에 들어갔다 온다고 달라질 건 없으니까. 나오자마자 너와 가족을 죽이러 갈 거야. 학교를 내세워도 소용없어.”

류지는 스마트폰 동영상을 재생했다.

가슴에 깊은 절망이 퍼져나갔다. 교장과 교복 차림의 여학생이 호텔로 들어가는 모습과 침대에서 껴안고 있는 영상이 흘렀다.

학교에 나쁜 소문이 나는 걸 두려워한 게 아니다. 교장은 자신의 안위을 위해 이 녀석을 방치한 것이다.

걱정? 정말? 그럼, 증명해봐.

하루이치의 그 한마디가 내내 머릿속에서 재생되었다.

그 말이 곧 ‘정말 걱정된다면 나 대신 당해’라는 의미로 들렸다. 이제 이 세상에 나의 안식처는 그 어디에도 없다.

하루이치가 신사에서 말했다. '쇼헤이가 위험한 일을 당하면 다음에는 내가 꼭 도와줄게!' 하지만 그것도 다 거짓말이었다. 그런 한심한 맹세 따위 믿지 말았어야 했다.

다들 자신이 소중한 거다. 나보다 소중하게 지켜야 하는 게 있고, 그를 위해서라면 짓밟아도 되는 존재가 있다.

살아갈 희망을 잃고 자살을 바란다면 마지막으로 누군가에게 도움이 되고 싶다. 녀석을 죽여 정말 하루이치를 걱정했다는 걸 증명하자.

페니는 나의 긴 이야기를 똑바로 앞을 응시한 채 꼼짝도 하지 않고 들었다. 마스크 안에 어떤 표정을 숨기고 있는지 알고 싶었다.

"어쨌든 류지를 죽이고 싶은데 현실적으로 어려워서……."

페니는 천천히 일어나 크게 기지개를 켰다.

어두워진 주위를 얼마 안 되는 가로등이 비추고 있다. 구름 한 점 없는 하늘에는 별이 빛나고 있다.

"괴물을 죽이고 싶어?"

페니는 통통 튀는 목소리로 그렇게 물었다.

이 세계에는 어릴 때 가졌던 정의감으로 넘어뜨릴 수 없는 괴물이 있다. 아무리 나이를 먹어도, 그런 녀석들의 눈에 띄지 않게 사는 게 가장 중요한 일일지 모른다. 한번 실수하면 원래 생활로 돌아가지 못할 뿐 아니라 미래까지 망가지니까.

“마키가…… 자살 시도를 했어. 그놈이 이 세상에서 사라지지 않는 한, 다른 선량한 사람들이 죽을 수밖에 없어. 누군가가 죽어야 해결되는 일이 있다는 걸 알았다고.”

“진심으로 죽이고 싶어?”

페니의 질문에 내 안의 결의가 굳어졌다.

“당할 바에는 죽이고 싶어.”

그놈만이 아니다. 나와 같이 고통받는 사람이 있다면 그들을 괴롭히는 나쁜 놈들을 다 제거하고 싶다. 조금은 사회에 도움이 된 다음에 죽고 싶다고, 진심으로 생각했다.

“살해 계획을 다 세우면 도울게. 우리는 동지야.”

페니는 그렇게 말하고 오른손을 내밀었다.

나는 매달리듯 그 손을 잡고 세게 쥐었다.

페니는 잘 있으라며 손을 흔들더니 데이팩을 메고 춤추는 듯한 평소의 발놀림으로 전망대 공원 밖으로 달려나갔다. 마치 관객에게 보여주기라도 하듯 중간중간 크로스턴을 하면서 달려갔다.

달빛과 별빛을 받는 페니의 걸음걸이는 현실을 잊게 해줄 정도로 세련되고 아름다웠다. 하나하나의 움직임에 매료되어 눈을 뗄 수 없었다. 처음으로 이 세상이 아름다워 보였다.

잔디밭 위를 춤추듯 뛰는 페니는 화단 근처에서 연기처럼 사라졌다. 다시 어디선가 나타날 것 같아 한참 기다렸는데 나의 가냘픈 기대는 이루어지지 않았다.

나는 '목숨 시험'에 합격한 걸까?

소망을 담아 다시 한번 화단 쪽을 봤다.

정말 다시 만날 수 있을까? 당신은 배신하지 않을 거야? 아무도 필요로 하지 않는 나의 동지가 되어줄 거야?

제2장
붕괴

살기등등한 만원 전차를 타고 하는 출퇴근도, 상사의 질책도 고통스럽지 않다.

그날의 참극에 비하면 세상에서 일어나는 나쁜 사건은 대체로 가볍게 여겨질 정도다. 마음이 무너져버리면 기쁨이나 즐거움의 감정이 줄어들 뿐만 아니라 불쾌감도 줄어든다.

아버지…… 미안해요. 정말…… 미안해요.

휴대전화 너머로 아직 풋풋함이 남아 있는 떨리는 목소리가 들려온 다음 우는 소리와 거친 숨소리가 이어지더니 부재중 메시지가 끝나버렸다.

벌써 수백 번이나 들었는데, 아무리 들어도 익숙해지지 않는다. 처음 들었을 때와 마찬가지로 가슴이 쿵쾅거린다. 모든 신경을 귀에 집중한 탓인지 절로 숨을 멈추고 만다.

"이 메시지를 삭제하려면……"이라는 여성의 목소리가 울리자마자 나는 도망치듯 '통화 종료' 버튼을 눌렀다.

오늘부터 9월로 들어섰는데 한여름과 다름없는 강하고 뜨거운 햇살이 쏟아졌다. 이마의 땀을 수건으로 닦고 넥타이를 조금 푼 다음 10층짜리 빌딩까지 이어진 길을 걷기 시작했다.

만약 시간을 돌이킬 수 있다면 회의를 빠지고서라도 아들에게 달려갔을 것이다. 일과 아들의 생명을 저울질할 수는 없다. 내게 가장 소중한 것이 무엇인지는 너무나 명백하다.

그러니 한 번만 더, 그날로 돌아가고 싶다. 꼭 돌려놓고 싶다. 입으로 "신이여……"라고 작게 중얼거리고 주먹을 움켜쥐었다.

신이 뭐란 말인가. 그런 게 어디 있나? 만약 있다면 아들은 죽지 말았어야 했다. 어째서 그토록 착한 아이가 생명을 끊어야만 한단 말인가. 어찌하여 악을 살리고 선을 죽인다는 말인가.

시게아키를 내놔!

회사 빌딩의 넓은 입구에서 문득 걸음을 멈췄다.

오가는 정장 차림의 인간들이 이쪽을 보는 것만 같았다. 조금 전 외침이 속으로만 한 건지, 진짜 소리를 낸 건지 모르겠다. 하지만 다들 나를 보고 있는 건 실제로 소리 내어 말한 탓이리라.

최근 들어 혼잣말이 늘었다. 정신을 차리면 주위의 시선이 쏟아질 때가 많았다. 정신 차려야지 생각하는데 감정이 격해져 제대로 조절하기 힘들 때가 있다.

몇 번이나 병원에 가려고 했지만 정작 병명을 얻게 되면 정말 정신이 망가질 것 같아 주저하고 있다. 실제로 아내가 그랬기 때문이다.

아내 아키에도 정신과에 다니기 시작하고 잠시 안정을 찾는 듯했다. 그러나 반년 후에 스스로 목숨을 끊었다.

의사가 잘못했다는 건 아니다. 물론 아내의 잘못도 아니다.

귓가에 심장 소리가 쿵쿵 들려왔다. 빨라지는 마음의 소리는 '그러면 누구의 잘못?'이라고 묻는 낮은 신음으로 변한다.

내 잘못이었어…….

입구에 있는 사람들의 시선들을 피하듯 마침 문이 열린 엘리베이터로 재빨리 올라타 푸르게 빛나는 층수 표시를 바라봤다. 3층에서 내려 복도 막다른 방까지 걸어간다.

이 빌딩은 '컨트롤라이프'의 본사다.

컨트롤라이프는 무농약 식자재를 무첨가 조미료로 조리하여 요리를 내는 레스토랑을 운영하고 있다. 다른 음식점보다 가격대는 높지만 식품의 안전과 건강을 가장 중요하게 생각하는 방침이 노년층과 건강 마니아들에게 지지를 받아 전국에 체인점을 열고 해외로도 진출했다. 하지만 최근 유사한 가게들이 속속 등장했고, 다른 가게보다 가격이 비싼 만큼 경기에 따라 매상이 쉽게 좌우되어 몇 개 점포는 문을 닫고야 말았다.

이전에는 8층 경리부에 있었는데 지금은 이 구석방이 내 직장이 되었다.

슬라이딩 도어를 열자 먼지가 자욱한 방이 펼쳐졌다.

사무실은 높은 칸막이로 가려져 있어서 입구에서 안쪽 창고는 보이지 않는다. 벽은 두꺼운 콘크리트가 그대로 드러나 있고, 그 벽을 따라 철제 선반이 가득 세워져 있다. 각 선반에는 마치 문구점처럼 복사 용지, 각종 노트, 볼펜, 자, 스테이플러 등이 다량 구비되어 있는데, 각각 어디에 있는지 전부 파악하고 있다. 뭐든 망설이지 않고 바로 꺼내줄 수 있다. 자랑거리랄 것도 아니지만 이것이 사원으로 있는 한 최소한의 역할이라고 자각하고 있다.

회사의 실적이 나빠지자 사장의 절약 명령으로 '비품 관리실'이 창설되었다. 그 이후 전 사원은 부서명과 이름, 사원 번호를 적어 넣지 않으면 연필 하나 마음대로 가져갈 수 없게 되었다.

비품 관리실 실장으로 일 년 반 전에 부임되었다. 이 부서에 사원은 나밖에 없다. 물론 승진은 아니다. 사장의 온정으로, 굳이 말하자면 동료들의 배려로 얻은 자리다.

감사하는 마음이 크다. 동료들의 마음 씀씀이에도 고개를 숙이고 싶다. 그렇지만 어딘가 자신은 필요 없는 사람이라는 인식도 있다. 다른 이의 동정을 이용해 살아가는 한심하고 짐스러운 사원.

방에는 책상과 의자가 있고, 책상 위에는 컴퓨터 한 대가 놓여 있다. 주요 업무는 비품 관리로, 매달 재고 상황 등을 점검하고 부족한 상품을 발주한다. 각 점포에서 의뢰한 비품 발주를 처리하고, 월말이 되면 사내의 각 부서와 전국의 점포에서 사용한 내역을 집계해 총무부에 보고한다.

칸막이로 나눈 사무실 안쪽 창고에는 조금의 틈도 없이 종이 상자가 켜켜이 쌓여 있다.

최근 B5 크기의 노트를 여러 번 발주하고 말았다. 자주 쓰는 용품이라면 문제가 없는데 그다지 필요도 없는 것이라 마음이 무겁다. 경리부 시절, 그러니까 아내와 아들을 잃기 전에는 재무제표 작성이나 청구서 처리로 실수한 적이 전혀 없었다. 그런데 요즘에는 아주 간단한 사무조차 버겁다.

B5 노트가 든 종이상자를 멀거니 바라보고 있는데 노크 소리가 들리고 누군가 들어왔다.

"이 방은 언제 와도 추워. 유령이라도 나올 것 같지 않아? 혼자 오는 게 불안해서 늘 다른 사람과 같이 오고 싶어진다니까."

점포 개발부의 마루야마 구니아키였다.

이제 곧 삼십 줄에 들어서는 사원인데 종종 이 방에 농땡이를 치러 오는 단골이다. 함께 온 사람은 아마도 마음에 둔 여직원일 것이다. 얼마 전 자기 이상형인 여직원의 교육 담당이 되었다고 아이처럼 좋아했다.

"가자미 실장님."

마루야마가 칸막이에서 얼굴을 내밀고 이쪽을 들여다봤다.

나는 잽싸게 몸을 숙여 종이상자 더미에 숨었다.

"뭐야, 타이밍이 안 좋았네. 안 계시잖아."

그렇게 탄식하는 마루야마의 목소리가 왠지 즐겁게 들렸다.

둘만의 공간을 만들어주고 싶었던 것은 아니다. 아까부터 심장이 두근거리고 현기증이 심했다. 계속된 불면증이 원인인지 이런 식으로 몸에 이상이 찾아오곤 했다.

오늘 아침, 주간지에서 이상한 특집 기사를 봤기 때문일지도 모른다. 누군가 전차 선반 위에 두고 간 《주간워시》라는 주간지였다.

주간지에는 '11월 6일의 저주'라는 특집 기사에 S라는 소년과 관련된 인물들이 삼 년 연속 11월 6일에 자살했다는 내용이 실려 있었다.

"여기 보스가 가자미 실장님인데 좀 괴짜야. 아직 마흔다섯밖에 안 됐는데 머리가 새하얗지. 낯을 무척 가리니까 차갑게 대하더라도 너무 신경 쓰지 마. 친해지면 나름 좋은 사람이야."

신입사원이 메모를 하는 듯했다. 그러자 마루야마가 웃으며 말했다. "이건 메모 안 해도 돼."

"멋진 가족이네요."

직접 들은 것도 아닌데 단숨에 긴장감이 커졌다.

가족 얘기를 듣는 것은 아무리 시간이 지나도 익숙해지지 않는다. 그렇다면 책상 위의 가족사진을 치우면 그만인데 아내와 아들을 못 보면 일을 놔버리고 한없이 타락할 것 같았다.

"아아, 그 말은 절대 금지야. 가자미 실장님 아드님이 몇 년 전에 자살했거든. 그러니까 가족 얘기는 웬만해선 안 하는 게 좋아. 당시 중학생이었다지 아마."

"중학생이…… 자살했어요?"

"가자미 실장님과 대화할 때는 조심해. 나쁜 사람은 아니지만 짊어진 짐이 많은 사람이니까."

가볍게 말을 걸어주는 마루야마까지 그렇게 신경 쓰는 줄은 몰랐다. 이 방을 빈번히 드나드는 게 만만하고 편한 곳이기 때문이라고 착각하고 있었다. 많은 직원들이 나를 평범하게 대해주고 있지만 그 이면에는 그와 같은 기분을 숨기고 있으리라. 그런 생각이 들자 더더욱 사람을 접하는 일이 힘들어졌다.

"왜 자살했는데요?"

"학교에서 괴롭힘을 당한 것 같아."

그런 얘기는 아무에게도 하지 않았는데 어디선가 소문을 들은 모양이다. 마루야마 말고 다른 사람도 알고 있겠지. 인터넷이 보급된 시대에 사니 어쩔 수 없는 노릇이나 기분이 좋지는 않았다.

"아드님, 안됐네요."

"진짜 안된 사람은 실장님이지. 그게 일 년 뒤에는……."

마루야마는 칸막이에서 고개를 내민 나와 눈이 마주치자 펄쩍 뛰며 놀랐다.

옆에 있던 여직원도 겁먹은 표정을 지었다. 요즘 젊은 사람들처럼 염색도 하지 않았고, 까만 머리가 어깨까지 내려왔다. 화장기가 거의 없어선지 아직 십 대처럼 보인다.

"나는 유령이 아니야. 그리 놀라지 말라고."

"아니, 사람이 더 나쁘죠. 있으면 아까 인사했을 때 얼른 나오셨어야죠."

"뭐가 필요한데?"

그렇게 묻자 여직원은 어딘가 거북한 표정으로 인사했다.

"저기, 얼마 전 연수를 끝내고 본사 점포 개발부로 배정된 고시가야 마유미라고 합니다. 형광펜과 회사 이름이 들어간 서류 봉투 열 장 부탁드립니다."

"봉투 색깔은?"

동요하는 마유미를 도우려는 듯 마루야마가 나섰다.

"우리는 하얀색과 초록색 봉투를 써. 특별한 이유가 있는 건 아니니까 원하는 걸 쓰면 돼."

"그럼…… 재고가 많은 것으로 주세요."

나는 선반에 놓인 작은 종이상자에서 다섯 가지 색이 들어 있는 형광펜 세트를 꺼낸 다음, 하얀색 서류 봉투를 세면서 말했다.

"책상 위에 있는 노트에 기록하게."

마루야마는 마유미의 옆에서 어디에 뭘 기록해야 하는지 정성껏 알려줬다.

"안색이 안 좋은데 괜찮나?"

나는 서류 봉투와 형광펜을 건네면서 물었다. 마유미의 눈이 빨갛게 충혈되어 있었는데 뺨에는 핏기가 전혀 없어 금방이라도 쓰러질 것 같았기 때문이다.

"어제 신입사원 환영회가 있었는데 늦게까지 술을 많이 마셔서…… 속이 좀 안 좋아요."

마유미의 대답에 마루야마가 부루퉁하게 말했다.

"어? 나는 안 부르고?"

"해외 사업부 환영회라……."

"다른 부서 회식에는 참석하지 않아도 돼. 과장이 '술도 못 마시는 녀석은 일도 못 해'라며 억지로 마시게 했을 게 빤하거든. 그 인간, 도대체 어느 시대에서 왔는지……. 피곤하면 이 방에서 쉬었다 가도 돼."

마루야마의 어이없는 조언에 마유미는 쓴웃음을 지으며 대답했다. "아뇨. 이제 괜찮아요."

"회사란 목숨을 걸 만한 곳이 아니야. 무리는 금물이지."

문을 열고 방을 나가려는 둘에게 저도 모르게 속내를 털어놓았다.

걸음을 멈추고 돌아본 마루야마와 마유미는 어색한 듯도 하고 어딘가 쓸쓸한 것 같은 표정을 짓고는 가볍게 고개를 숙인 뒤 방에서 나갔다.

사실은 아들에게 하고 싶었던 말이다. 학교 따위 목숨을 걸 만한 곳이 아니야. 싫으면 때려치우면 그만이야. 그런 마음을 저 둘은 알아차렸을까.

'이 닦았니' '공부했냐' '빨리 목욕해라' '게임 좀 그만해라' 같은 말을 할 게 아니라 틈이 날 때마다 '학교 따위 목숨을 걸 만한 곳이 아니야'라고 말해줬어야 했다.

그랬다면 시게아키는 문구용 커터로 자기 목을 긋지 않았을지도 모른다.

그날 아키에가 119에 신고하자 경찰에도 연락이 갔는지 근처 파출소에서 경찰관이 출동했다. 경찰관은 피투성이가 된 시게아키를 보고 손수건으로 지혈한 게 전부였다고 한다. 그 뒤에 도착한 구급대가 벨을 누르고 문을 열었을 때, 아키에는 그들을 2층 방으로 데려오려고 현관으로 달려갔다.

구급대가 열심히 응급처치하여 시게아키는 호흡을 되찾았다. 아키에는 숨이 넘어가는 아들과 함께 구급차를 탔고 병원에 도착하자마자 의사는 사망 선고를 내렸다.

병원에서 집으로 돌아온 뒤, 감식반이 현장검증을 했고 나와 아키에도 사정 청취를 받았다.

"도난당한 물건은 없습니까?"

"발견했을 때 시신의 방향은 어땠습니까?"

"사용된 칼은 누구 것이죠?"

이런 질문들이 쏟아졌다.

아키에는 우느라 그 어떤 질문에도 대답하지 못했다. 그 마음이 손에 닿을 듯 알 수 있었다. 병원에서 상처를 치료한 아들의 시신과 대면한 나와는 달리 아키에는 피투성이가 된 시게아키를 발견했으니 처참한 광경이 머리에 박혀버린 것이다.

살인 현장과 같은 처절한 상황이었음을 쉽게 예상할 수 있었다. 시게아키 방에 깔았던 오프화이트 색의 카펫은 피로 물들어 본래의 색을 알아볼 수 없었다. 책상과 벽도 온통 붉게 물들어 있었다.

경찰이 돌아간 뒤, 시게아키의 방에 들어가자 철이 녹슨 듯한 피비린내가 코를 찔렀다. 공포감과 슬픔이 단숨에 솟구쳤다.

양말이 아직 마르지 않은 피를 빨아들이는 듯했다. 귓속에서 내 심장 소리가 들렸고 호흡이 거칠어졌다. 더는 견디지 못하고 방을 나오고 말았다.

발견 당시, 시게아키는 엄청난 양의 피를 흘리면서 교복 차림으로 쓰러져 있었다고 한다. 아키에는 아들을 잃었다는 슬픔과 그 비참한 광경을 목도한 탓에 정신적으로 이상이 생긴 것 같았다.

부검 결과, 시게아키는 자살로 인정되었다. 또 왼쪽 어깨에 한 군데, 다리에 다섯 군데, 총 여섯 군데에서 오백 엔짜리 동전 크기의 타박상이 발견되었다. 타박상은 부딪혀서 생기는 것이므로 사나흘 전에 생긴 것이라고 했다. 손가락에는 바늘로 찔린 듯한 상처도 있었다.

자살로 밝혀진 뒤 쓰러진 시게아키 옆에 있던 노트도 되돌려 받았다. 거기에는 피로 '이 녀석들을 저주한다'라고 적혀 있었다.

담당 형사는 복잡한 심경을 대변하는 듯한 목소리로 말했다.

"이 글을 쓰기 위해 직접 손가락에 상처를 냈을 가능성이 큽니다. 노트에는 이름 같은 게 적혔던 듯한데, 사망 당시 피가 튀어서 판독할 수가 없었습니다. 그리고 학교에 자살 원인으로 추정할 만한 일이 없었는지 물었으나 괴롭힘은 없었다는 보고를 받았습니다."

노트를 보면서 간신히 알아볼 수 있는 건 '中'과 '二'*, 단 두 글자뿐이었다.

이 모든 참극은 이 년하고 10개월 전인 11월 6일부터 시작되었다.

아키에를 처음 만난 것은 이십 대 무렵, 아르바이트하던 피자 가게에서였다.

아키에는 조리 등을 담당하는 주방 보조였고, 나는 배달원으로 채용되었다. 채용된 시기가 비슷해서 모르는 것을 서로 묻다가 자연스럽게 가까워졌다.

그해 가장 큰 태풍이 다가오던 날, 갑자기 배달원 둘이 결근했다. 오후 근무였던 나는 오토바이를 타고 내내 빗속을 달렸다. 지붕이 달린 배달용 오토바이였으나 비가 몰아쳐 지붕의 의미가 전혀 없었다.

그런 날일수록 주문 전화가 끊이질 않는다. 닥친 일을 처리하느라 정신없었다. 가게로 돌아올 때마다 주문이 더 늘어나 있는 게 악몽 같아서 한숨만 나왔다.

점장이 배달 중지 결단을 내려주길 은근히 기대했으나 사람

* 일본어로 한자 '中'은 '나카'로 발음하고, '二'는 '니' 혹은 '지'라고 발음한다.

보다 돈이 먼저인 인간에게 그런 관용을 기대할 수는 없었다. '평소와 시급이 다른 것도 아닌데……' 하는 생각이 들자 점점 일할 의욕이 사라졌다.

그때 가게 뒷문에서 비에 젖은 아키에가 들어왔다.

점포 담당이었던 남자 아르바이트생 하나를 배달로 돌렸는데도 인력이 부족했던 모양이다. 그런 우리가 안타까웠는지, 아키에는 태풍으로 가게를 찾는 손님이 줄어들자 근처 맨션 배달에 직접 나선 것이다.

가게 안으로 들어온 아키에는 강풍에 아르바이트생이 사고를 당하면 가게 평판이 나빠질 거라고 아주 자연스럽게 점장에게 조언했다. '가게 평판'이라는 말에 경계가 되었는지 점장은 바로 배달 중지 지시를 내렸다.

다른 아르바이트생에게 들어보니 그날 아키에는 세 번 정도 배달에 나서줬다고 한다. 부잣집 아가씨들만 다니는 여대에 다녀서 거만하지 않을까 생각했는데 착각이었다.

귀찮은 일을 꺼리지 않는 아키에에게 나는 점점 매료되었다. 자세히 관찰해보니 그녀의 다정함은 나에게만 한정된 게 아니었다. 아키에는 모두에게 평등했다.

좋아하는 책을 서로 빌려주고 영화를 보러 가며 조금씩 거리를 좁혀간 우리는 곧 연인이 되었다.

대학을 졸업한 아키에는 대형 은행에 취직했고, 나는 작은 극단에 들어가 활동하며 아르바이트로 생계를 이어갔다. 그 무렵에는 장래에 대해 깊이 생각하지 않았다. 막연하게 사람들을 즐겁게 웃게 하는 일을 하고 싶다고만 생각했다.

그런 철부지 같은 생활을 계속하고 있었는데 아키에가 임신을 했다.

처음에는 제 몫도 하지 못하는 내가 아이를 키운다는 중압감을 피하고 싶어 결혼을 망설였다. 그러나 "걱정하지 마. 혼자 잘 키울게"라는 아키에의 말에 결심했다. 그녀는 나와 달리 이미 어머니로서의 강인함을 갖추고 있었다.

아키에와 함께라면 앞으로 무슨 일이 있더라도 괜찮으리라.

무직이라는 것과 혼전 임신이라는 이유로 아키에의 가족은 크게 반대했지만 "결혼을 허락해주세요"라고 수없이 고개를 숙였다. 마지막까지 집안의 인정은 받지 못했으나 결혼 생활은 매일 행복했다.

어릴 때 병으로 어머니를 여의고, 열일곱 살 때 엄격했던 아버지마저 사고로 잃었던 나는 오랜만에 생긴 가족의 온기가 너무나 좋았다. 지금까지 안고 있던 고독이 연기처럼 사라지고 누군가와 함께 산다는 기쁨과 든든함을 알았다.

시게아키가 태어났을 때는 처음으로 삶의 의미를 찾았고, 진심으로 이 아이를 행복하게 해주고 싶었다. 언제 죽어도 상관없다며 자포자기했던 날들도 있었으나 조금이라도 오래 살아 아들의 성장을 지켜볼 수 있기를 간절히 기도하게 되었다.

이후 나는 마음을 고쳐먹고 구직 활동에 열을 올렸다. 그러나 사회 경험이 적은 날 채용해주는 회사는 없었다. 좌절한 나에게 아키에는 "당신답게 천천히 노력하면 돼요"라며 미소로 격려해 주었다.

열여섯 번의 도전 끝에 드디어 지금의 회사에 입사했다.

입사한 뒤 들은 얘기로는 경리부장 가와코에 유이치가 내가 고등학교 때 따놓은 부기와 회계 실무 검정 등의 자격증과 면접에서의 인상을 높이 평가해줬다고 한다. 아키에마저 잃은 뒤에 일어난 내 실수를 감싸주고 새 부서로 이동시키라고 사장에게 직언해준 사람도 틀림없이 가와코에 부장일 것이다. 언제인가 술자리에서 "내가 뽑은 직원들은 자식처럼 귀여워"라고 해서 눈시울이 뜨거워졌던 기억이 떠올랐다.

상사와 아내, 이제까지 속 깊은 사람들을 만나 행복한 인생을 살았다고 생각한다.

하지만 나는…… 아키에와 결혼하면 안 되는 남자였을지 모른다. 나와 결혼하지 않았다면 아키에는 훨씬 더 행복했을지도 모른다.

부모에게 절연당하고, 가까운 친척마저 사라진 아키에를 행복하게 해주겠다고 약속해놓고는 가장 사랑하는 아들까지 잃게 했으니…….

학교는 탐문하러 간 형사에게 학교폭력 같은 문제는 없었다고 대답했다는데 우리는 도무지 납득할 수 없었다.

시게아키는 학원에도 다니지 않아 교우 관계가 매우 좁았으니 무슨 일이 있었다면 학교일 수밖에 없다. 더군다나 운동부가 아닌 취주악 동아리에서 활동한 아이의 몸에 타박상이 여섯 군데나 있다니, 아무래도 부자연스럽다.

자살의 진상을 알고 싶었던 우리는 장례를 마친 뒤, 시게아키가 남긴 노트를 들고 학교를 찾았다. 시게아키에게 뭔가 이상한 점은 없었는지, 괴롭힘을 당하진 않았는지 물었다. 하지만 담임은 "학교폭력이 일어난 일은 없다" "타박상은 체육 시간에 생긴 게 아닐까"라는 답을 되풀이했다.

확실히 그 노트만으로는 누구를 원망하며 목숨을 끊었는지 알 수 없었다.

담임은 입을 다문 우리에게 가시 돋친 말투로 물었다. "부모님은 혹시 모르셨나요? 시게아키 군이 고민하는 모습을 보신 적 없으세요?" 그 말에는 '학교만 원망하지 말라'는 원망이 담긴 듯했다.

가슴이 찢어질 듯 아팠으나 담임의 질문에 아무 말도 하지 못했다. 무거운 공기가 실내를 감쌌다.

마지막에 걸려온 전화 말고는 특별히 이상한 점은 없었다. 아니다, 자기 목숨을 끊을 정도니 아무 일이 없었을 리 없다. 우리는 시게아키의 고통을 알아차리지 못했다.

담임에게는 끝내 쓸모 있는 정보를 얻지 못했다. 기대했던 만큼 실망도 커서 눈앞이 캄캄했다. 자책감과 분한 마음을 품은 채 무거운 발걸음을 옮겨 학교에서 나왔다.

학생 몇 명이 깔깔대며 걸어갔다. 시게아키 또래 소년들을 보자 가슴이 아팠다. '저 아이가 내 아들이면 좋을 텐데' 하는 생각만 들었다.

"119에 신고하고 바로 노트가 있는 걸 알았다면 더 알아볼 수 있는 글자가 있었을 텐데"

아내는 한없이 한탄했다. 냉정함을 잃은 상태였으니 불가능한 일이었을 텐데도 누군가를 잃은 뒤에는 후회만 생길 뿐이다.

시게아키의 변화를 알아차리지 못한 자신을 책망하던 아키에는 경찰을 찾아 호소했다. 그대로는 아무래도 현실을 납득할 수가 없었던 탓이다. "아들은 학교에서 무슨 일이 있어 자살했을 가능성이 큽니다. 제대로 다시 수사해주세요!" 하지만 경찰은 폭력 행위를 증명할 수 없다면 피해 신고서를 받아들일 수 없다면서 "우선은 학교와 논의하여 선생님들과 얘기해보세요" 라고 아키에의 부탁을 거절했다.

이미 학교와는 수도 없이 얘기했다. 그런데도 밝혀진 게 하나도 없어 경찰을 믿었는데……. 이제 무슨 일을 어떻게 해야 할지 몰라 당황스러웠다.

다음 날, 아키에는 변호사를 만났다. 그러나 "고소할 상대가 명확하지 않습니다. 게다가 피해자가 사망했으니 설령 학교폭력이 있었더라도 입증이 어렵습니다. 운이 좋아 재판까지 간다 한들 승소할 가망성은 희박합니다" 하는 냉정한 현실을 듣고 낙담한 채 돌아왔다.

아키에가 극단적으로 이상해지기 시작한 것은 시게아키가 죽고 한 달이 지난 일요일 오후였다. 늘 소파에 앉아 한 곳만 바라보던 아키에가 엄지손가락 크기의 손가락 인형을 만들었다. 그것은 모자를 쓴 남자아이 같았다. 인형의 옷에는 'S'라는 이니셜도 새겨져 있었다.

아키에는 바느질을 잘했는데 최근에는 거의 하지 않았던 터라 열중해 뭔가를 만드는 모습이 기뻤다. 오랜만에 즐거워 보이는 얼굴을 보니 나도 살 것 같았다. 그러나 그것은 순간의 평안에 지나지 않았다.

"이 손가락 인형을 시게아키에게 주면 좋았을 텐데."

시게아키가 죽은 뒤, 아키에의 입에서는 아들 얘기만 나왔다. 다른 화제로 얘기를 돌려도 반드시 아들 얘기로 끝이 났다. 마음은 알겠는데 그때마다 울음을 터뜨리는 아키에를 어떻게 해야 할지 몰라 깊은 피로감에 시달렸다.

"그 아이가 초등학교에 들어갔을 때, 이 손가락 인형을 줬으면 좋았을 텐데. '혹시 죽고 싶을 만큼 힘든 일이 생기면 아버지나 엄마에게 이 인형을 보여주렴'이라고 알려줄걸. '말하지 않아도 돼. 힘든 상황을 설명하지 않아도 돼. 그저 보여만 주면 우리가 꼭 지켜줄 테니까' 그렇게 말하고 줬으면 됐는데. 그랬다면 안 죽고 살아 있었을 텐데……."

그러고는 입술을 깨문 채 침묵했다.

나는 아키에의 후회를 조금이라도 풀어주려고 최대한 감정을 누르며 말했다.

“인형을 줬더라도 우리에게 도움을 청했을지는 모르는 일이잖아?”

아키에는 울면서 고개를 저었다.

“아니야. 시게아키가 어떻게 했는지는 중요하지 않아. 우리가 그렇게 해야 했다는 거지. 모든 가능성을 생각하고 부모로서 해야 할 일을 더 찾았어야 했어. 그 아이를 위해 할 수 있었던 일이 더 많았을 거라고.”

“그렇게 자신을 몰아세우지 마.”

그렇게 말하며 아키에의 어깨에 손을 올려놓았다. 그러나 아키에는 내 손을 뿌리치고 일어나 성난 목소리로 말했다.

“당신은 죄책감도 없어? 죽기 직전에 시게아키가 전화했는데, 전화도 받지 않은 본인을 더 몰아세워야지! 당신이 그 전화를 받았다면 죽지 않았을지도 몰라. 나라면 당연히 받았을 거야. 왜 안 받았어?”

아키에가 말하지 않아도 너무나 잘 알고 있다. 나도 수없이 그날 일을 후회하고 자책했다. 미치도록 자책했다.

정신을 차리고 보니 눈물을 흘리고 있었다.

병원에서 차갑게 식은 시게아키를 대면했을 때도, 장례식 때도 울지 않았다. 아니, 울 수 없었다. 그런데 눈물이 멈추지 않았다.

“아들의 죽음을 앞두고도 울지 않더니 비난을 받으니까 우는

구나."

아키에의 그 말을 듣는 순간, 나는 우리 부부의 유대감도 사라졌음을 깨달았다.

아내를 정말 지키고 싶었다면 긍정적인 말만 할 게 아니었다. 괜스레 참지만 말고 같이 마주 보고 좀 더 슬픔을 공유했어야 했다. 나도 슬퍼서 미치겠다고, 그렇게 솔직히 말해야 했다.

남자는 쉽게 눈물을 보여서는 안 된다. 질질 짜는 남자는 아무것도 지키지 못한다. 모두가 괴로워할 때일수록 눈물을 참아라.

작은 촌에서 자란 고지식한 아버지에게 늘 들었던 말이다.

병원이나 장례식장에서 내가 울부짖으며 무너지면 아키에의 마음도 무너질 것만 같았다. 남겨진 아내의 곁을 지키는 게 당시에는 가장 중요한 일이라고 생각했다.

시게아키는 배려심이 깊은 착한 아이였다.

어머니의 날이나 생일에는 늘 파티를 하고 싶어 했다. 내가 잊더라도 시게아키는 기억했고, 때로는 일에만 매달리는 내게 불만을 털어놓기도 했다.

그렇게 어머니를 따르던 아이였으니까, 지금은 아들의 죽음에 슬퍼하기만 할 게 아니라 단단하게 아키에를 지켜내야 한다고 생각했다.

그래서 아들의 전화도 솔직히 얘기했다. 그녀의 분노와 슬픔이 자기 자신이 아니라 내게 향하길 바랐기 때문이다. 그런데 그것이 칼날이 되어 날아오자 그런 결심이 순식간에 무너졌다.

그제야 나 자신도 뭔가에 매달리고 싶었다는 사실을 알았다.

아키에의 비난은 점차 시게아키의 목소리로 변해 울음소리로 들려왔다. "왜 아버지는 전화를 받지 않았어?"

죽은 아버지가 좀 알려줬으면 좋겠다. 남자로서, 아버지로서 어떻게 해야 하는지. 진짜 강하다는 것이 무엇인지. 가족을 지킨다는 게 무엇인지. 지금, 내가 해야 할 일은 무엇인지. 명확한 대답이 하나도 떠오르지 않았다.

그날 이후, 아내는 근무 중인 내게 수시로 전화를 걸어왔다. 다행히 전화를 받을 수 있을 때도 있었다. 하지만 회의 중간이나 미팅 중간에는 무리였다.

회의가 끝난 다음 전화하면 아키에의 아우성이 들려왔다.

"왜 그래! 무슨 일 있어?"

"도와줘! 왜 전화를 안 받느냐고!"

아키에는 아이처럼 큰 소리로 울부짖었다.

"괜찮아? 당장 집에 갈게!"

내가 그렇게 말하면 조금 전까지 그렇게 울던 사람이 킬킬대고 웃으며 비난을 퍼부었다. "당신은 전혀 반성하지 않았네. 안 되겠어. 또 전화를 안 받았잖아?"

아내는 마음의 병에 걸렸구나. 이때 확신했다.

회사를 조퇴하고 급히 집으로 돌아가니 아내는 아무 일도 없었다는 듯 커다란 냄비에 끓인 카레를 젓고 있었다.

"어머, 일찍 왔네. 저녁, 다 됐어."

전혀 다른 사람처럼 변한 모습에 당황해 멀거니 있는데 집 전화가 울렸다.

수화기를 들려는데 부재중 전화 램프가 깜빡이는 게 보였다. 나쁜 예감이 들었다. 조심스레 수화기를 드니 상대는 시게아키가 다녔던 학교 담임이었다.

학급 명부에서 이름에 '中'이나 '二' 자가 들어간 아이를 골라낸 아키에는 단체 사진을 들고 학교 근처 통학로에서 기다리고 있었던 모양이다. 그리고 그 아이들에게 '시게아키의 험담을 하지 않았니? 괴롭히지 않았어?'라는 질문을 퍼부었던 모양이다. 시게아키의 반에는 이름에 '中' 혹은 '二'가 들어가는 학생이 남학생 셋, 여학생 둘로 총 다섯 명이 있었다. 아키에는 특정 인물이 아니라 시게아키의 반 학생인지 확인하면서 괴롭힘의 여부를 묻고 다녔다. 제발 사실을 알려달라면서.

담임의 말로는 길바닥에서 무릎을 꿇으면서까지 울부짖었다고 한다. 그러다 팔을 세게 잡혔던 아이의 부모가 학교로 민원을 넣었다.

"심정은 이해합니다만, 이번 일로 학생들도 상처를 받아서요."

몇 개월 전까지 담임이었던 사람의 목소리에는 대놓고 민폐라는 울림이 담겨 있었다.

전화를 끊고 확인하자 예상대로 부재중 전화는 모두 담임이 건 것이었다.

아키에는 누가 전화했는지 아는 듯 나와 눈을 마주치려고도 하지 않았다. 부자연스러웠으나 무슨 즐거운 일이라도 있는 듯 콧노래까지 흥얼대면서 양배추를 쓱쓱 잘랐다.

저녁 식사를 마치고 담임에게 들은 말을 확인하려 하자 아키에는 천천히 일어나 장식장에서 뭔가를 꺼내며 말했다.

"오늘 정말 좋은 일이 있었어."

최근의 지나친 말과 행동 탓에 안 좋은 예감이 들었다.

아키에는 여행 계획이라도 세우는 사람처럼 한껏 신나서 시게아키의 반 단체 사진과 빨간 볼펜을 가지고 왔다.

"이게 시게아키와 같은 반인 나카노 나오키中野直紀야."

그렇게 설명하면서 볼펜으로 나오키라는 소년의 목 부분을 찔렀다. 곧 목에 빨간 선이 한 줄 그어졌다.

예사롭지 않은 살기가 느껴져 아키에의 얼굴을 봤는데 그녀는 미소를 지은 채 담담하게 말했다.

"얌전해 보이지? 하지만 말이야, 이 애가 시게아키를 괴롭혔다고. 이름에 '中'도 들어가고."

"어떻게 알았어?"

"시게아키 반의 반장 여자애가 시게아키는 학교폭력을 당했다고 울면서 알려줬어. 하지만 괴롭힌 사람 이름은 말하지 않더라."

그렇게 말하고 아키에는 나오키의 옆에 서 있는 오른쪽 아래에 커다란 점이 있는 소년을 펜으로 가리켰다. 쌍꺼풀이 없는 가느다란 눈, 얇은 입술, 무표정한 얼굴이라 냉담한 인상을 주었다.

"시노하라 야마토라는 이 아이는 '나카노 나오키 군이 시게아키 군을 괴롭혔다'라고 분명히 말해줬어. 시게아키와 친구였던 건 아니야. 그렇다고 마음이 따뜻하고 정의감이 강한 아이여서도 아니었어. 그저 뭔가 아는 듯해서 내가 '만 엔을 줄게'라고 했지. 싸지? 그 돈으로 정말 많은 얘기를 들었다니까."

아키에는 볼펜으로 나오키의 얼굴을 마구 지우면서 말했다.

"정말 싸게 쳤지, 안 그래?"

"다른 학생들에게도 나카노 나오키가 시게아키를 괴롭혔는지 물었더니 학생 몇이 그렇다고 대답했어. 사실은 다 알면서 모르는 척하는 것 같아."

아키에는 볼펜 끝으로 학생들 얼굴을 콕콕 찔렀다. 입가에 미소를 짓고 구멍을 날 정도로 수없이 찔러댔다.

진상을 알고 싶은 마음보다 더는 아키에가 망가지는 모습을 보고 싶지 않았다. 비쩍 마른 몸, 새치가 늘어난 머리카락, 울어서 퉁퉁 부은 눈. 그 모든 게 나를 불안하게 만들었다. 아키에에게도 무슨 일이 생긴다면 나는 더 살 이유가 없었다.

타이밍이 좋지 않다는 사실은 알았으나 최대한 조심하며 제안했다.

"병원에 안 갈래? 당신, 좀 지친 것 같아."

아키에는 어린아이처럼 고개를 살짝 기울이고 미소 지었다.

"왜? 이제야 간신히 시게아키 죽음의 진상을 알았는데."

"나도 알고 싶어. 하지만 이제 와 안다 해도 시게아키가 돌아오진 않아. 그건 당신도 알잖아?"

"당신이야말로 병원에 가보는 게 어때? 이제야 내 아들을 죽인 범인을 알았다고. 난 내일, 나카노 나오키의 집에 가서 그 아이를 만날 거야."

"그럼 나도 같이 가."

"어머! 당신은 전화도 받지 못할 만큼 중요한 일이 있잖아?"

나는 숨을 삼켰다. 내 앞에 있는 사람이 아키에가 아닌 것 같았다.

내가 아는 아키에는 대놓고 상처주는 말을 퍼부어 사람을 궁지에 모는 사람이 아니었다. 잘 참고 배려심이 많은 사람이었다.

자살의 원인을 규명해봤자 시게아키는 돌아올 수 없다. 그러나 진실을 모르면 앞으로 나아갈 수 없다. 애매한 상황이 계속되면 더 절망적인 일이 일어난 것만 같았다.

무엇보다 지금까지 억누르고 있던 강렬한 분노가 솟구쳤다.

아키에의 말이 사실이라면 시게아키의 생명을 빼앗고, 우리 가족을 붕괴시킨 나오키라는 소년을 용서할 수 없었다. 냉정해야 한다는 생각과 달리 상대를 몰아붙여 죗값을 치르게 해야 한다는 충동이 날뛰었다.

최근 아키에가 활기를 되찾은 것도 그런 마음이 싹텄기 때문일지 모른다.

"당장 그 녀석 집에 가야겠어."

일단 얘기를 꺼냈으나 녀석의 주소조차 모른다는 사실을 깨달았다.

"정말 당장 갈 거야?"

나무라는 듯한 말투였으나 아키에의 눈이 반짝 빛나면서 생기로 가득했다.

아키에는 태블릿 컴퓨터를 들고 와 '미트그리트'라는 케이크 가게의 홈페이지를 열었다.

"학교 이름과 본명으로 검색했더니 페이스북에 아버지가 경영하는 케이크 가게 사진이 나왔어. 1층이 가게이고 2, 3층이 집인 것 같으니까 가게로 가봐. 이게 가게 홈페이지야."

아키에는 거실의 벽시계를 보고 웃으면서 말했다. "마침 문 닫을 시간이니까 딱 좋겠네."

너무 용의주도해서 나는 움찔했다. 하지만 이제 와 물러설 수는 없었다.

"오늘은 나 혼자 가서 얘기를 듣고 올 테니까 당신은 집에서 기다려."

"싫어. 왜 내가 가면 안 돼? 범인을 찾은 사람은 난데."

마치 공을 빼앗긴 형사 같은 말투에 움찔했다. 뒤이어 '범인'이라는 말을 듣고는 조금 냉정해져야겠다고 마음을 고쳐먹었다. 아직 진상을 모르는데 일방적으로 상대를 원망해선 안 된다. 그렇게 생각했다. 하지만 아키에에게 말해봤자 듣지 않을 것이다.

어쩔 수 없이 아키에와 같이 '미트그리트'로 가서 주차장에

차를 세웠다. 마침 앞치마 차림의 여성이 가게 셔터를 내리고 있었다.

차에서 내린 아키에가 무시무시한 속도로 달려가 여성에게 말을 걸었다.

서둘러 차 문을 잠그고 아키에 옆으로 달려갔다.

아키에는 씩씩대면서 여성의 얼굴을 가만히 노려봤다.

"여기는 나오키 군의 어머니인 사쓰키 씨야."

내가 오기 전에 서로 인사했는지, 아니면 억지로 물어서 알아냈는지는 모르겠으나 아키에는 낮은 목소리로 그렇게 말했다.

"나오키 일로 할 얘기가 있다고 하셨는데 무슨 일이시죠?"

사쓰키는 혼란스러운 표정으로 내 얼굴을 쳐다봤다. 당장이라도 달려들 듯 노려보고 있는 아키에에게 겁먹은 표정이었다.

"밖에서 하기 어려운 얘기라……."

그렇게 말하자 사쓰키가 "그럼, 안으로 들어오세요"라며 안내해주었다.

가게 안에는 테이블 자리가 있었고, 진열장 안에는 케이크 몇 조각이 남아 있었다.

청결하고 달콤한 향기가 나는 가게 안에는 행복이 가득했다.

아키에는 베이비핑크 색의 커튼과 선반에 진열된 쿠키를 원망스러운 듯 바라봤다.

4인용 테이블로 안내되어 아키에와 나란히 앉았다.

사쓰키는 주전자에 담긴 홍차를 찻잔에 따라 조심스레 우리 앞에 놓았다. 동년배치고 차분해 보이는 인상인데 나긋한 동작이 온화한 인상을 주었다.

조리실 쪽에서 요리사 모자를 벗으면서 조리복을 입은 조금 통통한 남자, 나카노 유지로가 나타났다. 홈페이지에 실린 사진과 거의 다르지 않았다. 수염을 기르고 있었으나 윤기 나는 얼굴 덕분에 한결 청결해 보였다.

"제가 나오키의 아버지입니다만, 무슨 일로 오셨는지요?"

"갑자기 찾아뵙게 되어 죄송합니다. 우리는 나오키 군과 같은 반이었던 가자미 시게아키의 아버지 게이스케와……."

거기까지 말하고 옆을 보니 아키에가 들릴 듯 말 듯한 목소리로 "아키에입니다"라고 대답했다.

순간 두 사람의 얼굴이 굳어지더니 이어서 곤란하다는 듯 눈썹이 팔자로 내려앉았다. 감정을 고스란히 드러내는 두 사람의 얼굴에 짜증이 났는지 아키에가 솔직하게 이야기를 꺼냈다.

"시게아키의 자살은 아드님인 나오키 군이 원인이었던 것 같습니다."

서둘러 아키에의 팔을 잡으며 "그런 말은"이라고 말렸으나 내 말은 들을 생각이 없는 듯 아키에가 계속 이어 말했다.

"저희에게는 증거가 있습니다."

"잠깐만요. 무슨 말씀이시죠?"

유지로는 낮고 차분한 목소리로 말했다.

사람을 상대하는 장사를 하는 탓인지 감정적이지 않은 온화한 말투였다.

사쓰키는 울음을 터뜨릴 것만 같은 얼굴로 남편의 옆모습을 바라보았다.

"나오키 군이 우리 시게아키를 괴롭혀 자살로 몰았답니다."

아키에의 단정적인 말투가 불쾌했는지 사쓰키는 날카롭게 물었다.

"누가 그런 말을 했나요?"

"상대를 알려주면 이번에는 그 아이가 괴롭힘을 당하지 않을까요? 그러니 말할 수 없습니다. 하지만 분명히 나오키 군이 시게아키를 괴롭혔다고 알려준 학생이 있습니다."

아키에의 말을 가로막고 유지로가 불만스럽게 말했다.

"그 아이가 거짓말했을 가능성은 없나요? 증거는 있나요?"

"한 아이만이 아닙니다."

유지로는 아키에의 말에 겁먹지 않고 되받았다.

"그런 말도 안 되는 소리를 하는 당신 목적은 뭡니까? 돈입니까?"

이번에는 사쓰키가 남편을 나무랐다.

유지로는 테이블 위에서 주먹을 쥐었는데 나는 '돈'이라는 말에 불끈해 단박에 부정했다.

"우리는 그런 걸 요구하는 게 아닙니다. 다만 나오키 군에게 진실을 듣고 싶을 뿐입니다."

사쓰키는 입술을 덜덜 떨면서 몸을 내밀며 말했다. "나오키는 그럴 아이가 아닙니다. 혹시 그렇게 말한 학생이 있다면 그 아이가 나오키에게 뒤집어씌우려고 한 게 아닐까요?"

"그럴 가능성도 포함해 나오키 군과 한 번 이야기를 나눌 수 있게 해주시겠습니까?"

내가 부탁한 순간 아키에가 툭 내뱉었다.

"나오키 군도 죽으면 좋을 텐데."

난데없는 말에 순간 가게 안의 공기가 얼어붙었다.

곧이어 사쓰키가 신경질적으로 소리쳤다.

"무슨 말을 그렇게 하세요? 아드님 일은 정말 유감입니다. 그렇다고 우리 아이가 죽었으면 좋겠다니, 너무하시잖아요!"

"맞습니다. 사전에 연락도 없이 가게에 쳐들어와서는 아들이 친구를 괴롭혔다니, 말이 되는 소립니까!"

"나는 그런 적 없어."

소리가 난 쪽으로 돌아보니 나오키가 서 있었다.

조리장 쪽에서 걸어 나온 나오키는 하얀 피부에 마른 체형이라 싸움을 잘할 것 같지는 않았다.

아키에가 자리에서 벌떡 일어나 나오키에게 달려가 강하게 몰아붙였다.

"사실을 말해. 네가 시게아키를 괴롭혔지?"

아키에의 절규를 지워버리려는 듯이 유지로가 테이블을 내리치며 일어났다.

"적당히 좀 하세요! 내 아들이 안 했다잖아요!"

"그럼 누군데?"

아키에는 대답 없는 나오키를 계속 몰아붙였다.

"나오키 군, 이대로 계속 거짓말하면 어른이 되어도 계속 고통스러울 거야. 제대로 죄를 인정하고 죗값을 치르지 않으면 평생 죄책감에 시달리면서 살게 될 거야."

그 말에 사쓰키도 소리를 높였다.

"돌아가세요! 왜 우리 아들을 가해자 취급하는 거죠? 시게아키 군은 스스로 죽었잖아요? 우리 아들이나 다른 아이가 죽인 게 아니라고요!"

그 말에 아키에의 얼굴에서 핏기가 싹 가셨다.

나오키는 순간 웃음을 참는 듯 입술을 일그러뜨렸다가 아차 싶었는지 바로 고개를 숙였다.

다음 순간, 아키에가 나오키의 뺨을 때렸다.

"그만해요! 이게 무슨 짓입니까?"

사쓰키의 히스테릭한 목소리가 가게 안에 울렸다.

"만약 시게아키 군이 누군가에게 괴롭힘을 당했다면 알아차리지 못해서 죄송해요."

고개를 든 나오키는 기어들어가는 목소리로 그렇게 말했으나 어쩐지 억지로 짜낸 말처럼 들려 공허하게 느껴졌다.

"네가 시게아키에게 흙 묻은 크림빵을 먹게 했다지?"

아키에가 그렇게 추궁하자 나오키는 처음으로 겁먹은 표정을 지었다.

"시게아키에게 냄새나니까 죽으라며 양동이에 든 물을 끼얹고, 알몸을 촬영한 적도 있지?"

처음 알게 된 실태에 머리를 얻어맞은 느낌이 들었다.

아…… 나는 아무것도 몰랐구나.

나오키는 조금 전의 여유로운 태도와 달리 어딘가 경계하는 듯한 표정을 짓더니 눈을 조금 가늘게 뜨고 아키에를 봤다.

"아줌마, 증거 있어요?"

다시 때리려는 아키에의 손을 유지로가 움켜쥐고 가게 밖으로 억지로 끌고 나가려 했다. 하지만 아키에는 저항하며 끌려나가지 않았다.

"네가 괴롭혔다고 알려준 아이가 있어! 솔직히 말해!"

난동을 부리는 아키에와 울고 있는 시게아키의 모습이 겹쳐 보였다.

시게아키가 당한 잔혹한 괴롭힘의 정도를 알고 나니 강렬한 분노의 감정이 폭발했다. 나는 "그 손 놔!"라고 소리치면서 유지로의 얼굴에 주먹을 날렸다.

격렬한 소리가 나고 유지로가 진열장에 부딪혔다. 코에서 흐른 피로 조리복이 붉게 물들었다.

내 온몸이 부들부들 떨리는 것이 분노 때문인지, 절망 때문인지, 아니면 후회 때문인지 알 수 없었다. 다만 시게아키가 있던 평화롭고 행복한 시간으로 돌아가고만 싶었다.

사쓰키가 경찰을 불러 나는 아침까지 경찰서에서 조사를 받았다.

전치 1주의 진단을 받은 유지로는 손님 장사인지라 소동이 되지 않길 바랐다. 대신 더는 나카노 집안에 접근하지 않는다는 조건으로 피해 신고를 내지 않았다.

어제까지는 시게아키를 괴롭힌 녀석을 찾아내 학교를 규탄하고 진실을 알아내고 죗값을 치르게 하겠노라 의기 충만했는데 허무한 결과로 끝났다.

다시 조사해달라고 학교에 요구해도 "서로 티격태격한 적은 있을지 모르나 학교폭력은 없었습니다"라는 말만 들었다. 정말 학교폭력이 없었는지, 아니면 어떤 이유로 뒤에서 입을 맞췄는지는 모르겠으나 '괴롭힘이 있었다'라고 알려줬던 학생들도 담임에게는 '착각이었다'라고 증언을 번복했다.

"돈이 필요해서 거짓말을 했어요."

시게아키의 학교폭력 사실을 알려준 시노하라 야마토조차 증언을 번복했다.

왜 증언을 바꿨는지 도무지 이해할 수 없어 학생들의 집을 찾아다니며 물어보려고 했다. 그러나 "아이를 찾아오는 일을 그만두셨으면 합니다" 하고 부모들에게 문전박대만 당할 뿐이었다. 말해주는 학생이 있더라도 "사이가 나빴다고 생각했는데 제 착각이었어요"라는 애매만 답만 들었다.

진실을 찾을수록 우리 부부의 정신은 소모됐다.

그즈음 아키에는 '시게아키를 만나고 싶다'고 말하기 시작했다. 병원에 다니며 약을 먹는데도 안색이 나쁘고 말수도 극단적으로 줄었다.

시게아키가 죽고 나서 반년이 지났을 무렵이다. 아키에는 "다들 죽는 게 무섭다고들 하잖아? 하지만 나는 죽고 싶어. 죽는 거 따위 무섭지 않아. 무엇보다 시게아키를 만날 수 있잖아."라고 말했고, 그렇게 말한 며칠 뒤에는 전차에 뛰어들려고 했다.

말려준 사람이 있어서 자살 미수에 그쳤고, 아키에는 보름간 병원에 입원했다. 퇴원하고 나서는 표면적으로 평소와 다름없이 생활했다. 하지만 나는 조금이라도 상태가 안 좋으면 회사를 쉬고 아키에를 지켰다.

자신을 소중하게 여기는 마음이 전해졌는지, 아키에는 점차 밝아졌고 대화도 잘 이루어졌다. 시간이 상처를 치유해주어 다시 예전처럼 밝은 아내로 돌아오리라 믿었다.

어느 날, 자려고 침대에 누웠는데 아내가 울음을 터뜨리며 말했다.

"다시 아이가 생기면 시게아키가 살아 돌아올까?"

아키에의 떨리는 목소리에 가슴이 아팠고, 또 필사적으로 살아보려는 모습이 안타까웠다. 그날 오랜만에 아내를 안았다. 다시 시게아키가 태어나주길 바라면서…….

하지만 바람은 허무하게 깨졌다.

다음 날, 아키에는 공원 끝에 있는 고지대에 서 있는 전망대에서 몸을 던졌다. 건물의 6층 높이의 전망대에서 떨어진 아키에는 온몸에 강한 충격을 받고 뇌타박상으로 그 자리에서 사망했다.

아름다운 야경과 별밤을 볼 수 있는 전망대는 시게아키가 좋아하던 곳이었다.

집에서 죽지 않은 것은 나를 생각한 아키에의 마지막 배려였던 듯하다. 틀림없이 내게 현장을 보여주고 싶지 않았을 것이다. 아키에는 종종 시게아키가 쓰러진 모습이 떠오른다며 괴로워했다. 그녀가 떠났으니 진심은 알 수 없으나 자신과 같은 일을 당하게 하고 싶지 않았을지 모른다.

아키에가 보낸 마지막 메시지에는 '이대로라면 당신까지 망가질 거야. 미안해'라고 적혀 있었다.

비품 재고 상황을 엑셀에 입력한 다음, 브라우저를 열고 검색칸에 '학교폭력 유족 고통'을 입력했다.

인터넷 글에는 마음을 다치게 하는 내용도 많았으나 같은 상처를 지닌 사람에게 이보다 위안이 되는 장소도 없었다. 실제로 같은 처지가 아니면 모르는 진실이 있다.

아이를 죽음으로 몰고 간 상대에 대한 분노는 물론이고, 유족 대부분은 아이를 지키지 못한 자책감에 시달렸다. 그 마음을 뼈저리게 알 수 있었다. 나도 수없이 그때, 아들의 전화를 받았어야 했다고 후회했다.

처음에는 경리부 정례회의가 있을 때마다 회의 때문에 전화를 받지 못했다고 엉뚱한 분노를 표출하며 서류를 내던지고 싶은 충동에 시달렸다.

시간이 흐르자 죽은 아들이 조금 원망스러웠다. 왜 죽었지? 죽을 용기가 있었으면 뭐든 할 수 있잖아. 학교가 싫으면 전학을 가면 그만이다. 외국 유학이라는 길도 있다. 집에서 가정교사를 붙여 공부하면 되고, 왕따로 괴로워하는 아이들이 다니는 대안학교로 전학갈 수도 있었다. 선택지는 생각보다 많았다.

그렇게 생각하다 보면 '그럼 부모로서 그런 선택지가 있다고 가르쳐준 적 있는가'라고 묻는 목소리가 울렸다.

아무것도 알려주지 않았구나…….

그때마다 아내가 만든 손가락 인형을 떠올렸다.

그 인형을 줬다면 시게아키는 부모에게 도움을 요청했을까. 가능성은 낮을 수 있으나 제로는 아닐 것이다. 어쨌든 목숨을 지켜주고 싶었다.

착신음이 울리고 휴대전화에 한 통의 메시지가 도착했다.

죄지은 부모님, 이제 슬슬 '라이프세이브 모임'에 가입하지 않으시겠습니까? 혼자 고민하지 마세요. 당신에게는 우리가 있습니다. 고독할 때는 같은 경험을 한 동지와 이야기를 나눠요.

라이프세이브 모임을 주재하는 운영자 요시다가 보낸 메시지다. 이 모임에는 아이를 학교폭력으로 잃은 부모, 현재 폭력을 당하고 있는 아이들과 부모들만 참여할 수 있었다.

정식 가입하면 회보가 온다고 했다. 거기에는 현재 유행하는 학교폭력의 내용이 실리는 모양이다.

라이프세이브 모임 게시판에는 같은 문제로 고민하는 사람끼리 인터넷에서 상담하거나 해결책을 서로 조언해준다. 메일 주소와 비밀번호를 입력하고 로그인하면 정식으로 가입하지 않아도 게시판을 사용할 수 있다.

'죄지은 부모'란 게시판에서 대화할 때 쓰는 닉네임이다.

처음에는 서로의 상처를 핥아주는 일 같아 피했는데 과음한 크리스마스이브 밤, 라이프세이브 게시판에 글을 올렸다.

죄지은 부모라고 합니다. 제 아들은 학교폭력으로 스스로 목숨을 끊었습니다. 그리고 일 년 뒤, 아내는 아들의 고통을 알아차리지 못했던 자신을 나무라며 뒤를 따라 자살해서 저는 소중한 가족을 모두 잃었습니다. 처음으로 글을 씁니다. 잘 부탁드립니다.

죄지은 부모님, 저도 잘 부탁드려요.

멋진 닉네임이네요.

잘 오셨어요, 죄지은 부모님. 여기 있는 사람은 모두 당신의 마음을 이해해요.

그런 환영의 글이 속속 적혔다.

사이트 속 인간과 나누는 대화는 공감할 수 있는 내용이 많았다. 정신을 차렸을 때, 그들과의 교류는 마음을 달래는 시간이 되어 있었다.

자신의 고민이나 후회, 가족과 지내는 방법만이 아니라 이따금 마음에 드는 영화나 추천 도서 같은 화제도 나왔다. 만약 아내가 이 사이트를 알았다면 목숨을 끊지 않았을까? 문득 그런 생각이 들었다.

사이트의 따뜻한 동료들이 지지하는 가운데 때로는 믿음직하지 못한 남편을 험담하고, 부재중 전화 일도 모두에게 얘기했으면 좋았을 텐데. 아키에의 마음이 조금이라도 편해졌다면…….

지금 와서는 다 소용없는 일이었다. 하지만 라이프세이브 모임을 권했다면 결과는 달라졌을지도 모른다. 사이트에 가입하면 현실 세계에서도 그들을 만날 수 있기 때문이다. 한 달에 한 번, 회원 모임이 도쿄에서 열린다.

그가 사는 곳에서 도쿄까지는 전차로 한 시간 반이다. 못 갈 거리도 아니다. 대여 회의실을 예약하고 그곳에 모이는 듯하다. 그밖에도 인터넷상에서 마음이 맞으면 개인적으로 만나 서로 좋은 관계를 맺는 사람들도 있다고 한다.

내가 가입을 주저한 이유는 주소 등 개인 정보를 알려줘야 했기 때문이다. 혹시 약점을 잡고 고액의 상품을 권하는 게 아닐까 싶어서.

실제로 아내와 아들이 죽은 다음 '최근, 소중한 사람을 잃지 않았나요? 그것은 어떤 인물의 저주 때문입니다. 부적이 필요합니다' 같은 내용의 전화가 걸려왔다. 우편함에 '부적 팔찌'나 '행운을 부르는 인감' 같은 수상쩍은 전단도 늘었다.

선의에 바탕을 두고 있더라도 요즘 같은 세상에서는 사람을 쉽게 믿을 수 없게 되었다. 게다가 도쿄까지 나가 생면부지의 사람들 사이에 끼어들 마음이 들지 않았다. 하지만 딱 한 명, 같은 현에 산다는 소년은 만나고 싶었다.

닉네임은 '하기노'.

고등학교 2학년인 하기노는 일 년 전부터 은밀한 괴롭힘을 당하고 있었다. 이야기를 나눌수록 시게아키와 동갑내기인 하기노가 자꾸 겹쳐져 아버지처럼 걱정하는 일이 늘었다.

나는 하기노에게 메시지를 보냈다.

하기노가 정하는 곳으로 갈 테니까 다음에는 진짜로 만나서 얘기하지 않을래요? 원하지 않으면 신경 쓰지 말고 거절하세요.

인터넷에서 좋은 관계를 맺었다고 해도 실제로 만나길 꺼릴 줄 알았는데 바로 답장이 도착했다.

죄지은 부모님, 고마워요. 어제 제가 '죽고 싶다'라고 써서 걱정하셨군요. 저도 만나서 얘기하고 싶어요.

가슴이 아팠다. 물론 하기노를 걱정했다. 하지만 그보다 알고 싶은 게 있었다.

하기노가 괴롭힘을 당하는 내용을 읽는데 상대가 케이크 가게의 아들 N.N이라고 적혀 있었다. 그 이니셜을 본 순간, 강렬한 살의가 샘솟았다. N.N은 하기노를 때리면서 '중학교 때, 마음에 안 드는 녀석 한 마리를 자살하게 했어'라고 자랑스럽게 얘기했다고 한다.

만약 이 녀석이 나카노 나오키라면 틀림없이 시게아키를 자살로 몬 녀석이다. 더는 용서할 수 없다. 반성도 없이 또 새로운 표적을 찾아내 계속 괴롭히고 있었다.

경찰에 붙잡혀도 상관없었다. 앞으로 남은 인생에 지켜야 할 사람도, 이루고 싶은 꿈도 없으니까…….

구해내지 못한 내 아들 대신 하기노를 구해내고 끝내자.

수없이 메시지를 교환하고 서로 시간이 되는 날에 집에서 두 정거장 떨어진 역 앞 패밀리레스토랑에서 만나기로 약속했다.

아무도 없는 집으로 돌아오는 게 싫어서 출근하며 입었던 정장 차림 그대로 집에서 이십오 분쯤 걸어가면 나오는 전망대 공원에 갔다.

낮에는 더워서 축 처지지만 밤이 되면 시원한 바람이 불어와 가을이 온 것 같았다.

가로등 불빛이 떨어지는 길을 걸으면 동서로 넓게 펼쳐진 큰 공원이 나왔다. 공원 안쪽의 고지대에 전망대가 솟아 있다.

전망대를 관리하는 시는 노후화로 붕괴 가능성이 있다면서 얼마 전 전망대 철거를 결정했다. 그 이후 전망대 근처에 가는 사람은 없었다.

이 전망대 공원은 아들이 어렸을 때 아내와 셋이 자주 찾았던 추억의 장소다. 그래서인지 피곤할 때는 자연스레 이 공원으로 발길이 옮겨졌다.

나무들에 전구가 장식되어 알록달록 빛을 내고 있었다. 광장에는 노점이 늘어섰고, 플리마켓이 열렸으며, 길거리 예술가들이 공연도 하고 있었다. 가을이 되면 금요일 밤마다 마을 활성화의 하나로 개최되는 이벤트였다.

어디선가 경쾌한 재즈 연주가 들려왔다.

북적이는 광장 한쪽으로 갔다. 그곳에는 피에로 하나가 대 위에 서 있었다. 발밑 조명을 받은 피에로는 마네킹처럼 전혀 움직임이 없었다. 오른쪽 아래에는 동전을 넣는 저금통 같은 알루미늄 깡통이 놓여 있었다.

지갑에서 동전을 꺼내 깡통에 넣었다.

정겨운 오르골 소리가 울린다. 곡에 맞춰 피에로가 로봇 춤을 추기 시작했다.

아키에는 찰리 채플린의 〈가로등〉이라는 영화를 좋아했다. 한 남자가 길에서 만난 꽃 파는 시각장애인 아가씨와 사랑에 빠진다는 이야기이다. 수도 없이 봤을 텐데 마지막 장면에서 매번 눈물짓는 모습이 늘 미소를 짓게 했다.

뭘 하든, 어떤 장면을 보든, 늘 아키에와 시게아키가 생각날 뿐이다.

정신을 차려보니 피에로 주변으로 아이들이 몰려들었다.

아이들의 시선을 받으면서 피에로는 로봇이 된 것처럼 춤추고 있다. 관절을 어색하게 구부리며 제일 앞에 있는 모자 쓴 소년에게 손을 내밀었다.

갑자기 주위에서 환호성이 일었다.

피에로가 마술처럼 조화 장미 한 송이를 내민 것이다. 소년은 기뻐하며 장미를 받았다.

피에로의 로봇 춤을 보면서 시게아키가 초등학교 5학년 때 반에서 한 창작극을 떠올렸다. 작문이 특기였던 시게아키는 연출과 각본을 담당했다. 내용은 인간이 되고 싶은 로봇과 로봇이 되고 싶은 인간의 슬픈 이야기였다. 아이가 생각해낼 만한 단순한 내용이 아니라서 마음에 깊이 남았다. 팔불출일지도 모르겠으나 시게아키에게 재능이 있다고 생각했다. 영화감독이 될 수도 있겠다고 기대도 했다. 하지만 지금은 살아만 있어준다면 그걸로 충분하다고 생각한다.

소중히 쌓아 올린 온갖 추억이 흘러넘쳐 시야가 흐려졌다. 더는 참을 수 없어 인적이 드문 잔디밭 광장까지 걸어가 걸음을 멈췄다.

가방에서 손가락 인형과 휴대전화를 꺼냈다. 손가락 인형을 세게 움켜쥐고 휴대전화를 귀에 대고는 하늘을 올려다봤다.

달과 별이 아름다운 밤이었다.

시게아키, 딱 한 번만 아버지에게 전화해주지 않을래? 나와 얘기하는 게 싫다면 다시 부재중 전화라도 넣어주렴. 네 목소리를 들려줘.

아버지는…… 너처럼 착한 아이가 죽는 걸 더는 보고 싶지 않단다. 앞으로 내가 할 일은 잘못된 일일까?

부디…… 부디 목소리를 들려다오. 딱 한 번만…….

제3장
공모

범행이 발각되지 않는 살인사건이 얼마나 될까.

완전범죄를 노리고 치밀한 살해 계획을 세워도 체포되는 사람이 있다. 한편 충동 범죄로 수많은 유류품을 남겼는데도 끝까지 도망친 사람도 있을 것이다.

내 살해 계획은 어떨까…….

원래는 자살을 생각했다. 그러니까 만약 계획이 실패하면 스스로 목숨을 끊으면 그만이다.

그러나 혹여 완전범죄로 그를 죽일 수 있다면 내 세상은 다시 빛을 찾을 수 있지 않을까.

그 모든 것이 이 계획에 달려 있다.

나는 가방에서 종이 한 장을 꺼냈다. 거기에는 살해 방법이 자세히 적혀 있었다.

종이를 든 손에 조금 땀이 찼다. 계획을 세울 때와는 달리 실제 범행 단계에 이르자 긴장이 극에 달했다. 어쩔 수 없는 일이다.

범행 실행일은 오늘 저녁 6시다.

1. 살해할 상대는 남성 'M'

이것은 살해할 대상의 머리글자가 아니다. 몬스터의 'M'이다.

누군가의 원한으로 살해당하리란 걸 M이 알았다면 인간의 길에서 벗어나지 않고 성실하게 살았을까. 주위 사람들을 배려하고, 불쾌한 마음을 품지 않도록 항상 조심하며, 혐오감을 품지 않으려고 노력했을까. 만약 그랬다면 M에게 '원한을 사서 살해된다'라는 미래를 알려주는 것도 나쁘지 않을지도. 하지만 이미 늦었다…….

그는 너무 많은 사람에게 상처를 주었다. 죽임을 당하고도 남을 인간이다.

2. 살해 현장은 폐허가 된 건물 옥상

예전에는 젊은이들에게 인기가 많았던 볼링장이었는데 육 년 전에 폐업하고 지금은 폐허로 남은 건물이 있다. 콘크리트로 된 4층 건물로, 황록색과 오렌지색의 화려한 외관이 특징이다. 옥상에는 볼링핀 모양의 거대한 입체 간판이 서 있다.

외벽에는 하얀 입체 문자로 '호프 볼링'이라고 적혀 있다. 지금 보면 '호프hope'라는 가게 이름이 쓸쓸하게 느껴진다.

이곳은 시가지에서 떨어져 있어서 가장 가까운 역까지 걸어서 오십 분 정도 걸린다. 주변에는 강 둔치가 있을 뿐 주택이나 상업 시설이 없는 탓에 인적이 거의 없다.

입지 조건이 나빠 건물을 살 만한 사람이 나타나지 않는 모양이다. 새로운 세입자가 들어올 것 같지도 않다. 그대로 철거되지도 않은 채 방치되어 있다.

영업하고 있을 때는 1층과 2층은 볼링장, 3층은 게임 센터, 4층에는 레스토랑이 들어와 있었다. 그러나 지금은 부지 주위로 낮은 담이 둘러쳐 있고 입구에는 검은색과 노란색 줄무늬 로프가 쳐 있다.

부지 안에는 '출입금지'라고 적힌 간판이 몇 개 세워져 있다.

문지기라도 되는 양 아까부터 담 주위를 도는 까마귀 한 마리가 날카로운 눈으로 이쪽을 보고 있다. 내가 허리를 숙여 로프를 넘자 까마귀가 날개를 크게 펼치고 위협하듯 울었다.

너도 같이 죽여줄까?

속으로 중얼거리면서 부지 안으로 들어갔다. 울퉁불퉁한 아스팔트 위에는 볼링공 몇 개가 굴러다녔다. 공 표면의 무늬는 사라지고 흙투성이였다.

안에 있는 건물 입구를 향해 경계하면서 천천히 걸어갔다.

외벽은 금이 갔고 콘크리트가 여러 군데 떨어져 있다. 창문은 거의 다 깨져 있었다.

하늘이 두꺼운 구름으로 덮여 있는 탓에 공포 영화에나 나올 듯한 으스스한 분위기가 일었다.

살해 현장으로 이만한 곳이 없네.

흥분하여 몸이 떨렸다.

3. 살해 방법

나는 매달 M에게 정해진 돈을 내야 한다.

빚을 갚는 게 아니다. 교통사고로 위장하여 돈을 뜯어내는 사기꾼에게 당한 것이다.

돈을 낼 때는 언제나 이 건물 옥상으로 불려왔다. 붕괴의 위험이 있어 안에는 들어가고 싶지 않았으나 M은 이곳을 아주 마음에 들어 했다.

어제였다. 휴대전화나 메일은 내용이 남아 발목 잡힐 가능성이 크다. 나는 공중전화로 M에게 연락했다. "큰돈이 들어왔으니 먼저 반을 주겠다. 늘 만나는 곳으로 와라"라고.

약속 시각은 저녁 6시…….

손목시계를 보니 6시에서 삼 분쯤 지나 있다. 모든 게 계획대로다.

나는 건물에서 조금 떨어진 곳에 서서 옥상을 올려다봤다. 옥상에 펜스 같은 건 없었다.

천천히 숨을 내쉰 다음 가방에서 휴대전화를 꺼냈다. 때마침 M에게 전화가 걸려왔다.

수화기 너머로 평소의 유들유들한 목소리가 들렸다.

불러내놓고는 늦냐?

"죄송합니다. 지금 막 전화하려던 참입니다."

나는 옥상에 있을 M을 올려다보며 대답했다.

너, 지금 어디냐?

"건물 아래입니다."

M은 옥상 끝까지 와서 아래를 내려다보며 내가 있는지 확인했다. 나를 발견한 M이 호통치듯 말했다.

빨리 돈 들고 뛰어와! 네가 불러냈잖아! 일 분 늦을 때마다 10만씩 추가할 테니까!

"드디어 소원이 이루어졌습니다. 전부터 당신을 죽이고 싶었어요."

뭐? 장난해?

"진심입니다."

나는 미소를 머금고 옥상의 그림자를 바라보면서 말했다.

다음 순간, 절규가 울려 퍼지고 M이 떨어졌다. 인간이 아니라 마네킹을 보는 것 같았다.

지면에 충돌하는 둔탁하고 묵직한 소리가 들린 뒤 옥상을 올려다보니 새빨간 머리의 피에로가 서 있었다.

저 사람이 내 파트너다.

땅에 떨어진 M은 엎드린 채 쓰러져 있었고, 다리가 기묘한 방향으로 꺾였다. 머리에서 피가 흘러나왔다. 피가 서서히 퍼져

지면을 붉게 물들였다.

살짝 손가락이 움직이는 것 같아 심장이 쿵 내려앉았다.

나는 슬금슬금 M에게 다가가 구두 끝으로 조심스레 그의 팔을 툭 찔러봤다. 손과 다리 모두 더는 움직이는 기척이 없다.

내가 이곳에 도착하기 전, 파트너는 옥상의 저수탱크 뒤에 몸을 숨기고 M이 올라오길 기다렸다.

조금 전에 휴대전화로 이야기를 나눌 때, M은 내 모습을 확인하려고 옥상 끝으로 다가왔다. 기회를 노리던 파트너는 살금살금 M의 뒤로 가서 장갑 낀 양손으로 그의 등을 밀었다.

이 계획이 성공하지 못했을 때를 대비해 파트너에게는 접이식 칼을 준비하도록 했다. 나중에 경찰이 사정을 물으면 M에게서 '이제는 사는 게 피곤해. 지금 죽을 거야'라는 전화가 왔었다고 대답하면 그만이다.

갑자기 깔깔대는 웃음소리가 나서 건물 입구를 보니 그곳에 피에로가 서 있었다.

*

칠판에 적힌 이차방정식 풀이를 보면서 나도 모르게 빙긋 웃었다.

수업을 듣는 척하고 있었으나 내용은 전혀 머리에 들어오지 않았다. 노트에는 창작한 이야기가 휘갈겨 적혀 있다. 나중에 알아볼 수 있을까 싶을 정도로 글씨가 엉망이다.

빨간 볼펜을 들고 노트 위쪽 빈 곳에 크게 '살해 계획'이라고 정성껏 적는다.

"살해 계획?"

그 목소리에 순간 온몸이 얼어붙었다.

고개를 드니 눈앞에 쓰요시가 서 있었다. 쓰요시는 당혹과 경계가 뒤섞인 표정으로 노트를 들여다보았다.

나는 노트를 빼앗기지 않으려고 서둘러 가방에 넣었다.

조금 전까지 칠판 앞에 있던 선생님이 교실에서 나가는 게 보였다. 나름의 계획을 세우는 데 정신이 팔려 수업이 끝나는 종소리도 듣지 못했다.

반 친구들은 보통 내게 다가오지 않는다. 그러니 누가 가까이에 있으리라고는 생각도 하지 못했다.

"야, 진짜냐? 이 녀석, 노트에 '살해 계획'이라고 적혀 있었어!"

쓰요시는 반 아이들에게 들리도록 일부러 목소리를 높여 말했다. 순간 교실에 정적이 찾아왔고, 곧 수군거리는 소리가 들려왔다.

"저 녀석, 누굴 죽일 생각인가?"

"설마 우리는 아니겠지."

"어쩌면 우리를 모두 죽일 계획일지도 모르지."

"그냥 어두운 애가 아니라 사이코패스 아냐?"

"가와사키 선배에게 찍히더니만, 왜 우리한테까지 피해를 줄까?"

온몸이 경직된 나는 고개를 숙였다.

수치심과 분노로 손이 떨렸다. 굳이 말하자면 쓰요시와 후유토가 하루이치를 고자질한 게 원인이 아니던가. 분노가 치밀어 어금니를 악물었다.

"학생 사이에서 살인사건이 일어나는 경우, 가끔 있잖아?"

누군가가 선동하듯 말했다.

"그만해. 저런 녀석에게 죽고 싶지 않아."

"자유롭게 총을 소지할 수 있는 사회가 아니라서 다행이야. 나는 저 녀석이 칼을 들고 달려들어도 맨손으로 제압할 수 있으니까."

실소가 퍼지는 가운데 나는 책상 속의 교과서를 가방에 넣고 벌떡 일어났다. 귀찮아서 교과서 같은 건 두고 가고 싶었지만 놔두면 낙서투성이가 될 가능성이 크다.

한시라도 빨리 교실을 나가고 싶었는데 짙은 화장의 야스다 레나가 씩씩대며 다가왔다.

"도키타, 정말 우리를 죽이려는 거야?"

레나는 자신이 반 대표라도 되는 양 따지고 들었다.

나는 퍼런 아이섀도를 칠한 눈두덩을 바라보며 대답했다.

"한계를 넘어서면 그럴지도 모르지."

평소에는 기가 센 레나가 겁먹은 표정으로 뒷걸음을 쳤다.

살인이라는 단어의 위력일까, 나와 눈이 마주친 몇 명은 놀림을 멈추고 시선을 피했다.

가방을 쥐고 재빨리 교실에서 나왔다.

등 뒤로 "아아, 저런 녀석이 무차별 살인을 하는 거겠지" "인간도 아냐" 같은 비난의 말이 날아온다.

복도를 성큼성큼 걸어 계단을 뛰어 내려갔다. 지나치는 애들이 모두 나를 비웃는 것만 같았다.

죽일 상대는 반 아이들이 아니다. 가와사키 류지다…….

완전범죄가 될 아이디어가 좀처럼 떠오르지 않았다. 그래서 이야기를 창작하며 생각해보기로 한 것이다.

나는 5교시와 6교시를 빼먹고 더 자세한 살해 방법을 쓰기 위해 호프 볼링으로 향했다. 이 계획에서 부족한 부분은 없는지 확인하고 싶었다.

학교에서 호프 볼링까지는 걸어서 삼십 분이 넘게 걸린다. 근처에 역이 없어서 여기서는 오직 걸어갈 수밖에 없다.

류지는 모터 바이크를 타고 다니니까 쉽게 올 수 있겠지만, 무더위 속을 걷는 일은 힘들었다. 아까부터 땀이 멈추지 않았다.

가는 길에 자판기에서 탄산음료를 사서 꿀꺽꿀꺽 마셨다. 9월인데도 가을 기운을 전혀 느낄 수 없을 정도로 더웠다. 이글대는 아스팔트를 계속 걸었다. 한참을 걷고 나서야 강이 보였다.

그 강변길을 따라가자 볼링 핀 모양의 입체 간판이 눈에 들어왔다. 넓은 부지에 폐허로 우두커니 남겨진 건물은 언제 봐도 으스스했다.

나는 부지 안에 바이크가 세워져 있나 확인한 다음, 가방에서 쌍안경을 꺼내 옥상에 사람이 있는지 확인했다.

이곳은 류지가 좋아하는 장소다. 종종 학교를 빼먹고 올 때도 있으니 조심해야 한다.

한동안 주위를 살펴 아무도 없다는 걸 확인하고 건물 안으로 들어갔다. 건물 주변으로 '건물 붕괴 위험이 있으니 주의하세요'라고 적힌 간판이 세워져 있다.

건물 정면으로 자동문이 있었으나 지금은 흔적도 없었다. 깨진 유리 파편이 바닥에 흩어져 있을 뿐이다. 깨진 유리를 우두둑우두둑 밟으면서 어두컴컴한 실내로 들어갔다. 냉방이 된 듯 서늘했다.

왼쪽에 접수대 같은 카운터가 있고 안쪽에 늘어선 우드 레인은 칠이 벗겨져 검은 곰팡이가 피었다. 모든 레인 앞에는 너덜너덜한 소파가 놓여 있었다.

3번 레인 핀 데크에는 손님이라도 기다리는 듯 더러운 핀들이 가지런히 놓여 있고 바닥에는 볼링공과 핀들이 떨어져 있어서 조심하며 계단 쪽으로 걸어갔다.

갑자기 꽈당 소리가 나서 돌아보니 핀 하나가 쓰러졌다. 아무도 없는 곳에서 소리가 나니 기분이 나빴다……. 작년에 이 건물 옥상에서 남자 고등학생 하나가 몸을 던져 자살했다.

그 이후 소년의 유령이 나온다는 소문이 돌아 한때는 담력 시험에 나선 젊은이들이 늘었으나 커플 사냥이 횡행해 최근에는 아무도 접근하지 않게 되었다.

그런데 류지는 매달, 나를 이 옥상으로 불렀다.

후유토나 쓰요시 중 하나가 내 연락처를 류지에게 넘겼을 것이다. 덕분에 돈을 재촉하는 전화가 걸려오기 시작했다.

엘리베이터 옆에 위층으로 이어지는 계단이 나 있다. 발밑에는 매미와 개미의 사체가 뒹굴고 있다. 계단을 하나씩 오를 때마다 걸음이 무거워졌다. 먼지가 자욱한 실내 탓인지 숨쉬기가 힘들었다. 마지막 계단을 다 오르자 레스토랑이었던 곳이 나왔다.

초등학생일 때, 딱 한 번 가족과 온 적이 있다. 어머니와 같이 오므라이스를 주문했던 기억이 났다. 행복했던 시절의 기억은 이제 모두 고통으로 변했다. 생각날 때마다 기분이 가라앉는 게 싫어서 즐거운 기억들도 깡그리 잊고 싶었다.

영업할 때는 레스토랑이 있는 4층까지만 올 수 있었으나 옥상으로 통하는 문도 있었다. 폐점한 뒤에는 누군가가 망가뜨렸는지 노상 문이 열려 있다.

무거운 문을 열자 문 안쪽으로 계단이 있고, 그 계단 끝에 옥상으로 나가는 문이 있었나 보다.

삐걱거리는 소리와 함께 문이 열린다. 강한 빛이 들어와 반사적으로 눈이 가늘어졌다.

옥상은 10센티미터 정도 높이의 부벽으로 둘러쳐 있는데 입구 왼쪽에는 원기둥 형태의 저수탱크가 있다. 실내와 비교하면 그리 넓지 않았다. 옥상의 안쪽 반을 한 단 높여 볼링 핀 모양의 입체 간판을 설치했기 때문이다.

나는 천천히 부벽 끝까지 가서 아래를 내려다봤다. 올려다봤을 때는 그리 높아 보이지 않았는데 지면을 내려다보니 공포로 발이 얼어붙었다.

문득 자살한 고등학생이 뇌리를 스쳤다.

그에 관해서는 아무것도 모른다. 그런데도 마음이 공명하듯 절망이 가슴속에 퍼졌다. 문득 내 안에도 같은 감정이 숨어 있음을 깨달았다.

여기서 뛰어내리면 편할 텐데…….

그런 마음이 적잖았다.

주위에는 담배꽁초가 여러 개 떨어져 있다. 그 꽁초를 바라보니 류지에게 불려 나왔을 때의 치욕감이 되살아났다.

지난달, 5만 엔이 든 봉투를 건네려 하자 류지는 봉투뿐 아니라 내 가방까지 빼앗아 지갑을 꺼냈다.

가방을 옥상에서 밑으로 던져버리고는 그 어떤 주저함도 없는 익숙한 손놀림으로 7천 엔을 빼고는 공을 던지듯 지갑도 버렸다.

"약속한 돈은 5만 엔이었잖아요?"

내가 필사적으로 항의해봤지만, 도리어 배를 걷어차이고 멱살을 잡혀 부벽 끝에 세워졌다. 너무 높아 현기증이 나서 당장이라도 도망치고 싶었지만, 뒤에 류지가 있어서 그럴 수도 없었다.

"여기서 밀어줄까?"

류지의 억양 없는 낮은 목소리에 이제는 끝이라고 생각했다. 심장 소리가 격렬해지는 가운데 저 멀리로 땅에 떨어진 가방이 보였다. 격렬한 현기증이 찾아왔다. 그때 나는 스스로가 물건이나 마찬가지라는 사실을 깨달았다.

무릎이 떨리고 온몸에서 힘이 빠지려는 순간, 류지는 나를 내던지듯 옥상 바닥으로 쓰러뜨렸다. 쓰러지자마자 구역질이 올라와 토했다. 류지는 담배를 피우며 노골적으로 싫은 표정을 지으며 나를 내려다봤다.

이 꽁초는 필시 그때의 것이리라.

쓰지 않고 모아둔 세뱃돈과 풍족하게 받는 용돈을 합쳐도 이제 8만 엔밖에 남지 않았다. 돈을 바치려고 해도 이제 한 달이면 끝이다.

경찰에 도움을 요청하면 오히려 내가 죽는다. 체포되어 소년원에 들어가도 나오면 반드시 죽이러 오겠다고 했으니까. 더는 손쓸 방법이 없었다.

전에도 괴롭힘을 당한 열다섯 살 소녀가 경찰에 도움을 요청했다가 처참하게 린치를 당하고 산에 생매장당한 사건이 있었다.

소녀는 죽기 직전, 경찰에 신고한 것을 후회했을까…….

보도에 따르면 소녀의 몸에는 라이터로 지진 상처가 수도 없이 있었고, 이가 빠질 정도로 구타를 당했으며, 칼로 귀가 잘린 채 생매장됐다.

웃으면서 소녀를 묻은 녀석들도 나와 같은 피가 흐르는 인간이다. 그리 생각하면 '인간'이라는 동물의 우매함과 무서움이 동시에 밀려든다.

그 소녀는 어떻게 해야 했을까…….

나는 어떻게 해야 할까…….

어차피 빼앗길 목숨이라면 괴물을 죽여도 좋겠지.

나를 위해서가 아니다.

무엇보다 녀석을 죽이면 소년원에 들어가 살인자의 죄를 짊어지고 평생을 살아야 한다. 거처를 숨기고 이름을 바꿔도 누군가 조사해 찾아낼지 모른다. 그런 삶은 견딜 수 없다.

하루이치를 위해…….

잠시 그런 생각도 했으나 바로 허무함이 찾아왔다.

나는 그 소녀를 죽인 녀석들과 다를 게 없을지 모른다.

소녀를 죽인 녀석들은 '동료를 위해'라는 가짜 정의를 가슴에 품고 흉악한 범행에 나섰다고 진술했다.

사람에게 상처를 입힐 때는 이유가 필요해진다. 하물며 그것이 죽음에 이를 정도로 중대한 것이라면…….

하지만 누군가를 돕고 싶다는 마음은 거짓이 아니다. 맞아서 퉁퉁 부은 마키의 얼굴은 지금도 잊히지 않는다. 그때의 상처가 다 나았기를, 언젠가는 당시의 공포가 흐려지길.

류지가 죽으면 평온하게 살 사람이 많다. 그 사람들을 위해서라도 녀석을 죽이고 싶다.

앞으로 계속 돈을 바치는 건 무리라고, 사실대로 말한 나에게 류지가 비웃으며 말했다. "사람을 죽여서라도 가져와."

어차피 그럴 바에는 너를 죽여주지.

혼자라면 무리일 수도 있다. 하지만 내게는 페니가 있다. 그것은 신이 주신 만남이 분명하다.

돈을 빼앗아 갈 때, 녀석은 한패가 돈을 나누자고 할까 봐 늘 혼자 온다. 마침 잘된 일이다.

나는 가방에서 노트를 꺼내 살해 계획에 문제는 없는지 확인했다.

부벽 높이는 류지의 발목 정도니까 녀석을 여기까지만 끌고 올 수 있다면 다음은 밀어버리기만 하면 끝이다. 건물 아래에 사람이 있는지 확인하려면 부벽 근처까지 와야 볼 수 있다.

다음은 옥상 입구의 사각지대를 확인했다. 저수탱크 뒤쪽에 공간이 있다. 페니가 숨을 장소다.

노트에 옥상 그림을 그리고, 페니가 숨어 있을 위치에 별표를 했다.

해가 저물 무렵, 전망대 공원으로 가자 주변은 축제처럼 시끌벅적했다.

공원 중앙 입구부터 야키소바, 솜사탕, 빙수, 낚시 놀이 같은 노점이 늘어서 있다.

매년, 이 계절의 금요일 밤이면 마을 살리기의 하나로 개최되는 이벤트다.

놀이기구가 있는 주변에는 녹색 폴로셔츠를 입은 스태프들이 바닥 조명이 설치된 야외무대를 준비하고 있었다.

밤이 되면 재즈 연주나 저글링, 불 연기 등을 하는 사람들이 공연을 한다. 무대 끝에 피에로 복장을 한 사람이 있는데 아무래도 페니는 아닌 듯하다.

어쩌면 페니도 일하러 이 공원에 왔을지 모르겠다.

그네 옆의 시계탑 바늘은 오후 6시 반을 가리켰다. 본격적으로 이벤트가 시작되는 것은 7시부터이다.

나는 소란스러운 곳에서 떨어져 잡목림 근처의 잔디밭 광장으로 향했다.

노점이 있는 곳에서 잔디밭 광장까지는 조금 거리가 있다. 걸어갈수록 인파가 줄어들었다. 광장 주변은 밝은 이벤트 회장과 대조적으로 가로등이 별로 없다. 그 탓인지 늘 한적했다.

잔디밭 광장 가운데의 느티나무에 기대앉았다.

페니를 만난 그날 밤부터 줄곧 품어왔던 고독과 불안이 사라졌다. 마음을 의지할 사람이 아무도 없었던 내게 페니는 '살해 계획이 끝나면 도울게'라고 말해주었다.

그때는 그 말 자체를 그대로 받아들였다. 하지만 사실 페니에 대해 아무것도 모른다. 성별도 이름도 연락처도 모른다.

지금은 새삼 어떻게 만나야 할지, 답답하다.

페니를 찾는 것은 오늘로 세 번째였다. 만나지 못하는 날이 이어지자 그날 일은 내 망상이 아니었을까 불안했다.

어쩌면 놀림을 당한 것일 수도 있다. 만약 그렇다면, 살해 계획까지 세운 내가 정말 한심하다.

기다리면 만날 수 있다는 희망과 생판 남인 나와의 약속을 지킬 리가 없다는 양극의 마음이 번갈아 밀려들었다. 그나마 낮보다는 덜 더운 게 위안이 되었다.

정신을 차리니 주위가 완전히 어두워져 산책로에는 일정한 간격으로 세워진 가로등에 불이 들어왔다. 여기서 조금 떨어진 가로등 하나가 곧 꺼질 듯 깜빡거리고 있다. 그 밑에 한 남자가 서 있는 게 보였다.

남자는 정장 차림으로 휴대전화를 귀에 댄 채 하늘을 올려다보고 있었다. 마른 몸이지만 꼿꼿하게 서 있는 자세가 좋았다. 나이는 마흔 전후로 보였는데 머리만은 백발이다.

울고 있는 건가…….

남자가 이따금 눈 주변을 손으로 닦았다.

이별한 걸까? 아니면 아는 사람에게 불행한 일이 생겼나?

남자는 어깨를 부르르 떨었고, 낙담한 듯 고개를 떨어뜨린 다음 천천히 공원 밖을 향해 걷기 시작했다.

행복할 때는 몰랐는데 최근에는 쓸쓸해 보이는 사람들만 눈에 들어온다. 나보다 저 사람이 더 고통스러울지 모른다. 그렇게 생각하면 마음이 조금 가벼워졌다.

한편으로는 다른 이의 고통스러운 모습을 보고 안도하는 자신의 비겁한 근성이 싫었다.

끝내 그날도, 페니는 만나지 못했다.

그로부터 매일 전망대 공원에 왔지만, 페니는 만나지 못하고 시간만 흘렀다.

다시 금요일을 맞은 밤, 나는 여전히 페니를 기다렸다.

어제 류지에게 맞은 배가 너무 아팠다. 류지의 전화를 계속 무시했더니 녀석이 학교에 왔다. 녀석은 단지 나를 때리기 위해서 등교한 것이라 수업은 듣지 않고 돌아갔다.

류지는 내 지갑을 털어가면서 말했다. "다음 달부터는 10만이다."

갑자기 금액이 늘어난 것은 페니에게 맞았기 때문이라며 불을 뿜었다.

이제 한계에 다다랐다. 이대로 페니를 만나지 못한다면 스스로 목숨을 끊을 수밖에 없다. 아무리 생각해도 나 혼자 류지에게 복수하는 건 어렵다. 이를 악물고 칼을 들고 덤비더라도 순식간에 빼앗겨 내 배에 칼이 꽂힐 뿐이다. 온갖 살해 방법을 머릿속으로 생각해봤지만 죄다 나만 당하고 끝이 났다.

멀리서 클래식 연주 소리가 들렸다. 저 야외무대에서 연주하는 모양이다. 낯익은 선율에 갑자기 그리운 감정이 차올라 마음이 아프기 시작했다.

잉글랜드 민요 '그린 슬리브스'는 어머니가 좋아했던 곡이다. 요리하면서 종종 이 곡을 흥얼거렸다. 어릴 때 식탁에서 공부하면서 저녁을 손꼽아 기다리던 생각이 났다. 나와 눈이 마주칠 때마다 어머니는 눈가에 주름을 잡으며 웃어주었다.

지금은 고통으로만 남은 어머니의 기억을 떨치듯 손목시계를 봤다. 여기에 온 지 한 시간이 지났는데도 페니는 나타날 기미가 없었다.

진심으로 살인 공범이 될 마음은 없었던 거야. 고민하는 나를 격려한 것일 뿐이야.

아니면 나는 페니의 '목숨 시험'에 떨어져 전혀 가치 없는 것으로 평가된 걸까…….

이제 돌아가야지 하는데 누가 왼쪽 어깨를 두드렸다. 바로 돌아보니 아무도 없다. 일어나 나무 뒤쪽을 살피자 무지개색의 커다란 데이팩이 놓여 있었다.

뒤에 인기척을 느껴 돌아봤는데 거기에도 아무도 없었다. 페니라는 생각이 들어 주위를 확인하고 있는데 갑자기 잔디밭 광장이 환해졌다.

빛을 어디서 비추는지 찾았다. 오른쪽 뒤에 영사기처럼 생긴 휴대용 조명이 놓여 있었다. 조명 아래에는 각도를 바꿀 수 있는 받침대도 있었다.

이번에는 옷깃이 스치는 소리가 나더니 느티나무 뒤에서 페니가 튀어나왔다. 페니는 경쾌한 발놀림으로 걸어가 조명이 쏟아지는 잔디밭에 섰다.

나는 이제부터 무슨 일이 시작될지 몰라 멍하니 페니를 바라봤다.

페니는 왕자가 인사하듯 왼쪽 발을 조금 뒤로 빼고 한쪽 손은 가슴에 대고 인사했다.

조금 전까지는 평범한 잔디밭이었는데 페니가 나타나자 녹색으로 물든 무대처럼 보였다. 머리 위로 뜬 별조차 무대 연출 같았다.

페니는 "어이!"라며 손을 들고 이쪽으로 오려 했으나 도중에 투명한 벽에 부딪히고 말았다. 머리를 갸웃한 페니가 다시 한번 시도했으나 역시 벽에 부딪혀 튕겨 나갔다. 좌우로 이동해도 통과할 수 없었다. 이마에 손을 대고 한참 고민한 끝에 눈앞의 보이지 않는 벽을 확인하듯 두 손바닥으로 번갈아 만졌다.

정말 투명한 벽이 있나 싶을 정도로 페니의 손놀림이 정교했다.

페니는 다시 몸과 마음을 가다듬고 걷기 시작했으나 벽에 가로막히고 말았다. 짜증이 났는지 여러 차례 몸을 던졌으나 그때마다 튕겨 나가 잔디밭에 나가떨어졌다.

요란하게 구르는 모습을 보고 나도 모르게 웃고 말았다.

페니는 이쪽으로 오기를 포기했는지 어깨를 으쓱하고 뒤로 걷는 척하더니 다시 벽을 향해 몸을 던졌다. 그러자 갑자기 벽이 없어진 듯 상체의 균형이 무너지며 앞으로 휘청했고, 끝내는 앞구르기 한 다음 일어났다.

소리 높여 웃는 나를 보고 페니는 손짓하며 말했다. "이쪽으로 와. 같이 하자." 하지만 왠지 부끄러워 한참을 가만히 바라만 봤다.

다시 '이런, 이런!'이라고 말하듯 어깨를 으쓱하더니 이번에는 곤란하다는 듯 이마에 손을 얹고 한참 있다가 어슬렁어슬렁 걷기 시작했다. 그러다 갑자기 걸음을 멈추고 "맞다!"라며 손뼉을 치고 내 왼쪽 손목에 끈 같은 것을 묶는 시늉을 했다.

페니는 조금 떨어진 곳에서 손목에 연결된 끈을 잡아당기는 시늉을 했다. 내가 장난 삼아 손을 좌우로 움직이자 페니는 끌려오듯 손이 움직이는 방향으로 이동했다.

이번에는 손을 살짝 들었다. 그러자 페니는 상공으로 잡아 당겨지기라도 한 듯 팔을 뻗고 까치발을 들었다. 손을 당기니 마치 줄다리기라도 하는 듯 끌려오지 않으려고 다리로 버티며 저항했다. 나는 좀 더 손에 힘을 주어 잡아당겼다. 페니는 점점 이쪽으로 끌려왔으나 지지 않겠다는 듯 끈을 당겼다.

물론 끈이 실제로 있었던 것은 아니다. 하지만 정말 있는 것처럼 연기를 잘했다. 그에 비해 나는 어색한 몸짓을 할 뿐이다.

생각해보면 어릴 때부터 연기에는 영 소질이 없었다. 초등학교 때 학예회에서 전래 동화 〈대나무 장수 할아버지〉 이야기의 노인 역할로 뽑혔는데, 아무리 연습해도 대사를 책 읽듯 하고 움직임도 어색했다. 결국은 소품 담당이었던 하루이치와 교체되었는데 그때도 나 이외의 누군가가 되는 게 너무 부끄러워 견딜 수 없었다.

페니는 손을 번갈아 내밀어 필사적으로 끈을 당겼다. 너무 열심히 당겨서 나도 어쩔 수 없이 왼손을 내밀고 끌려가듯 곁으로 갔다.

눈앞까지 온 나를 보고 페니는 허리에 손을 얹고 만족스럽게 고개를 끄덕였다.

"잘 왔어. 드디어 왔네."

평소처럼 복화술로 얘기한 다음 악수를 청하듯 오른손을 내밀었다.

그 손을 잡으려다가 나는 너무 놀라 비명을 지르고 뒤로 펄쩍 물러났다. 또 장난감 개구리가 나타났기 때문이다. 페니는 개구리 배를 눌러 개굴개굴 소리를 내면서 계속 쫓아왔다.

"개구리는 싫다고 했잖아!" 나는 미간을 찌푸리고 말하면서도 깔깔 웃었다.

페니는 개구리를 발밑에 놓고 "다시 한번"이라고 말한 뒤, 다시 끈을 당겼다. 그러고는 내 팔을 잡고 보이지 않는 끈을 내 손에 쥐어줬다.

페니는 그것을 '당겨'라고 지시하듯 턱짓을 했다.

천천히 끈을 당기는 시늉을 하자 멀리서 하얀 풍선이 춤추듯 다가온다. 사실 끈 같은 건 없었는데 내 손의 움직임에 맞춰 다가오는 풍선이 너무나 희한했다.

눈앞까지 온 풍선에는 검은 매직으로 '괜찮아?'라고 적혀 있었다. 페니는 그 답을 기다리듯 가만히 나를 봤다.

"괜찮아요."

내가 그렇게 답하자 페니가 기쁜 듯 깔깔대고 웃었다.

시시하지만 재미있고 아주 편안한 밤이었다.

페니는 느티나무를 비추듯 잔디밭 위에 조명을 놓고 빛이 쏘이는 곳에 앉았다. 나도 옆에 앉았다.

주위에는 아직 클래식 연주 소리가 울렸다.

날벌레 한 마리가 조명 주위를 빙글빙글 날아다녔다.

"통금 없어?"

페니의 질문에 내가 "없어요"라고 대답하자 페니는 "규칙이 없는 가족도 나쁘지 않지"라고 말했다.

만약 행복했던 때로 돌아갈 수만 있다면 엄격한 규칙이 있어도 괜찮다. 규칙이 가족의 유대를 강하게 해준다면…….

아마 오늘도 집에 가면 아무도 없을 것이다. 자유로워 좋겠다고도 할 수 있겠지만, '통금' 같은 말은 사랑이 넘치는 가족 드라마 속 이야기 같다.

"페니는 가족이 있어요?"

그렇게 묻자 페니는 "있어"라고 대답하며 하늘을 가리켰다.

하늘에는 별들이 빛나고 있었다.

"주거지는 달, 가족은 저 별들이야."

아이돌이나 할 법한 말을 해서 절로 웃음이 터져나왔다.

복장만이 아니라 모든 게 동화 같네.

나는 페니가 궁금해서 질문을 계속했다.

"달과 지구의 거리는 38만 킬로미터 이상인데, 이 공원까지 어떻게 왔어요?"

"순간 이동."

페니는 그렇게 말하고 깔깔댔다.

아마 농담일 것이다. 하지만 페니라면 정말 할 수 있을 것 같은 불가사의한 분위기가 있었다.

"네 거주지는 이 공원에서 가까워? 아니면 우주?"

"집은 먼데 이 근처 고등학교에 다녀요. 나도 달로 이사 가면 좋겠네."

"지구는 살기 힘드니까."

"달은 좋아요?"

"응. 증오, 질투, 슬픔, 다툼, 괴롭힘 같은 게 전혀 없어."

왜인지…… 목소리가 조금 가라앉은 듯 들렸다.

"살해 계획은 세웠어?"

페니는 똑바로 앞을 본 채 물었다. 갑작스러운 물음에 가슴이 뛰었다.

잊지 않았구나. 그 약속은 그냥 둘러댄 말이 아니었구나.

나는 서둘러 가방에서 노트를 꺼내 건넸고, 페니는 잠자코 계획서를 읽어 내려갔다.

계획에 빠진 부분은 없나?

갑자기 불안해졌다. 수험 합격 발표를 기다리는 듯 초조해서 페니가 다 읽을 때까지 괜스레 서성이고 싶은 기분마저 들었다.

조금 전까지 평화로웠던 분위기는 사라지고 둘 사이에 긴장감이 감돌았다.

곁눈질로 슬쩍 페니를 봤는데 마스크를 쓴 탓에 표정을 읽을 수 없었다. 오늘도 눈동자에는 보라색 콘택트렌즈를 꼈다. 입술에는 새먼핑크 립스틱을 바르고 노트를 든 손에는 하얀 장갑을 끼고 있다. 긴 속눈썹이 오르내릴 때마다 불안감이 커져 정신을 차릴 수가 없었다.

만약 이 계획으로는 공범이 될 수 없겠다고 하면 어쩌지.

페니가 사라지면 내 마음은 고독에 완벽히 지배당할 것이다.

깊은 심리적 교류 같은 게 있었던 것도 아닌데 왜 이렇게 친근하게 느낄까.

나는 페니를 잃는 게 너무 두려웠다. 부모와 친구, 소중하게 여겼던 모든 이에게 배신을 당하고 마음의 안식처마저 잃어버렸기 때문일지 모른다.

이 세계에는 약 76억의 인간이 있는데 아무와도 연결되어 있지 않은 자신이 아무리 생각해도 이질적인 존재 같았다.

앞으로 누구의 사랑도 받지 못하고, 아무도 필요로 하지 않는 인간…….

"한 가지, 부족해."

페니는 노트를 보면서 말했다.

나는 조금 긴장한 목소리로 물었다.

"뭐가?"

"살해 실행일."

"그건…… 나 혼자 결정할 수 없으니까."

"나는 언제든 상관없어."

"그럼 11월 6일이……."

페니는 날카로운 시선을 던지며 내 말을 가로막듯 물었다.

"그날까지 살아 있을 수 있겠어?"

페니는 내 팔로 시선을 떨어뜨렸다. 팔에는 류지한테 맞아서 생긴 찰과상과 타박상이 있었다.

"녀석이 날 죽이지 않는다면……."

나는 솔직히 대답했다.

돈도 더는 줄 수 없다. 학원 특별 강습을 받겠다고 거짓말해 아버지에게 받아내지 않는다면 11월 6일까지 버틸 수 없을 것이다.

"실행일을 앞당기는 게 좋겠어."

페니의 말을 듣는 순간, 가슴에 짙은 안개가 끼면서 묘한 감정이 부풀었다.

뭐지…… 이건 혐오감일까. 뭐가 싫지? 왜 망설이는 거지?

녀석을 해치우지 않으면 계속 굴욕적으로 살아야 한다. 자칫 잘못하면 호프 볼링 옥상에서 밀려 떨어질지 모른다.

하루이치와 마키를 위해서라도 복수하고 싶다. 증명해 보이겠노라 맹세하지 않았나. 녀석이 죽으면 이 세상에는 안심하고 살 사람들이 있다. 궁지에 몰려 자살이나 할 바에는 녀석을 죽이면 되는 일이다.

거기까지 생각했는데도 마음이 개운하지 않은 진짜 이유를 알았다.

"페니, 나 혼자 할게."

순간 페니의 눈동자가 흔들린 것 같았다. "페니와는 관계도 없는데, 공범자로 만들고 싶지 않아."

그렇게 말하고 나니 내 안의 또 다른 자아가 '지금 무슨 소릴 하는 거야!'라며 질책했다.

페니와 만났을 때 그토록 든든하고 기뻤으면서, 나는 왜 이 모양일까? 머리가 너무 혼란스러웠다.

페니가 데이팩 주머니에서 볼펜을 꺼내 노트에 적었다.

살해 실행일은 3주 뒤 금요일, 9월 29일 저녁 7시.

실행일은 3주 뒤…….

페니를 끌어들였다는 죄책감과 공범자로 만들고 싶은 두 가지 감정이 성난 물결처럼 밀려왔다. 내 마음이 진짜 뭘 원하는지도 알 수 없었다.

"내키지 않으면 나 혼자서라도 할게."

"왜? 페니는 관계도 없잖아?"

"취미야."

취미?

무슨 소린지 알 수 없어 페니의 옆얼굴을 바라봤다.

"인간을 죽이는 게 취미야. 어차피 죽일 거면 나쁜 놈이 좋지."

"내 계획으로는 실패할 수도 있어."

"나는 이제 실패 같은 게 무섭지 않아. 그런 감정은 없어."

"완전범죄가 안 되어 경찰에 잡힐지도 모르는데?"

"그건 실패가 아니지. 진짜 실패는 표적을 못 죽이는 거야. 무슨 일 생기면 연락해."

페니는 노트에 '090'로 시작되는 전화번호를 적은 다음 쓱 일어나 나를 내려다봤다.

사자처럼 솟구친 새빨간 머리카락이 밤바람에 흔들렸다.

머리 위에서 별이 빛나고 있는데 서쪽에서는 무거운 회색 구름이 흘러온다.

"살해 실행일은 3주 뒤 금요일, 9월 29일 저녁 7시야. 그날, 나는 할 거야."

페니는 확인하듯 그렇게 말했다.

어차피 당할 거라면 내가 한다. 가능하면 페니를 끌어들이고 싶지 않다. 하지만 혼자서는 할 수 없다. 내 속마음을 헤아릴수록 안갯속으로 다른 감정이 나타났다가 다시 자취를 감춘다. 나는 끝내 무엇이 진짜 내 본심인지 알 수 없었다.

집과 가장 가까운 역에서 전차를 내리면 늘 발걸음이 무거워진다.

어두운 기분을 반영이라도 하듯 별이 가득했던 하늘은 어두운 구름으로 뒤덮여 있었다.

아무리 천천히 걸어도 오 분이 안 되어 내가 사는 맨션에 도착한다.

집에 가는 게 싫었다. 방 세 개에 거실, 부엌이 있는 3LDK 구조의 집에 좋은 추억 따위 없기 때문이다. 그렇다고 달리 갈 데도 없다.

공동 우편함에서 전단과 엽서, 봉투 등을 꺼내 엘리베이터를 타고 18층 버튼을 눌렀다.

피자 가게 광고지와 홍보물들 가운데 갈색 봉투가 섞여 있는 게 보였다. 받는 사람 칸에 주소도 없이 '도키타 쇼헤이 님'이라고만 적혀 있었다.

꾹꾹 눌러쓴, 비스듬히 오른쪽으로 올라간 필체가 낯익었다. 봉투 뒷면에는 낯익은 회사 이름과 가게 이름이 인쇄되어 있었다.

안 좋은 예감을 안은 채 봉투를 열어보니 1만 엔짜리 지폐 석 장이 들어 있었다. 절로 무거운 한숨이 흘러나왔다.

봉투는 중학교 때부터 하루이치가 아르바이트로 신문을 배달하던 곳의 것이다. 글씨체도 하루이치의 것이 분명했다.

새삼 뭘 하자는 거냐…….

내가 류지의 표적이 된 데는 하루이치에게도 원인이 있다. 하루이치가 나를 함정에 빠뜨린 탓에 이런 고통스러운 일을 당하고 있으니까.

이 돈은 사과 대신일 것이다. 아마도 류지에게 돈을 빼앗기고 있다는 소문을 들었으리라.

봉투에 우표가 붙어 있지 않은 걸 보아하니 맨션까지 왔었던 모양이다. 그러다가 나와 마주치면 어쩌려고.

여동생이 폭행당해 달리 방법이 없었던 하루이치의 마음을 이해하지만 이제 와 이런 짓을 하다니, 너무 비겁하지 않나.

배신당했다는 분한 마음과 쓸쓸함 말고도 하루이치의 교활한 방식에 분노가 치밀었다. 돈이 든 봉투를 넣을 거라면 철저히 자신을 숨기면 좋았을걸. 굳이 아르바이트하는 회사의 봉투를 이용하다니, 너무 비겁하다.

'내가 피해를 받는 것은 사양하겠으나 네게 마음은 쓰고 있어.'

그런 배려는 필요 없다.

그렇게 딱 잘라내면서도, 조금이라도 나를 걱정해준 옛 친구의 마음 씀씀이를 기쁘게 생각하는 한심한 나도 있다.

어정쩡한 다정함 탓에 완전히 미워할 수도 없으니 역시 하루이치를 위해서라도 류지에게 복수하고 싶어졌다.

소설이라면 틀림없이 나는 제일 먼저 살해당하는 역할일 것이다. 사람에게 제대로 이용당하고 주인공들에게 휘둘리다가 목숨을 걸고 악을 쓰러뜨리러 가서 자멸한다. 아무리 소원해도 평화가 찾아온 세상을 나는 볼 수 없다.

현관문을 여는 순간, 너무 놀라 그 자리에 멈춰 섰다.

거실 유리문에서 불빛이 새어 나오고 있었다.

서둘러 손목시계를 보니 몇 분 뒤면 날짜가 바뀔 시간이었다. 전에는 이렇게까지 늦은 날이 없었는데 어째서 하필 이런 날에 집에 들어오냔 말이다.

거실 앞을 지나쳐 내 방으로 가려는데 안방에서 나온 아버지에게 팔을 세게 잡혔다.

아버지는 말없이 나를 억지로 소파에 앉혔다.

정면에 앉은 아버지는 평정심을 유지하는 듯 보이고 싶었는지 난폭했던 행동과는 달리 온화한 표정을 지었다.

"늘 이렇게 늦었니?"

"그쪽이야말로 늘 늦잖아. 안 들어오는 날이 대부분인 주제에."

"아버지는 일이 있으니까 어쩔 수 없지."

아버지는 마음을 가라앉으려는 듯 천천히 숨을 토해냈다.

"그러니까 중학교에서 고등학교로 그냥 올라갔으면 좋았잖아. 그런 학교에 다니니까 수준 낮은 생활을 하지. 벌써 고등학생이야. 네 장래를 신중하게 생각하고, 꿈이나 지망할 대학을 정해 노력해라."

아버지의 말이 맞다. 그 고등학교를 선택하지 않았다면 류지와 만날 일은 없었다. 그래서 더 상의할 수 없는 것이다.

"내 인생은 내가 책임질 테니까 걱정하지 마."

"부모에게 반항하는 것은 괜찮아. 하지만 타인과 자신의 미래를 망가뜨리는 일은 하지 마라."

"웃기네. 타인을 망가뜨리는 일을 하지 말라고? 불륜을 저질러 이혼해서 가정을 망가뜨린 주제에. 아아, 타인이 아니라 가족이니까 괜찮나?"

내 빈정거림에도 아버지는 흔들리지 않고 타이르듯 말했다.

"그건 아버지도 여러 번 사과했다."

"사과해서 모든 걸 다 용서받을 수 있으면 좋겠네. 만약 내가 사람을 죽이고 사과하면 모든 걸 용서해줄 거야?"

아버지는 흠칫 놀란 표정을 지었다.

"바보 같은 소리 하지 마라. 사람의 목숨을 빼앗고 용서받을 수는 없어."

"아버지는 불륜을 저지르고, 어머니는 남자가 생겨 집을 나가고, 나는 아버지의 불륜 상대에게 짐짝 취급을 당하고. 만약 아버지 아들이 절망해 죽으면…… 내가 자살해도 용서해줄 거야? 살인이라는 거, 타인만이 아니라고."

아버지는 할 말을 찾았으나 찾지 못한 듯 입술을 한 일一 자로 굳게 다물었다.

만약 내가 살인을 저질러 범죄자가 되면 아버지와 어머니는 어떻게 생각할까. 자책하기에 앞서 틀림없이 낳지 말았어야 했다고 후회할 것이다.

정답이야. 필요 없는 아이는 낳지 말라고…….

류지를 죽이면 당신은 살인자의 아버지가 돼. 어디 있는지 모를 어머니도 마찬가지고.

이번 살해 계획은 둘을 향한 복수이기도 한 것 같다.

"제대로 된 생각도 하지 않고, 딱히 할 말도 없으면서 내게 설교하려 들지 마."

내가 소파에서 일어나 거실에서 나오려고 할 때, 아버지가 조용히 말했다.

"쇼헤이, 사람은 절대로 죽이지 마라. 그리고 네 목숨도 빼앗지 말고."

이 세상에서 없어지고 싶었던 이유 가운데 하나는 당신들 탓이야.

그렇게 말하고 싶었지만 더는 아버지와 대화하고 싶지 않았다.

나는 방으로 들어와 불도 켜지 않고 침대에 쓰러졌다.

두려워할 건 하나도 없어. 만약 페니가 경찰의 의심을 받으면 나 혼자 했다는 유서를 남기고 자살하면 돼.

사람이 몇 명쯤 죽는다고 세상은 변하지 않아. 괴롭힘도 이 세상에서 사라지지 않아.

그 계획을 실행하면 더는 돌이킬 수 없다. 세상은 변하지 않더라도 내 세계는 끝이 난다.

제4장
결단

프린터가 고통스러운 소리를 내며 몇 장의 사진을 토해냈다.

초침 소리만 울리는 내 방에서, 서른두 명의 중학생이 찍힌 사진을 바라봤다.

시게아키의 담임이 보내준 졸업 앨범을 스캔해 단체 사진과 개인 사진을 프린트했다. 개인 사진 아래에 각자의 이름을 적었다. 이름과 얼굴을 외우기에 딱 좋은 방법이다.

오늘은 평일인데 유급 휴가를 받아 시게아키의 반 아이들을 조사하기로 마음먹었다.

아키에가 보관하고 있던 사진 앨범을 확인한다. 문득 시게아키와 함께 찍힌 소녀의 미소가 눈에 들어왔다. 보호 필름을 떼고 사진을 든다.

당시 중학생이었던 소녀는 아직 앳된 기가 남은 얼굴로 미소 짓고 있다. 머리는 남자처럼 짧게 친 쇼트커트이고 뺨은 불그스레하다.

운동회 때 사진인지, 이마에 붉은 머리띠를 하고 있다. 지금 봐도 총명해 보이는 아이다.

예전에 딱 한 번, 이 소녀 니카이도 아사미를 만난 적 있다.

시게아키가 자살한 다음 '괴롭힘이 있었다'라고 알려준 학생이 몇 명 있었는데 그들은 나중에 '착각했다'라고 진술을 번복했다. 도무지 납득할 수 없었던 나와 아키에는 학생들의 집까지 찾아가 왜 증언을 바꿨는지 알려달라고 부탁했다. 하지만 진상을 말해주는 학생은 하나도 없었다. 시게아키의 죽음과 학생들 사이에 무슨 사연이 있는 듯했으나 그걸 알아낼 도리가 없었다.

시게아키에 대해 말하고 싶은 게 있더라도 당시는 말할 수 없었을지도 모른다. 괜한 말을 했다가는 괴롭힘의 대상이 될 수 있기 때문이다.

아키에가 죽고 반년쯤 지났을 때, 여전히 정신적으로 최악이었으나 그래도 긍정적인 생각을 조금씩 할 수 있게 되었다. 나는 다시 시게아키의 죽음의 진상을 파헤치려 했다. 중학교 때는 어려웠을지 모르지만, 고등학생이 되었으니 사실을 말해줄 학생이 있지 않을까 기대한 것이다.

시게아키와 한 반이었던 학생들의 집에 하나씩 전화를 돌려 아들의 자살 원인으로 짚이는 게 없는지 물었다. 하지만 아무도 진상을 알려주지 않았다. 부모가 대신 전화를 받았고, 아이들과는 통화 자체를 할 수 없었다. 어디 그뿐이랴. 시게아키의 이름마저 잊어버린 아이도 있었다. 당연한 일인지 모른다. 지금의 환경이 편안하면 께름칙한 기억은 잊는 게 일반적이다.

결정적인 증거를 잡지 못한 채, 할 수 있는 일을 다 끝낸 나는 우울한 감정을 안고 죽은 듯 사는 수밖에 없었다. 그렇게 포기했던 내 마음에 다시 불을 붙이고, 삶에 대한 의욕을 불태우게 한 것은 라이프세이브 모임 게시판에서 만난 하기노 덕분이었다. 하기노의 사정을 들으면서 시게아키를 자살로 몬 학생을 특정할 수 있을지 모른다는 생각이 든 까닭이다.

앞으로 중대한 결정을 내려야 한다. 그 전에 가능한 많은 정보가 필요했다. 지금은 억측의 영역을 벗어나지 못하고 있으니 하기노 말고 다른 사람들에게도 다시 정보를 모아보자고 생각했다.

시게아키의 자살로부터 삼 년에 가까운 시간이 흘렀는데 아사미는 당시를 얼마나 기억하고 있을까…….

시게아키가 살아 있다면 고등학교 2학년이 되었을 것이다.

중학교 때, '괴롭힘이 있었다'라고 증언했던 사람이 반장인 아사미였다.

시게아키가 다니던 학교는 시험을 보지 않고 들어가는 공립 중학교였다. 통학 구역마다 갈 수 있는 학교가 정해져 있어서 중학교에 진학해도 같은 초등학교 출신이 많았다.

우리 집에서 걸어서 삼십 분쯤 되는 거리에 아사미의 집이 있다.

아키에에게 아사미의 아버지는 제약회사에 다니고 어머니는 전업주부라고 전해 들었다. 초등학교 저학년 때 아사미와 시게아키는 같은 반이었는데, 아키에는 부모 참관일에 옆자리에 앉았던 아사미의 어머니와 한동안 가깝게 지냈다.

테이블 위에는 피로 물든 노트가 한 권 있었다. 표지를 넘기자 피를 빨아들인 종이가 검붉게 변색해 있었다. 노트에는 피로 '이 녀석들을 저주한다'라고 적혀 있다. 그 아래에 적힌 글자 가운데 '中'와 '二'라는 글자밖에 읽을 수 없었다.

개인 사진의 이름에서 '中'와 '二'를 쓰는 학생을 확인하고 그들의 사진에 빨간 볼펜으로 동그라미를 쳤다.

가와사키 류지川崎竜二

나카이 히사토中居久仁

나카노 나오키中野直紀

니카이도 아사미二階堂麻美

니무라 미카二村ミカ

이 가운데 셋이 마음에 걸렸다.

나는 학생 이름과 얼굴을 다시 확인한 다음, 아사미의 집까지 찾아갔다.

이미 저녁인데도 더위가 가시지 않아 석양이 길바닥을 강하게 내리쬐고 있었다.

조용한 주택가를 걷고 있자, 12월의 추위 속에서 아키에와 아사미의 집에 갔던 날이 떠올랐다. 시게아키가 죽고 한 달이 지난 뒤였다.

현관 앞에서 아사미의 어머니에게 '따님을 만나게 해주세요. 학교폭력의 진상을 알고 싶습니다'라고 간청했으나 아사미의 어머니는 '딸애 몸이 안 좋아요. 돌아가주세요'라며 고개만 연신 숙여댔다. 그래도 우리의 절박한 목소리를 들었는지 아사미는 현관까지 나와줬다.

무슨 말이라도 해주리라는 기대에 부풀어 눈물이 나올 정도로 기뻤는데, 아사미는 '저번 얘기는 착각이었어요'라는 말을 모깃소리 같은 목소리로 내뱉고 도망치듯 자기 방으로 돌아갔다. 집으로 돌아가는 길, 울 것 같은 아키에의 손을 잡았을 때 아키에 손이 놀랍도록 차가웠던 기억이 난다. 우리를 내몰 듯 쏟아지는 눈 탓에 입까지 얼어붙어 우리는 돌아오는 내내 침묵을 지켰다.

찜통 같은 더위 속에서 나는 손수건으로 목덜미의 땀을 닦으며 전에 본 마당 딸린 단독주택 앞에 섰다.

집은 커다란 3층 건물로, 1층은 주차장인데 차는 없었다.

새하얀 벽이 저녁노을에 물들었다.

카레 냄새가 났다. 아사미의 어머니가 집으로 돌아올 가족을 위해 저녁을 준비하고 있겠지.

니카이도 아사미의 가족이 우리 가정을 망가뜨린 건 아니다. 그런데도 배 속 깊은 곳에서 억울함이 치밀었다. 같은 사람인데 왜 고통의 양은 이토록 다르단 말인가…….

상대에 대해 아무것도 모르지만, 질투가 머리를 채운다.

아사미의 부모를 만나면 또 쫓겨날 것 같아 근처 공터에서 기다리기로 했다. 단독주택 한 채만 한 넓이의 공터에는 잡초가 우거져 있었다.

공터는 역에서 아사미의 집으로 가는 중간에 있었다. 만약 전차로 통학한다면 이 앞을 지나갈 것이다.

주위에 인적이 없어 아주 조용했다. 공터 구석에는 살짝 더러워진 빈 페트병이 구르고 있었다.

나는 가방에서 사진을 꺼내 찬찬히 다시 살폈다. 중학교 때와 분위기가 바뀌었으면 몰라볼 수도 있다. 나는 변하지 않을 것 같은 코나 입 등을 눈에 담아뒀다.

손목시계 바늘이 6시 반을 가리키려 할 때, 세일러복 차림의 고등학생이 앞을 지나쳤다. 소녀는 손에 든 스마트폰을 보면서 느긋하게 걷고 있었다.

나는 서둘러 달려가 소녀에게 말을 걸었다.

"니카이도 아사미 씨인가요?"

아사미는 조금 경계하는 표정으로 "그런데요"라며 고개를 끄덕였다.

중학교 때와 거의 변하지 않았다. 여전히 머리는 짧고 활달한 분위기가 있다.

"중학교 때, 학생과 같은 반이었던 가자미 시게아키의 아버지입니다."

아사미는 "아아!"라며 순간 표정을 풀었다가 금세 딱딱한 표정으로 돌아왔다.

"시게아키에 대해, 꼭 묻고 싶은 게 있어요."

"저는…… 특별히 아는 게 없어요."

"하지만 그때 학생이 아내에게 '괴롭힘이 있었다'라고 말해줬잖아요."

"그건 착각이었다고 했는데요."

"뭘 착각했는지 좀 알려주세요."

아사미가 숨을 삼키는 게 느껴졌다.

"그건…… 무서워서……." 아사미는 횡설수설했다.

"뭐가 무서웠죠?"

"시게아키의 어머님이 '괴롭힘이 있었죠?'라며 제 팔을 세게 잡는 바람에 무서워서 '네'라고 대답했어요."

확실히 당시의 아키에는 정상이 아니었다. 어쩌면 조금 강압적으로 진상을 캐물었을지도 모른다. 하지만 뭔가 앞뒤가 맞지 않는 듯했다.

상대가 두렵다고 거짓 증언을 한단 말인가…….

나는 의문을 던졌다.

"그렇다면 학생은 왜 '착각'이었다고 했나요?"

"그건……." 아사미는 당혹스러운 표정으로 고개를 기울이며 말끝을 흐렸다. "죄송해요. 저는 시게아키 군에 대해서 정말 아무것도 몰라요."

아사미는 그렇게 말하고는 도망치듯 뛰기 시작했다.

나는 아사미를 정면으로 막아섰고, 정신을 차려보니 무릎을 꿇고 있었다.

아스팔트에 이마를 댔을 때는 마음이 너무나 아팠다. 그때 무릎까지 꿇었던 아키에의 심정을 이해할 수 있었다. 당시에 나는 '그렇게까지 해야 했나' 하고 냉정하게 생각했다.

우리 부부는 똑같은 고통과 슬픔과 분노를 품었다고 생각했는데…… 그건 내 착각이었을 수 있다.

"부탁합니다. 시게아키에게 무슨 일이 있었는지 알려주십시오."

"또 배신하실 건가요?"

아사미가 질책하는 목소리로 질문했다.

나는 무슨 뜻인지 몰라 무릎을 꿇은 채 고개를 들었다. 아사미는 금방이라도 울음을 터뜨릴 것 같은 얼굴을 하고 있었다.

"시게아키 군의 어머니는 절대 아무에게도 말하지 않겠다고 하셨어요. 그러니 알려달라고요. 그래놓고는 학교에 고자질하셨잖아요?"

"하지만 학생 이름은 말하지 않았는데……."

너무 놀란 바람에 내 목소리가 뒤집히고 말았다.

"그다음부터 교실에서 범인 찾기가 시작되었어요. 모두 예민해져서 서로를 의심하게 됐고……."

"학생 말고도 괴롭힘이 있었다고 증언해준 학생들이 있었어요. 시게아키를 괴롭힌 사람이 대체 누굽니까?"

"왜 그렇게 자기만 생각하시죠! 진상을 알기 위해서라면 사람을 죽여도 괜찮나요?"

"죽이다니…… 무슨 소립니까?"

"시노하라 야마토 군이 자살한 건, 시게아키 군의 어머님이 원인이었어요."

눈앞이 살짝 어두워졌다.

뺨이 경련을 일으킬 것 같아 나는 급히 고개를 숙였다. 그대로 몸이 지면과 하나가 된 듯이 굳어버렸다. 한참 생각했다. 나쁜 예감이 가슴에 퍼진다.

시노하라 야마토에게 아키에가 무슨 짓을 했을까. 아키에는 야마토가 자살하기 일 년 전 11월 6일에 죽었는데, 도대체 무슨 일이 있었던 것인가…….

"아내가 원인이라니, 무슨 소립니까?"

"말하고 싶지 않아요."

"다시는 다른 말 하지 않겠습니다. 약속합니다."

"믿을 수 없어요."

"알지도 모르겠습니다만, 아내는 아들의 학교폭력을 깨닫지 못했다는 사실에 자책하고 자살했습니다. 지금 와서 내가 진상을 알아낸들 아들과 아내가 살아 돌아오지 않습니다. 하지만 아들이 어떤 생각을 품고 죽었는지, 얼마나 힘들고 억울했는지, 왜 스스로 목숨을 끊어야 했는지, 그것만은 알고 싶습니다."

아사미의 눈에 눈물이 살짝 고였다. 입술도 가늘게 떨렸다.

나는 다시 땅에 이마를 대고 말했다.

"여기서 들은 얘기는 절대 다른 사람에게 말하지 않겠습니다. 만약 이 약속을 깨면 죽어도 상관없습니다."

아사미는 주위를 슬쩍 둘러본 다음 공터로 들어가 걸음을 멈췄다. 나는 재빨리 일어나 그 애 옆으로 달려갔다.

"시게아키 군이 자살한 다음, 책상 속에 '모두가 범인입니다'라는 종이가 들어 있었어요. 시게아키 군이 괴롭힘을 당하는데 다들 보고도 모른 척했으니까요. 그래서 '모두가 범인입니다'라는 종이를 봤을 때, 방관자도 죄가 있는 듯해서 다들 불안해했죠. 그래서 우리는 이 문제가 커지지 않길 바랐어요."

아사미는 한숨을 쉰 뒤 조그만 목소리로 계속 얘기했다.

"중학교 때, 반에 비밀 사이트가 생겼어요. 사이트 주소는 입학하자마자 친구들이 메일로 보내줬고요. 이 사이트에 험담이 적히면 그게 설사 허위 정보라도 반 아이들에게 순식간에 퍼지니까 모두 비밀 사이트에 신경을 썼죠. 하루에 몇 번씩 들어가 봤어요. 시게아키 군이 자살한 다음 '괴롭힘이 들통나면 원하는 학교에 갈 수 없어'라고 적은 사람이 많아졌고, 그에 찬성하듯 '아무래도 큰 감점이 되겠지'라는 의견이 늘어났어요. 우리 모두 입시를 치러본 적이 없었으니까요. 따돌림이 들통나면 원하는 학교에 가지 못하리라 생각했죠. 점점 자살한 시게아키 군의 잘못이라는 글도 늘었어요. 다음은 '괴롭힘이 있었다고 얘기한 애가 나빠'라는 글이 생겼고요."

"선생님과 상의하지 않았나요?"

훈계할 입장은 아니었으나 목소리를 짜내어 물었다.

"선생님에게 알린 게 알려지면 보복을 당할 테니 그럴 수 없었어요. 의심을 받아 사이트에 이름이 나온 학생은 다음 날부터 '너 때문에 원하는 고등학교에 갈 수 없게 되었어'라며 비난을 받았고요. 급기야 덧신이 사라지고 급식에 죽은 벌레가 들어가고……. 다들 표적이 되지 않도록 조심하며 항상 반 친구들의 표정을 살폈죠. 전 그런 생활이 너무 괴로웠어요. 그 무렵 '야마토 군이 시게아키 군의 어머니에게 돈을 받는 걸 봤다'라는 글이 올라왔어요. 어쩌면 거짓말일지도 몰라요. 그치만 모두 자신이 의심받는 게 싫어서 야마토 군을 나쁜 사람으로 몰며 무시하기 시작했어요."

아니, 실제로 시노하라 야마토는 아키에에게 돈을 받고 나카노 나오키가 범인인 걸 알려줬다. 하지만 나는 아무 말 없이 다음 이야기를 기다렸다. 아사미는 당시를 떠올리는 것만으로도 괴로운지 힘들게 숨을 내뱉고 이야기를 이어갔다.

"그런 상태였던 터라 고등학생이 되었을 때는 다들 안도했죠. 그런데 고등학교 1학년 무렵, 어떤 웹사이트 주소와 비밀번호가 전송되었어요. 저뿐만 아니라 중학교 때 같은 반 아이들 모두에게 보내진 듯해요. 사이트에 접속하니 '시노하라 야마토에 대해'라는 사이트가 나왔어요. 거기에는 '시노하라 야마토는 중학교 때, 같은 반 학생을 괴롭혀 자살로 몰고 간 과거가 있습니다. 괴롭힘의 주모자이면서 다른 사람에게 책임을 떠넘긴 저질 쓰레기입니다'라는 내용이었죠."

"정말 야마토 군이 주모자였나요?"

아사미는 고개를 젓고 이야기를 계속했다.

"사이트에는 개인정보와 가족 험담까지 있었어요. 그 탓에 야마토 군은 고등학교에서 괴롭힘을 당했고요."

"야마토 군이 다니는 고등학교 학생들에게도 그 주소가 전달됐단 말입니까?"

아사미는 입술을 깨물면서 "네"라며 고개를 끄덕였다.

"야마토 군과 같은 고등학교에 간 아이에게 들었어요. 야마토 군의 같은 반 학생 중 누군가가 담임에게 말해서 학교에서도 문제가 됐고, 사이트는 삭제됐대요."

중학교 같은 반 학생들에게 주소를 보낸 것은 내가 아직 자살의 진상을 쫓고 있었던 때라 '시게아키에 대해 쓸데없는 말을 하면 너희도 이렇게 된다'라는 본보기를 보이기 위해서였을 것이다. 그렇다면 사이트를 만든 사람이 괴롭힘의 주모자일 가능성이 크지 않을까. 불현듯이 용의주도한 인물상이 떠오른다.

"볼링장이었던 건물에서 야마토 군이 자살한 건 아세요?"

아사미의 질문에 나는 말없이 고개를 끄덕였다.

"야마토 군의 자살은 아무래도 시게아키 군의 어머님 탓인 것 같아요. 범인 찾기 같은 일을 하지 않았으면 그런 일은……."

지금 생각하니 담임이 자살 원인을 찾으려 하지 않았던 것은 보신 때문만이 아니었던 것 같다. 그래서 더 범인의 이름을 묻는 게 힘들었다. 그렇다고 이대로 묻을 수는 없다.

나는 초조함에 시달리며 핵심으로 들어갔다.

"시게아키를 괴롭힌 주모자가 누구입니까? 야마토 군의 사이트를 만든 사람도 같은 사람이죠?"

아사미는 땅만 쳐다볼 뿐 대답하려 하지 않았다.

나를 비난한다면 모를까 그토록 고통스러워했던 아키에가 잘못했다는 말을 들으니 억울함과 슬픔이 커다란 파도처럼 밀려들었다.

"야마토 군이 자살한 것은 아내 탓이 아닙니다. 시게아키와 야마토 군을 자살로 몬 사람은 틀림없이 같은 사람입니다. 사이트를 만든 사람이 괴롭힘의 주모자겠죠. 아닙니까?"

엔진 소리가 들리고, 공터 앞길에 차 한 대가 멈춰 섰다. 창문이 열리고 사십 대 중반의 남자가 말을 걸었다.

"아사미, 무슨 일이니?"

남성이 바로 차에서 내렸다.

다가온 남성은 의아한 표정으로 아사미에게 말을 걸었다.

"아는 사람이니?"

아사미는 시게아키와 관련한 얘기를 부모에게 알리고 싶지 않았는지 빠르게 대답했다.

"길을 물어보셔서. 아빠, 오늘은 일찍 오셨네요. 빨리 집에 가요."

아사미의 아버지는 미간을 찌푸리고 딸의 등에 팔을 둘렀다.

"일단 차에 타라."

아사미는 아버지의 재촉을 받으며 차에 탔다.

나는 잠자코 둘의 뒷모습을 배웅할 수밖에 없었다. 여기서 상황을 악화시키면 다시는 아사미에게 접근할 수 없게 된다.

차가 떠나는 소리와 함께 어디선가 '아버지'라는 소리가 들렸다. 시게아키의 목소리였다.

아들이 살아 있다면 퇴근길에 우연히 역에서 만나기도 했겠지. 시게아키가 손을 흔들면서 '아버지, 오늘은 일찍 왔네'라며 다가오는 환영을 봤다……. 그리고 정신을 차렸을 때는 눈물을 흘리고 있었다.

나는 주먹을 꽉 움켜쥐었다.

시게아키를 괴롭힌 상대는 고등학생이 되어서도 야마토를 몰아세웠다. 인터넷을 이용하면 다른 고등학교에 다니더라도 스물네 시간 괴롭힐 수 있다. 정말 편리한 세상이라고, 어디선가 비웃고 있을 것만 같았다.

시커먼 증오의 감정이 가슴속에 서서히 퍼져간다.

두 번 다시 누구도 괴롭히지 못하게 숨통을 끊어주고 싶다.

나는 주머니에 넣은 종이를 꺼내 펼쳤다. 중학교 학급 명부를 복사한 것이다. 몇 명의 이름에 빨간 줄이 그어져 있다. '괴롭힘이 있었다'라고 증언해준 학생들이다. 철저히 조사해 이번에야말로 진상을 규명하고 싶다.

더는 학교나 경찰에 기대하지 않을 것이다. 누구에게도 정보를 공유하지 않겠다. 나 혼자만의 힘으로 끝내겠다.

이제까지 몇 번이나 손목시계를 봤을까.

오후 3시가 넘어가자 시간이 신경 쓰여 견딜 수 없었다.

드디어 오늘, 하기노와 만나기로 했다.

퇴근 시간 오 분 전, 책상 위의 서류를 정리하고 바닥에 놓아둔 가방에 휴대전화를 넣었다. 뭔가 적을 게 필요할 것 같아 노트와 볼펜도 챙겼다. 퇴근 시간을 찍으려고 타임리코더 앞에 서서 시각을 보는데 문이 열리고 마루야마가 들어왔다.

"어라, 벌써 가세요?"

마루야마는 부루퉁한 얼굴로 말하면서 벽에 기대놓은 접이식 파이프 의자를 펼쳐 천천히 앉았다.

"우리 회사, 택배 서비스도 시작한대요. 앞으로 기획 회의에 참석해야 하는데 벌써 피곤해요."

식품의 안전을 최우선으로 생각하는 컨트롤라이프의 택배라면 아이들이 있는 가정이나 고령자도 안심하고 이용할 수 있을 터다. 점차 줄고 있는 집밥보다 장래는 밝을 것 같다.

"정말 하고 싶은 얘기가 뭔데?"

"제 마음을 마음대로 읽지 말아주세요." 내가 묻자 마루야마는 놀란 표정으로 어색하게 웃었다.

"가자미 실장님은 초능력자 같아요. 얼마 전에도 고시가야 씨 상태가 안 좋은 것도 알아차리시고. 나중에 '실장님은 과묵하지만 다정한 분이네요'라고 얼마나 칭찬을 하는지, 질투했다니까요."

부루퉁했던 이유를 알게 되자 절로 미소가 지어졌다.

"나, 약속이 있어. 용건 있으면 빨리 말해."

"딱히 용건이 있는 건 아닌데……." 마루야마는 애매하게 중얼거렸다.

나는 퇴근 시간에 맞춰 타임카드를 찍고 "그럼 내일 보자"라고 말한 다음 문으로 향했다.

"잠깐만요…… 저기, 실장님은 고시가야 씨를 어떻게 생각하세요?"

평소의 장난기 가득한 목소리가 아니었다. 짐짓 경직된 듯 들렸다.

반년 전, 마루야마는 애인이 바람을 피운 데다 돈까지 들고 도망가버렸다. 그래서인지 그 뒤로 여성을 믿지 못하는 듯하다.

약속 시각까지 한 시간밖에 남지 않아 나는 시계를 힐끔거리며 말했다.

"괜찮은 사람 같던데."

"왜 그렇게 생각하세요?"

"회사 서류 봉투가 두 종류 있는데 어떤 걸 선택하겠냐고 물었을 때, '재고가 많은 것으로 주세요'라고 했지. 그래서 배려할 줄 아는 사람이라고 생각했네."

긴장한 얼굴로 듣던 마루야마의 표정이 환해졌다.

문을 열고 나가자 뒤에서 소리가 들렸다. "가자미 실장님! 고맙습니다!"

마루야마에게 가볍게 손을 들어주고 엘리베이터까지 성큼성큼 걸었다.

아키에와 만났을 무렵, 내 머릿속은 아키에로 가득 차 있었다. 세계정세나 경제 동향보다 아키에에 관한 것을 제일 알고 싶었다.

즐거웠던 기억이 소환될 때마다 가슴을 도려내듯 아프다. 아내와 아들이 웃는 기억과 함께 얼굴을 찡그리고 우는 모습도 떠오르기 때문이다.

엘리베이터를 타고 1층에서 내렸다. 재빨리 로비를 빠져나와 역을 향해 걷기 시작했다.

만나기로 한 장소는 회사에서 가장 가까운 역에서 전차로 사십 분쯤 가면 나오는 패밀리레스토랑이었다.

서둘러 개찰구를 빠져나와 계단을 내려갔다. 플랫폼에 도착하자 마침 전차가 들어오고 있었다. 전차 안은 앉을 자리 하나 없이 혼잡했다.

정장 차림의 남녀와 교복 차림의 고등학생이 많았다.

지난 며칠, 유급 휴가를 내고 시게아키의 반 학생들을 만나러 다녔다. 하지만 이렇다 할 만한 정보는 없었다. 고등학교생이 된 뒤로 야마토가 표적이 된 사실을 아는지 중학교 때와 마찬가지로 모두 입을 열지 않았다.

아사미의 교복을 보고 어느 학교에 다니는지 알게 되어 학교 근처에서 기다려보기도 했는데 결국은 만나지 못했다.

조금 있다가 바로 앞에 자리가 나 앉았다.

다음 역에서 사람들이 우르르 쏟아져 들어왔다. 문 근처에 선 남학생을 봤다. 몸을 이쪽으로 돌리고 있었는데 고개를 숙이는 바람에 앞머리가 흘러내려 얼굴은 보지 못했다. 그 애는《팬터마임 입문》이라는 책을 열심히 읽고 있었다. 팔에 찰과상처럼 보이는 흔적과 타박상이 있었다. 문득 시게아키의 몸에 남아 있던 타박상이 떠올라 어금니를 악물었다.

목적지 역 플랫폼에 내려 개찰구로 이어진 긴 에스컬레이터를 탔다.

시게아키가 죽은 다음부터 아들 또래로 보이는 남학생에게 절로 시선이 간다. 그들이 슬퍼 보이면 부모도 아닌데 말을 걸고 싶은 충동에 사로잡힌다. 시게아키를 지키지 못했다는 후회가 그렇게 만드는 건지도 모르겠다.

역 앞 건널목을 건너 큰 도로를 똑바로 걸어가다보니 은은한 오렌지색 불빛을 발하는 키 높은 간판이 보였다. 패밀리레스토랑 업계에서 1위 자리를 차지하는 기업의 계열 점포였다.

갑자기 불안해져 가방에서 휴대전화를 꺼내 확인했는데 수신된 메시지는 없었다. 약속 시각 오 분 전이었다.

하기노는 한 번도 만난 적 없는 사람과의 약속을 지킬까…….

주차장을 지나쳐 가게 입구로 가려다가 고등학생처럼 보이는 소녀가 문 근처에 서 있는 걸 발견했다.

하얀 셔츠 위에 감색과 초록색 체크무늬 조끼를 입고 있다. 치마도 같은 무늬이고 칼라에 청색 무지 리본을 매고 있다. 왼쪽 가슴에 단 배지에는 새와 지구 그림이 그려져 있다. 이 현에서 가장 유명한 명문 학교의 교복이다.

소녀가 이쪽을 향해 가볍게 고개를 숙였다.

윤기 나는 검은 머리, 가지런하게 자른 앞머리 아래에는 쌍꺼풀이 있는 커다란 눈이 자리 잡고 있었다. 입술에는 촉촉하게 립글로스를 발랐다. 학교 안내 팸플릿에 실릴 법한 발랄한 소녀였다.

"죄지은 부모님이세요?"

"하기노 씨인가요?"

나는 놀라 되묻는 목소리가 커지고 말았다.

소녀가 어색한 미소를 지으며 고개를 끄덕였다.

메일에 남자들이 자신을 가리킬 때 쓰는 단어*를 써서 완전히

* 원문에서 '나'를 의미하는 일본어 '僕(보쿠)'가 쓰였는데, 이 단어는 주로 남자의 자칭으로 쓰인다.

남자아이일 거라고 착각했다.

내 생각을 알아차렸는지 하기노는 미안해하며 말했다.

"메일에 남학생들이 쓰는 말을 써서 착각하신 것 같네요. 죄송해요."

하기노는 고개를 살짝 숙인 다음 말을 이었다. "인터넷에서는 누가 누군지 모르니까 성별을 숨겼어요. 개인 메일에서는 제대로 알려드렸어야 했는데."

나는 고개를 젓고 문을 열어 하기노를 안으로 들어가게 했다.

저녁 식사 때였는데 가게는 그리 혼잡하지 않았다. 삼십 대 중반의 여성과 저학년 정도의 남자아이, 밝은 갈색으로 머리를 염색한 이십 대 네 명과 일흔 살을 앞둔 듯 두꺼운 돋보기를 쓴 남성 등이 있었다.

점원이 창가 자리로 안내해줬는데 벽 쪽 자리가 빈 것을 확인하고 나는 그쪽으로 바꿔달라고 했다.

창가에 앉으면 하기노의 동급생이 볼 가능성이 있다. 나와 같이 있는 걸 들켜 나쁜 소문이 퍼지면 골치가 아파진다.

4인용 테이블에 마주 앉았다. 하기노가 메뉴를 들고 내게 건넸다.

"여기서 학교까지는 머니까 걱정하지 마세요."

하기노는 구김살 없는 미소를 지으며 말했다.

명랑하게 웃는 모습을 본 나는 자신이 착각했음을 깨달았다.

괴롭힘을 당하는 사람은 늘 어두운 분위기를 풍기고 벌벌 떨

거라고 마음대로 단정했다.

아들도 그렇게 밝았는데…….

그래서 더 몰랐다. 뼈아픈 후회가 치민다. 부모를 생각하는 착한 아이였기에 그토록 고통스러운 일을 당하면서도 전혀 내색하지 않았던 것이다.

지금 앞에 앉아 있는 소녀에게는 미움을 받을 만한 구석이 없었다. 아니, 그래서 이 소녀를 마음에 들어 하지 않는 인간이 존재할지 모른다.

테이블 벨을 눌러 아이스티와 커피를 주문했다. 달리 원하는 게 있냐고 물었으나 하기노는 입맛이 없다며 거절했다.

가게 안에는 조용한 클래식이 흘렀다.

뭐부터 물어야 할지 망설이고 있는데 하기노가 가방에서 스마트폰을 꺼냈다. 그러고는 스마트폰 터치패드를 눌러 조작하더니 조심스레 내게 화면을 보여줬다.

곧 화면에 인터넷 게시판 같은 것이 나왔다.

검은 배경에 빨간 글자. 화면 가장 위에는 '세이S가쿠인고교'라고 적혀 있다. 그 옆에는 이를 드러낸 피투성이 토끼가 웃고 있었다.

아마도 제목은 하기노가 다니는 고등학교 이름일 것이다.

"학교의 비밀 사이트예요. 반년쯤 전에 이 사이트의 주소와 비밀번호가 메일로 왔어요. 저는 반 아이들에게 'SPY(스파이)'로 불려요."

하기노는 설명하면서 화면을 스크롤한다.

거기에는 눈을 의심할 만한 내용이 적혀 있었다.

2학년 2반 SPY에 바라는 점. 소원 팻말이라고 생각하고 다 적기!

언제 죽어? 빨리 죽어. 다들 손꼽아 기다리고 있으니 힘내!

이번 시험에서 10등 안에 들면 그 사진을 공개할까? 공부를 아무리 잘해도 인생은 끝이야.

사진이라니 뭐? 혹시 선생님이랑 사귀는 증거 사진? 그 소문 진짜야?

그거 물리 이시구로지?

알 바 아니지만, 매일 아침 교실에 들어올 때마다 실망한다니까. 아직도 살아 있잖아.

점원이 "오래 기다리셨습니다"라며 테이블에 음료수를 내려놓았다.

하기노는 서둘러 스마트폰을 숨기듯 가방에 넣고 점원이 사라질 때까지 계속 고개를 숙이고 있었다.

느닷없이 크게 동요하며 고개를 숙이는 하기노의 모습이 시게아키와 겹쳐졌다.

내 아들도 똑같은 고통을 당했겠지…….

시게아키는 흙 묻은 크림빵을 억지로 먹었고, '냄새나니까 죽어'라는 말을 들으며 양동이 물을 뒤집어썼다고 했다.

부모에게 걱정을 끼치지 않으려고 어디선가 젖은 몸을 말리고 돌아왔겠지. 그 생각을 하니 당장에라도 피가 거꾸로 솟을 것만 같았다.

"이런 폭언에는 이제 익숙해졌어요."

쓴웃음을 짓는 하기노의 어깨가 너무나 가냘파 보였다. 별일 아니라는 듯 아이스티를 마시는 모습에는 가슴이 아팠다.

"부모님에게 얘기해보지 않았어요?"

내 말에 하기노의 낯빛이 갑자기 변했다.

"절대 말할 수 없어요. 내가 잘못했으니까……."

하기노는 라이프세이브 모임이 운영하는 게시판에 '학교 가기 싫다' '반 아이들 전체가 내게 말을 걸어주지 않는다' '다들 내가 죽었으면 하니까 그렇게 할까 망설이게 된다'라는 글을 남겼다. 하지만 괴롭힘을 당하게 된 원인을 적은 내용은 없었다.

무엇보다 괴롭힘의 계기를 본인이 인식했는지도 알지 못했다. 그 질문을 던지는 것 자체가 '당신이 원인을 제공한 거 아닙니까?'라고 질책하는 의미를 담게 되는 것만 같아 조심스러웠다. 나는 제대로 대화를 이어가지 못한 채 생각에 잠기고 말았다.

시게아키가 죽은 다음부터 늘 깊이 생각에 잠기는 버릇이 생겼다. 그렇게 해서 일이 좋은 방향으로 흐르면 좋을 텐데 끝내 인간관계를 엉망으로 만들었다.

평소보다 쓰게 느껴지는 커피를 한 모금 마시자 하기노가 고통스러운 듯 입을 열었다.

"고등학교에 들어와 처음으로 말을 걸어준 사람이 같은 반의 아리스였어요. 저는 내성적이라…… 그 애가 먼저 말을 걸어줘서 정말 기뻤어요. 아리스하고 즐겨 보는 드라마와 좋아하는 연예인도 같아서 금방 친해졌죠. 이동 수업이 있을 때도, 점심 급식도, 화장실도 늘 같이 갔어요. 저는 아리스가 곁에 있기만 해도 든든했어요. 그 애는 운동도 공부도 잘했고, 남학생들과도 스스럼없이 얘기하고, 반 아이들도 모두 아리스를 좋아했거든요. 그런데…… 제가 속았던 거예요."

하기노의 눈에 설핏 눈물이 고였다.

"저희 아버지가 요즘 몸이 안 좋아지셔서 일을 그만두게 되었어요. 그래서 스마트폰 요금을 내지 못했죠. 엄마는 쓰고 싶으면 직접 내라고 하시고. 그래서 아리스가 주말에 놀자고 해도 선뜻 응할 수 없었어요……. 때마침 쉽게 돈을 벌 수 있는 아르바이트 자리가 있다고 하더군요."

잠시 침묵이 이어졌다. 나는 입을 다문 하기노에게 물었다.

"어떤 아르바이트였나요?"

"지금 같은 거죠. 학교가 끝난 뒤 이렇게 아저씨와 차를 마시고 상대의 불평을 들어요. 그것만으로 만 엔을 받거든요. 패스트푸드 가게 아르바이트는 여섯 시간을 일해서 고작 5천 엔 정도인데, 겨우 두 시간에 만 엔이잖아요. 고등학교에 들어오니 공부도 어려워졌고요. 아리스가 '이런 거 다들 하니까 괜찮아. 시간을 적절하게 활용해 공부를 열심히 하면 되잖아'라고 말해주니 그럴까 싶어졌어요. 하지만 떳떳한 아르바이트가 아니잖아요. 보통은 가게에 들어가 차를 마시면 되는데 상대가 대기업 관리직이나 학교 관계자, 공무원일 때는 호텔에 가야 한다고 해서……. 왜 그러냐고 했더니 사진을 찍어 돈을 뜯는다고."

"실제로 그런 일을 했어요?"

나무랄 생각은 없었다. 그러나 하기노의 얼굴이 조금 굳어지더니 "네"라고 대답했다.

"하지만 호텔에 같이 들어간 게 전부예요. 차를 마실 때는 생각하지 못했는데, 막상 호텔에 들어가니 이건 범죄가 아닐까 싶어서 무서웠어요. 그래서 아리스에게 그만두고 싶다고 했는데……."

"그만둘 수 없었다?"

하기노는 고개를 저었다.

"아리스는 웃으며 '그래'라고 했어요. 그때도 역시 친구구나 싶었죠. 그런데 다음 날, 카페로 나오라고 해서 갔더니 질 나쁜 남자애와 같이 있었고, 그 남자애가 사진 몇 장을 보여줬죠. 제 나체 사진도 있었어요. 전에 아리스의 소개로 대학생과 사귄 적 있었거든요. 아마 아리스가 꾸민 짓일 거예요. 남자는 '이 일을 그만두면 사진을 인터넷에 뿌릴 거야. 일단 인터넷에 사진이 돌면 평생 지울 수 없어. 앞으로 취직도 결혼도 어려워질 거야'라고 웃으며 말하더군요……. 저는 어떻게 해야 할지 몰랐어요."

"그 아르바이트, 지금도 계속하고 있나요?"

"네. 부모님께 말씀드릴 수는 없어요. 사진이 인터넷에 뿌려지면 학교에서 퇴학당할 거예요. 그럼 제 미래도 엉망이 되겠죠."

틀림없이 여고생을 먹잇감으로 불법 비즈니스를 하고 있을 것이다.

하기노는 미간을 찌푸리며 말했다.

"그 남자는 '너처럼 꽉 막히고 보수적인 사람은 사진 한 장에 시키는 대로 하니까 다루기 편해'라며 웃었어요."

"그 남자가 주모자입니까?"

"아뇨."

"게시판에 케이크 가게의 N.N에게 괴롭힘을 당했다고 썼는데, 혹시 그 인물 짓입니까?"

하기노는 말없이 고개를 끄덕이고 나서 말했다.

"그 자식이 아리스에게 그 일을 권했어요. 어쩌면 아리스도 협박을 받았을지 모르죠."

"주모자 이름을 알려주시겠습니까?"

그 질문에 하기노의 표정이 확 바뀌었다. 곧바로 경계하는 눈빛이 되더니 살짝 뒤로 물러났다.

"죄지은 부모님은…… 그 사람들과 어떤 관계인가요?"

나는 고개를 저으면서 겁먹은 표정의 하기노에게 말했다.

"관계자도 아니고, 직접적인 관련도 없습니다."

"혹시 지금 이 얘기, 누군가에게 할 생각이세요? 그런 일이 벌어지면 저……."

분명 불안할 것이다.

지금 내가 들은 이야기가 밖으로 퍼지면 사진이 뿌려질 가능성이 높다.

이제는 N.N이 아들을 자살로 몰아넣은 인물일지 모른다고 솔직히 말해야 할 때다. 그렇게 생각했다.

"저는 가자미 게이스케라고 합니다."

가방에서 명함을 꺼내 보이는데도 하기노는 경계하는 표정을 풀지 않고 명함을 받았다.

"컨트롤라이프, 비품 관리실 실장, 가자미 게이스케."

하기노는 갈라진 목소리로 명함에 적힌 내용을 소리내어 읽었다.

"게시판에도 적었습니다만, 저는 몇 년 전에 아들을 잃었습니다. 우리 아들을 죽음으로 내몰며 괴롭혔던 인물이 그 N.N일지 모릅니다. 하지만 증거를 잡지 못했습니다."

"그래서 저를 만나고 싶었던 건가요?"

"아닙니다. 하기노 씨를 진심으로 걱정했습니다. 살아 있다면 아들과 같은 나이라…… 꼭 돕고 싶었습니다."

하기노는 잠시 생각에 잠기더니 한숨을 내쉬었다.

"아드님은…… 어떻게 목숨을 끊었는데요?"

"자기 방에서, 칼로 목을 그었습니다."

남 일 같지 않았으리라. 하기노는 분하다는 듯 테이블 위에서 주먹을 꼭 움켜쥐었다.

"중학교 2학년 때였습니다."

"아드님을 괴롭혔던 학생 이름이 뭔데요?"

하기노는 탐색하는 듯한 눈빛으로 이름을 물었다.

"어떤 확증도 없습니다. 하지만 나카노 나오키라고 알려준 학생이 있었습니다."

나는 가방에서 단체 사진과 반 학생을 하나씩 찍은 개인 사진을 꺼내 나오키를 가리켰다.

하기노의 눈동자가 미세하게 흔들렸다.

"이거…… 저랑 같아요."

"이 소년이 틀림없습니까?"

하기노는 사진을 확인한 다음 내 눈을 똑바로 응시하며 고개를 끄덕였다.

가슴에 품었던 의심이 확신으로 바뀐 순간, 분노보다는 슬픔이 더 컸다. 시게아키는 세상을 등졌는데 녀석은 여전하구나. 아무것도 느낀 게 없구나.

"게시판에 맞았다고 썼던데 폭력을 당한 겁니까?"

하기노는 허무한 표정으로 고개를 끄덕였다.

"나카노 나오키와 아리스가 체육 창고로 불러 '아르바이트를 계속하겠다'는 맹세를 하라고 했어요. 제가 아무 말도 하지 않고 입을 다물고 있었더니 나카노가 배를 찼고요. 너무 아파서 웅크리고 있었더니 '중학교 때 마음에 안 드는 녀석 한 마리를 죽게 만들었는데 너도 그렇게 해줄까?'라고 하더군요. 그리고 고자질을 하면 인터넷에 사진을 뿌리겠다고 협박했어요."

"조금 전에 보여준 학교 비밀 사이트도 나카노가 만들었나요?"

"네, 나카오 나오키는 정보처리부에서 활동해서 컴퓨터를 잘 다뤄요."

분명 야마토의 사이트도 녀석 짓일 것이다. 수법이 비슷하다.

"반 아이들의 미움을 받게 된 것은 그 사이트가 원인이에요. 제가 학생들의 비밀을 선생님에게 밀고한다는 거짓 내용이 적혀 있었죠. 다음 날 등교했더니 학생 몇이 교무실에 불려갔어요. 걔들이 허가 서류 없이 단기 아르바이트를 했는데 그걸 제가 선생님에게 일러바쳤다는 거죠. 이후 SPY로 불리며 모두에게 무시당하고 있어요."

나는 아까부터 마음에 걸린 부분을 물었다.

"카페에서 만난 남자의 이름을 알아요?"

"죄송해요. 그 사람에 대해서는 몰라요."

하기노는 그렇게 말한 다음 조금 전에 보여준 개인 사진을 천천히 살펴보고 나서 한 남학생을 가리켰다.

가와사키 류지였다. 이름에 '二'가 들어 있어서 후보에 넣었던 인물이다. 단체 사진을 보면 덩치는 큰 편인데 당시는 마른 체형이었고, 앞머리가 아주 길었다.

"카페에서 만난 사람은 이 사람과 비슷한 것 같아요. 나카노와 같이 사람을 죽인 적이 있다고 잘난 척했거든요."

빠르게 종을 치듯 심장박동이 마구 뛰기 시작하고, 손이 벌벌 떨렸다.

나카노 나오키와 가와사키 류지가 시게아키를 자살로 몰았을 가능성이 크다.

아키에와 나오키의 집을 찾았을 때, 녀석은 '만약 시게아키 군이 누군가에게 괴롭힘을 당했다면 알아차리지 못해서 죄송해요'라고 새빨간 거짓말을 했다.

그때 아키에와 함께 좀 더 단단히 추궁했더라면…….

너무나 분했다.

어쩌면 나는 인간은 갱생할 수 있다고 믿어왔는지도 모른다. 특히 미성년이면 개선의 여지가 있으리라 생각했다. 시게아키를 자살로 몰아넣은 학생들은 마음에 깊은 상처를 안고 반성하며 사람에게 상처주는 일의 무서움을 평생 잊지 않고 살리라 생각했는데……. 그런 한심한 생각을 했던 자신을 저주하고 싶어졌다.

물론 누군가에게 상처를 주는 고통을 깨닫고 반성하며 사는 사람도 있을 것이다. 하지만 이 녀석들은 아니다. 하나도 변하지 않았다. 언젠가 누군가의 부모가 되면 그때는 깨달을까? 그렇게 생각한 순간, 마음속에 강렬한 분노가 끓어올랐다.

웃기고 있네. 그때까지 얼마나 많은 사람이 다쳐야 한단 말인가. 녀석들에게 시게아키의 죽음은 아주 사소한 일에 지나지 않았다.

그날의 나에게 묻고 싶다. 이 나라의 연간 자살자 수는 2만

명 이상인데 왜 자기 아들은 자살하지 않으리라 생각했을까.

사진 뒤에 이름을 적었다.

나카노 나오키.

가와사키 류지.

시노하라 야마토(시게아키가 죽고 이 년 뒤에 자살).

나는 후회라는 감정에 시달리면서 식어버린 커피를 멀거니 바라봤다.

"죄지은 부모님, 괜찮으세요?"

닉네임이 들려 고개를 드니, 하기노가 주위를 신경 쓰는 듯 목소리를 낮추며 말했다.

"제가 한 말은 아무에게도 하지 말아 주세요. 인터넷에 사진이 뿌려지면 가족에게도 피해가 가니까……."

하기노는 입술을 깨물고 이어 말했다. "제가 지금이라도 경찰에 신고해서 그 애들이 소년원에 들어간들 그 애들은 전과도 생기지 않아요. 사회에 돌아오면 이름을 바꿀 수도 있고요. 그런데 저는 죽을 때까지, 아뇨, 죽은 뒤에도 사진이 돌아다닐 거예요. 그거 정말 이상하지 않나요?"

하기노가 고민하는 부분은 충분히 이해할 수 있었다. 나는 최대한 온화한 목소리로 말했다.

"오늘 들은 이야기는 절대 아무에게도 말하지 않을 겁니다. 하지만 한 가지만 약속해줘요."

하기노는 눈물을 머금은 눈으로 나를 봤다.

"정말 견디기 힘들 때는 연락해요. 언제든 내가 도우러 갈 테니까요."

그리고 고통받았던 아들에게 건네고 싶었던 말이 차례로 흘러나왔다.

"부디 본인의 목숨만은 끊지 말아요."

하기노는 양손으로 얼굴을 가린 채 어깨를 떨었다.

지금은 3DK의 이 단독주택이 적적할 만큼 크게 느껴진다.

아내와 아들을 위해 산 집인데 이제 둘은 없다.

만약 이 세상에 신이 있다면, 왜 나에게 이런 일을 겪게 하는 걸까.

이제까지 살아온 사십오 년, 사람들에게 늘 따뜻하게 대하고 착하게만 살았던 건 아니다. 하지만 되도록 폐는 끼치지 않으려 했고, 옳다고 생각하는 길을 걸어왔다고 생각한다. 결혼하고 아들이 태어난 뒤로는 특히 좋은 아버지가 되려고 노력했다. 그런데 왜 이런 곤경을 겪어야 하는 건가…….

예전에는 어떤 이유로든 사람은 절대 죽여선 안 된다고 생각했다. 그게 올바른 사람이라고 생각했다.

하지만 지금은 다르다.

악을 죽여 선량한 사람의 목숨을 구할 수 있다면 나는 서슴없이 이를 드러낼 것이다.

누가 이런 인간을 만들었나?

부엌 쓰레기봉투를 봤다. 봉투에는 빈 컵라면 용기가 가득 차 있었다.

시게아키가 초등학생일 때, 아키에가 멀리 사는 친구 결혼식에 초대받아 집을 비운 적이 있었다. 그날 냉장고에는 카레가 담긴 냄비와 샐러드 등이 있었지만, 나는 시게아키와 함께 몰래 컵라면을 사러 갔다.

아키에는 우리 건강을 생각해 과자도 다 직접 만들어 먹이고, 정크푸드는 입에 대지도 못하게 했다. 못 먹게 하면 더 먹고 싶어지기 마련이라 우리는 지금이 기회라며 근처 편의점에 가서 컵라면을 사 왔다.

삼 분짜리 모래시계를 놓고 완성되기를 기다리는 동안 우리 둘은 심각한 얼굴로 '다 먹고 용기는 어디에 버릴까?' '카레가 줄지 않으면 의심할 텐데' 같은 이야기를 나누며 증거 은폐를 상의했다.

소심한 우리는 끝내 편의점까지 쓰레기를 버리러 갔다가 아이스크림과 과자를 사서 돌아왔다. 저녁 식사를 마친 다음에는 비디오 대여점에서 서스펜스 영화를 빌려왔다. 시게아키가 '이 과자 봉지는 어떻게 해?'라고 물어서 나는 '다시 편의점에 가야지'라고 말하며 웃었다.

지금은 같이 웃을 가족도 없다. 제대로 챙겨 먹지 않는다며 혼낼 사람도 없다. 오히려 몸에 나쁜 것만 골라 먹고 빨리 죽기를 바라는 자신이 있을 뿐이다.

갑자기 휴대전화가 울렸다. 잠김 화면에는 '하기노입니다'라고 메시지 알람이 떴다.

메시지에는 '아드님의 자살 진상을 파헤쳤습니다. 지금 호프 볼링로 와주시지 않겠습니까?'라는 내용이 들어 있었다.

자살의 진상? 이게 무슨 소리지?

하기노와 패밀리레스토랑에서 만난 지 일주일밖에 지나지 않았다. 그동안 나도 나오키와 류지에 관해 조사했으나 학교폭력을 증명할 만한 증거는 입수하지 못했다.

하기노가 말하는 호프 볼링은 예전에 볼링장이었던 곳이다. 경영난에 빠져 육 년 전 폐쇄한 뒤로 다른 임차인이 들어왔다는 소리는 듣지 못했다.

방 시계는 밤 10시가 되려 하고 있었다.

시간이 너무 늦은 터라 더 마음이 소란했다.

'바로 가겠습니다.' 메시지를 보내고 바로 택시를 불렀다.

아내를 잃고는 정신적으로 불안정해져서 옛날처럼 직접 운전은 할 수 없게 되었다. 수면 부족 때문인지, 모든 판단 능력이 현격히 떨어져 사고를 일으킬 위험성도 있었다.

집에 도착한 택시를 타고 목적지를 대자 운전사가 놀란 표정으로 돌아봤다.

"거기, 볼링장이 있던 데죠?"

"그렇습니다. 그리로 가주세요."

운전사는 "아, 네"라고 애매하게 답하고 출발했다.

메시지함을 다시 확인했으나 하기노에게 온 답 메시지는 없었다.

아들은 목을 그어 자살했다. 그렇게 말했을 때 분해하던 하기노의 표정을 떠올렸다. 테이블 위에서 꼭 쥐던 주먹…….

하기노는 시게아키가 자살한 진상을 찾으려 했다.

그것 때문에 무슨 일이 생긴 걸까.

가슴속 불안이 점점 커졌다.

집에서 호프 볼링까지는 차로 십오 분 정도 걸렸다.

나는 택시비를 내고 어둠 속으로 내려섰다.

근처에 강 둔치가 있어서인지 개구리 울음소리가 시끄러웠다. 달빛만이 유일한 조명이었다.

넓은 부지 안에는 당장이라도 무너져 내릴 것 같은 폐허가 자리 잡고 있었다.

등 뒤로 택시가 떠나는 소리가 났다.

휴대전화를 꺼내 도착했다고 메시지를 보냈으나 답이 없다.

부지 안으로 들어가 정면 입구까지 걸어갔다. 깨진 유리창으로 안을 들여다봤지만, 어두컴컴해서 제대로 보이는 게 없었다.

경계하면서 건물로 들어가자 창으로 달빛이 들어왔다.

넓은 실내에는 스무 개 정도의 레인이 있었다. 바닥에는 유리 파편이 흩어져 있고 많은 볼링공이 구르고 있었다.

안에서 세 번째 레인 앞 소파 근처에 사람의 다리가 보였다. 상반신은 소파에 가려져 있다. 나는 공을 피하며 급히 달려갔는데 사람이 똑바로 누워 있었다.

교복 차림의 하기노였다. 누군가에게 맞았는지 입에서 피를 흘리고 있다.

"하기노, 괜찮니?"

하기노의 옆에 꿇어앉아 구급차를 부르려고 휴대전화를 꺼낸 순간, 지직거리는 커다란 소리와 함께 강한 빛이 번뜩였다. 바늘에 찔린 듯한 통증이 팔에서부터 온몸으로 퍼졌다. 근육이 경직되며 휴대전화를 바닥에 떨어뜨렸다. 핏기가 사라졌다.

상반신을 일으킨 하기노의 손에 전기충격기가 들려 있었다.

뒤쪽에 인기척이 나기에 돌아보려고 했을 때였다. 다시 플래시 같은 섬광이 터지더니 목에 격렬한 통증이 찾아왔다.

무슨 일이지…….

의식이 몽롱해지며 바닥에 쓰러졌다.

뒤에 있는 누군가에게 양팔을 붙잡혔고 또 다른 사람에게 배를 맞자 시야가 캄캄해지며 의식이 사라졌다.

몇 명일까. 교복 차림의 사람들이 웃고 있다. 얼굴은 시커먼데 입술만 빨갛다. 누군가 뒤에서 시게아키의 목을 수건으로 조르고 있다. 시게아키가 괴로운 듯 몸부림을 치더니 쿵 바닥에 넘어진다. 그 모습을 보고 웃는 검은 그림자가 많다.

눈을 뜬 시게아키는 다시 수건으로 목이 졸린다. 그만해…… 이제 그만해줘. 목이 졸리고 쓰러진다. 그만해……. 실신 게임은 계속된다.

눈을 뜨자 격렬한 두통과 이명이 일었다. 눈앞이 흐릿하다.

내 양쪽 발목은 결속 밴드로 묶여 있었다. 손을 뒤로 묶었는지 아무래도 손을 움직일 수 없었다.

갑자기 뭔가 구르는 듯한 소음이 들리더니 배에 볼링공이 박혔다. 숨이 막혀 몸을 새우처럼 구부렸다.

배가 욱신거린다. 흐릿한 시야가 또렷해지고, 나는 레인 위에 누워 있다는 사실을 깨달았다.

천천히 상반신을 일으켰다. 팔과 목에 화끈화끈한 화상 같은 통증이 있다.

조금 떨어진 곳에 무표정한 하기노가 서 있다. 입가의 피는 사라지고 옆에 케첩 병이 구르고 있다.

하기노의 옆에는 회색 운동복 차림의 류지와 하얀 셔츠에 청바지를 입은 나오키가 서 있었다. 나오키는 중학교 때보다 키가 커지고 거친 얼굴이 되었다. 반쯤 웃고 있는 입가가 비웃는 것 같았다.

나오키가 발랄한 목소리로 말했다.

"오늘은 시게아키 아버님께 부탁할 게 있어서 불러냈어요. 중학교 동창을 만나 이리저리 물어보고 다니는 것 같던데, 그만두시는 게 어떨까요?"

순간 누군가 밀고했음을 알아차렸다. 아사미의 겁먹은 표정이 떠올라 가슴이 두근거렸다. 그 아이는 무사할까…….

내내 미소를 짓고 있는 나오키가 무슨 생각을 하고 있는지 읽을 수 없었다.

"아저씨, 지나간 일에 언제까지 매달려 있을 거야? 좀 더 긍정적으로 살아야죠."

류지는 죄책감이 전혀 없는 듯, 마치 실연한 친구라도 격려하는 듯한 가벼운 말투로 말했다.

나는 나오키의 눈을 똑바로 보면서 물었다.

"누군가 너희 과거를 캐는 게 그렇게 싫니? 나쁜 짓이라도 했나. 아니라면 나를 이렇게 감금할 일도 없었겠지."

나오키는 눈을 가늘게 뜨며 웃고는 한 걸음 나왔다.

"경찰에 신고해도 돼요. 우리는 아무 짓도 안 했으니까."

나는 고개를 숙이고 있는 하기노를 봤다.

나오키는 바로 내 마음을 알아차렸는지 하기노를 쳐다보며 물었다.

"이 사람과는 어떤 관계?"

"내…… 스토커요."

하기노는 모깃소리 같은 목소리로 대답했다.

"그럼 얼마 전에 패밀리레스토랑에서 왜 만났어?"

"스토킹 좀 그만해달라고 부탁했어요."

그렇구나, 시나리오가 있었구나.

하기노에게 미안했다. 중학교 동급생들에게 묻고 다닌다는 사실을 들은 나오키가 나를 감시했을 것이다. 하기노와 만난 것도 그래서 들킨 것이리라.

"그 나이에 스토킹이라니, 옳지 않아."

나오키의 나무라는 듯한 말투가 귀에 거슬렸다.

"너는 남에게 보여주고 싶지 않은 사진으로 사람을 협박한다더라."

"그래서 뭐?"

"내 아들을 자살로 몰아넣은 것도 너지?"

"그래서? 만약 그랬다면 어쩔 건데?"

"다른 사람에게 상처를 주면 뭐가 좋니?"

"상처를 주고 싶은 게 아니야. 잘살고 싶을 뿐이지. 그러려면 돈이 필요하고. 우리 부모가 하는 케이크 가게가 적자라서 말이야. 학원이나 대학에 가고 싶은데 형편이 어려워서, 그래서 스스로 벌려는 건데 뭐가 나빠?"

"돈을 벌기 위해서라면 다른 사람을 다치게 해도 괜찮다고?"

"인간은 말이야, 모두 다 누군가에게 상처를 주며 살아. 중이 사람을 죽이고, 교사가 성매매를 하고, 정치가는 공약을 깨고. 모두 사리사욕을 채우며 즐겁게 살잖아?"

"나쁜 어른이 있어서, 사회가 나쁘니까, 이렇게 됐다고 말하고 싶은 거냐?"

"그게 아니야. 그냥 돈이 필요해. 돈이 아주 중요하다는 것뿐이야. 돈이 없으면 그 좋은 치료도 못 받아. 살릴 수 있는 목숨도 못 살리지. 돈 없는 녀석은 죽는 게 현실이라고. 그래서 돈을 버는 게 최고라고 생각하는 게 뭐가 나빠?" 나오키가 청바지 주머니에서 스마트폰을 꺼내며 계속 말했다.

"이 세상에서 잘살려면 정보전에서 이겨야 해. 돈을 빨리 손에 넣기 위해서는 상대의 약점을 쥘 필요가 있지. 그러면 유리한 위치에 서서 상대를 마음대로 조종할 수 있으니까."

"반의 비밀 사이트나 '시노하라 야마토에 대해'라는 사이트를 만든 것도 너지?"

"그게 뭐가 문제지? 인터넷 세계에서는 다들 익명으로 마음대로 쓰잖아."

"매사를 자신에게 유리하도록 만들고, 그로 인해 상처를 입고 죽는 사람이 생겨도 괜찮다는 말이야?"

"뭐, 다소의 희생은 어쩔 수 없지."

나오키는 천사 같은 미소를 지은 다음 내 얼굴을 응시했다. 피차 이해할 수 없는 증오가 교차했다.

"아저씨에게 계속 묻고 싶었던 게 있어. 인간은 말이야, 돌아갈 장소가 있으면 죽지 않아. 일테면 말이지, 아무리 학교나 직장에서 힘든 일이 있더라도 가족이라는 돌아갈 장소가 있으면 자살 같은 거 안 해."

"무슨 말을 하고 싶은데?"

"그러니까 말이야, 죽어버린 인간은 돌아갈 곳이 없었던 게 아닐까? 그런 결론이 나온다는 거지. 쉽게 말해 시게아키는 돌아가 도움을 요청할 가족이 없었다는 말이야. 그런데 우리만 질책하다니 이상하잖아."

나오키가 말하지 않아도 안다. 얼마나 많이 자책했는지 모른다. 아키에도, 나도, 아들의 변화를 알아차리지 못한 자신들을 질책하고 가슴이 찢어질 것처럼 아팠다. 건드리지 않았으면 하는 부분을 건드리는 녀석의 냉정함에 더는 참지 못했다.

"네 어머니는 재혼한 것 같더라."

내가 그렇게 말한 순간에야 비로소 나오키의 얼굴에서 웃음기가 사라졌다.

"어디서 그런 걸 알았지?"

"정보전에서 이겨야 하잖아? 네 동생은 지금 아버지의 자식인데 너는 재혼하기 전 남편의 아들이더라. 동생은 공부도 잘 못하는데 아버지가 많이 예뻐한다지? 너는 그 울분을 다른 사람을 괴롭히며 푸는 거 아냐?"

"다 아는 것처럼 말하지 마."

나오키는 갑자기 날카로운 눈빛으로 노려보며 내뱉듯 말했다. 좀 전까지 의기양양하던 모습은 사라지고 불쾌함을 그대로 드러냈다.

하기노는 놀란 얼굴로 나를 봤다.

"가게의 경영난 때문이 아니라 진짜 자식이 아니라서 대학 학비를 내줄 수 없단 말을 들은 게 아닐까?"

나는 상대의 감정을 흔들고 싶어서 확인되지 않은 얘기를 퍼부었다. 완전히 빗나간 것도 아닌 듯 나오키의 얼굴이 추하게 일그러지더니 순식간에 벌겋게 달아올랐다.

"아저씨 부부가 시게아키 일로 가게에 들이닥친 뒤로 힘들어져서 그래! 새아버지가 나쁜 소문이 나서 가게가 망하면 어떻게 하냐며 호통치고 나를 수도 없이 팼다고."

조리복을 입은 나카노 유지로의 얼굴이 떠올랐다.

그날 괴롭히지 않았느냐고 따지고 드는 아키에에게 그는 테이블을 내리치며 화를 터뜨렸다. '적당히 좀 하세요! 아들이 안 했다잖아요!'라며 화내는 모습을 보고 아이를 지키려는 좋은 아버지인 줄 알았는데, 실상은 가게 평판을 걱정했던 거였구나.

"너희는 왜 시게아키를 괴롭힌 거니?"

"놀랍더라고. 중학교 1학년 사회 시간에 존경하는 위인을 한 사람씩 발표했어. 레오나르도 다빈치, 볼프강 아마데우스 모차르트, 알베르트 아인슈타인처럼 세상에는 위인이 수도 없이 많은데 시게아키는 누굴 말했는지 알아?"

"아버지!"

류지가 놀리듯 그렇게 소리쳤다.

"아버지가 누구보다 따뜻하고 정의감이 강하기 때문이래. 너무 수준이 낮아서 웃기더라. 솔직히 제정신인지 의심했다니까."
나오키도 차갑게 말했다.

"파더 콤플렉스지. 우웩!" 류지는 그렇게 내뱉었다.

"그런 일로 괴롭혀?"

"그것만이 아니야. 어쨌든 맘에 안 들었어."

부모의 사랑을 받지 못한 억울함, 부모를 존경할 수 없는 슬픔. 그런 부정적인 감정이 괴롭힘의 원동력이 되었구나. 그 사소한 시작에서 중대한 학교폭력으로 발전한 것이다.

"아, 뭐, 다 시게아키 잘못이지만 말이야. 아저씨는 아주 재밌는 사람이니까 특별히 좋은 걸 보여줄게."

나오키는 스마트폰 동영상을 재생해 내게 보여줬다.

순간 머릿속이 하얘졌다. 심장박동이 격렬해진다.

영상에는 조금 전 꿈에서 봤던 상황이 반복되고 있었다.

바닥에 누운 시게아키의 입에서 침이 흐르고 있다. 눈을 뜬 시게아키를 류지가 의자에 앉힌다. 시게아키는 울면서 '그만해!'라고 애원한다. 그 소리를 무시하고 류지는 스포츠 타월로 목을 조른다.

다른 학생이 축 늘어진 시게아키의 코에 주먹을 날렸다. 그 학생은 다름 아닌 자살한 시노하라 야마토였다…….

정신을 차렸을 때는 너무나 잔혹한 모습에 몸을 떨었다.

재밌을 게 하나도 없는데 새빨개진 얼굴로 고통스러워하는 시게아키를 보며 나오키와 야마토, 류지가 웃고 있다. 기절해서 바닥에 쓰러진 시게아키는 바지도 속옷도 입고 있지 않았다.

나는 머리에 피가 솟구쳐 절규하며 벌떡 일어나 두 다리로 펄쩍펄쩍 뛰어 나오키에게 다가갔지만 바로 류지에게 배를 차여 뒤로 벌러덩 나자빠졌다.

팔을 자유롭게 쓸 수 없는 탓에 엉덩이와 후두부를 세게 부덮혔다. 허리가 아프고 귀울림이 났다.

의식이 몽롱한 나의 상반신을 누군가 강제로 일으켜 세웠다. 나는 나오키를 노려봤다. 온몸에서 고통의 비명을 질렀지만, 이를 악물고서라도 약한 모습은 보이고 싶지 않았다.

손을 더럽히지 않고 상대를 죽음으로 이끈다. 그 교활함을 용서할 수 없었다. 아니, 두려웠다. 녀석들은 아직 십 대다. 실제로 만나 상대의 마음을 알아보니 녀석들에게는 배려나 따뜻함이 전혀 없었다. 짐승 그 자체였다. 어쩔 도리 없이 '저주'라는 방법에 매달렸던 시게아키의 마음을 지금은 알 것 같았다.

나는 나오키를 노려보면서 저주하는 마음을 담아 내뱉었다.

"인과응보라는 말을 알겠지? 네가 상처준 사람과 같은 일을 당하는 날이 꼭 올 거다."

"나쁜 짓을 하면 정말 다 불행해질까? 그거, 어디의 누가 내린 통계야?"

나오키는 냉혹한 표정으로 나를 내려다봤다.

"나는 사랑이나 우정, 정의 같은 걸 믿는 녀석들이 오히려 마지막에는 험한 꼴을 당한다고 봐."

"무엇이 옳은지는 죽기 전까지 모르지. 너는 반드시 후회할 날이 올 거야."

"나는 그런 한심한 인간이 아니야. 사회구조를 잘 알지. 굳이 말하자면 머리가 좋은 쪽이라고 생각하는데."

"정말 머리가 좋은 사람은 행복을 손에 넣으려고 다른 사람을 궁지로 몰지 않아. 주위에 있는 사람들과 함께 자신도 행복해지는 사람이 제일 머리가 좋은 사람이야."

"내가 멍청하다고 말하고 싶은 거야?"

"그래, 맞아."

"아저씨, 시게아키랑 정말 닮았네. 그런 점이 싫어서 걔한테 사회의 가혹함을 알려준 거라고. 역시 아저씨의 교육이 문제였네. 순수 배양된 인간이란, 사람을 짜증나게 한다니까."

"사랑이나 우정, 정의를 믿지 않는 건 자유야. 하지만 말이야, 그걸 믿는 사람을 비판하는 것은 네 약점이지."

류지는 피곤한 듯 목을 돌리면서 다가와 내 가슴을 신발 바닥으로 찼다.

"아저씨, 착각하고 있네. 나오키는 누구보다 강하고 주위 사람을 행복하게 해준다고. 내가 계속 '레드엘'에 있으면 인생을 망칠 거라고 알려주고 구해줬어. 같이 재미있는 비즈니스를 하자고 권했고. 덕분에 나는 녀석들처럼 소년원에 들어가지 않았어."

류지는 나오키에게 존경의 마음을 품고 있는지 단숨에 지껄였다.

"인간이란 피차 서로의 마음을 알 수 없으니까, 아저씨의 기분 따위 평생 알 수 없겠지. 아마 아저씨도 평생 내 마음을 모를 거야."

나오키는 그렇게 말한 다음 내게 화면을 보여주면서 시게아키의 동영상을 삭제했다.

"아저씨는 범인 찾기를 좋아하니까 증거가 될 만한 데이터는 다 지워야겠다."

결단의 때가 왔다. 더는 시비를 다툴 마음도 없다. 야유만 당할 뿐이다.

나는 도전하듯 물었다.

"너는 앞으로도 다른 사람을 희생시키며 이익을 얻을 셈이야?"

"물론이지. 그렇게 누군가를 증오하고 싶으면 자살할 만큼 나약한 인간으로 자식을 키운 스스로를 원망하시지. '한심한 아버지라 미안해'라고 후회하면서 죽어서도 빌어주시고. 다시 한번 나를 곤란하게 하면 아저씨 회사에 스토커라고 알릴 거야. 아! 이 녀석 사진도 인터넷에 올릴 거고."

하기노는 울 것 같은 얼굴로 나를 바라봤다. 그 눈은 깊은 절망과 슬픔을 머금고 있었다. 구원할 길이 없는, 어쩔 도리가 없는 상황에 강한 초조함과 억울함이 끓어오른다.

"아저씨, 자살할 거면 11월 6일은 어때?"

나오키는 그렇게 말하고 웃으면서 류지에게 신호를 보냈다.

류지는 곧 내 머리카락이 잡아당기더니 배에 강한 주먹을 날렸다. 나는 눈앞이 흔들리고 곧 의식이 멀어졌다.

멀리서 새 소리가 들린다.

목과 배가 너무 아프다. 천천히 눈을 뜨니 창에서 강한 햇살이 들어왔다.

손이 자유로워졌음을 깨닫고 땀이 밴 양손을 한참 바라봤다.

나는 주머니에 칼이 있는지 확인했다. 호신용이라 외출할 때마다 늘 챙겼다. 칼로 발목을 묶은 밴드를 잘랐다. 쫓아올까 봐 다리는 풀어놓지 않은 모양이다.

지금까지 품었던 무거운 마음이 사라지고 묘하게 후련했다. 이렇게 후련한 기분을 느낀 게 언제였더라. 몸은 지독하게 아픈데 머리는 아주 맑았다.

지금까지 흔들리던 저울이 단숨에 기울어졌다.

더는 고민할 게 없다. 신을 두려워할 필요도 없다. 이런 고통을 주는데 그 존재를 존중한다는 건 오히려 말이 안 된다.

두려움이 사라지자 마음은 아주 가벼워졌다.

나오키의 '역시 아저씨 교육이 문제였네'라고 질책하던 목소리가 귓가에 남아 있다.

시게아키, 아키에, 지켜주지 못해 미안해. 그렇지만 아버지도 나름의 대가를 치를 방법을 발견했어.

나는 비틀대며 소파로 다가가 칼을 찔렀다. 양손으로 칼잡이를 꽉 쥐고 수없이 휘둘렀다.

이 신경질적인 웃음소리는 누구의 것일까?

아까부터 많은 이의 웃음소리가 들려온다. 소파의 스프링이 삐걱삐걱 소리를 낸다. 찌른다, 삐걱삐걱, 찌른다, 삐걱삐걱, 찌른다. 웃음소리가 천장에서 떨어진다. 정신을 차려보니 나도 웃고 있었다.

제5장
결행

교실 문을 연 순간, 나쁜 예감이 가슴에 퍼졌다.

지금까지 시끄럽게 떠들던 반 아이들이 갑자기 입을 다물고 경계하는 표정으로 나를 응시했다. 경멸하던 평소의 시선과는 확연히 다르다. 상처 주는 말을 던지는 녀석도 없다.

창가의 내 책상까지 가서 가방에서 교과서와 노트를 꺼냈다.

정적 속에 긴장한 가슴이 두근거렸지만, 최대한 평소처럼 행동하려고 노력했다. 상대를 자극해선 안 된다, 시선을 마주쳐서도 안 된다고 본능적으로 판단했다.

의자에 앉아 천천히 창밖으로 시선을 돌렸다. 평소에는 수업이 시작되기 직전까지 소란스러웠는데 오늘은 누구도 목소리를 내지 않는다. 시야 끝으로 날카로운 시선이 느껴질 뿐이다.

살인 계획을 세운 뒤로 마음을 놓을 수 없었다.

그 뒤로 페니와는 전망대 공원에서 밤에 몇 번인가 만났는데 둘 다 살인에 관해서는 거의 얘기하지 않았다. 페니에게 팬터마임을 배우고, 쉴 때는 서로 좋아하는 영화를 얘기했다. 살해 계획에 대해 딱 하나 한 약속은 페니의 지시가 떨어지면 류지에게 만날 장소와 시각을 연락하는 것뿐이었다.

혼자 있으면 불안에 짓눌려버릴 것만 같은데 페니를 만나면 이상하게도 마음이 편해졌다.

살인 실행일까지 이제 하루…….

결행일이 바로 코앞으로 다가왔다.

사람을 죽인다는 중대한 결단을 내린 탓인지 반 애들의 괴롭힘은 별일 아닌 것처럼 여겨졌다. 하지만 이 기묘한 분위기는 처음이라 너무도 기분이 나빠 도망치고 싶었다. 반 아이들의 시선에 쫓겨 숨이 막혔다. 말없이 주목받을 바에는 아예 욕을 먹는 게 낫다.

"도키타, 류지 선배가 죽은 거 알아?"

조용한 교실 안에서 뜻밖의 말이 날아들었다.

올려다보니 책상 앞에 후유토가 서 있었다.

순간 '류지를 죽일 때까지 아직 하루가 더 남았어'라고 말할 뻔했다.

모두 군침을 삼키고 이쪽을 보고 있었다. 내 대답을 한 자도 빠짐없이 들으려고 신경을 곤두세우고 있는 듯하다.

어제부터 텔레비전에서는 현에 거주하는 17세 남자 고등학생이 살해된 사건이 자주 보도되었다. 하지만 그것은 류지가 아니라 다른 고등학교의 나카노 나오키라는 사람이었다.

인터넷에 피해자의 지인이 반쯤 재미로 쓴 학생 이름과 사진이 돌아다녔다.

그저께 밤 11시 무렵, 빌딩으로 둘러싸인 좁은 뒷골목에서 가슴에 칼이 찔린 채 사망했다고 한다. 텔레비전에서 그 뉴스를 봤을 때는 눈에 익숙한 경치에 흠칫 놀랐다.

현장 중계를 하는 아나운서의 뒤에는 내가 다니는 고등학교에서 가장 가까운 역과 근처 카페 등이 나오고 있었다.

이 근처에서 일어난 사건이라 아침에 꽤나 시끄럽겠다고 생각했는데 설마 류지가 죽었으리라고는 상상도 하지 못했다. 하지만 방심할 수 없다. 어쩌면 날 놀리는 건지도 모른다.

"농담하냐?"

내 가벼운 대답에 후유토가 미간을 찌푸렸다.

"농담이 아니야. 오늘 아침, 선배와 친하게 지내던 사람이 메시지를 보냈어. 나뿐만 아니라 쓰요시도 받았다고. 어젯밤, 역 플랫폼에서 누가 등을 떠밀어 전차에 치였대."

후유토의 얼굴은 심각하기 이를 데 없었다. 거짓말처럼 보이지 않았다. 애당초 거짓말을 할 이유가 없었다.

"그래서…… 어떻게 됐어?"

"즉사했대."

갑자기 심장이 격렬하게 뛰더니 온몸에 불안이 퍼졌다.

"누구에게 떠밀렸는데……."

나도 모르게 중얼거렸는데 후유토가 비웃었다.

"내 말이. 네가 관련된 건 아니지? 전에 살해 계획 같은 걸 세우고 있어서 혹시 네가 그랬나 했지."

손이 떨리고 있음을 깨닫고 서둘러 책상 밑으로 손을 내렸다.

모두가 날 주시한 이유를 알았다. 후유토나 쓰요시에게 류지 소식을 듣고 내가 관련되어 있으리라 생각했겠지. 아니면 관련되어 있으면 재미있을 거라는 생각했을 터다. 반 아이가 살인범이더라도 마음이 아프기보다는 흥미로운 가십일 테니까.

그나저나 이 시점에 류지가 살해되다니, 기묘한 일이다.

아니, 단순한 우연일지 모른다. 어쩌면 어깨가 부딪혔는데 왜 그렇게 보냐며 상대와 시비가 붙어 싸우다가 플랫폼에서 떠밀렸을 가능성도 있다. 녀석이라면 있을 법한 일이다.

가령 그것이 계획적인 범행이더라도 이상할 건 없다. 녀석을 죽이고 싶어 하는 사람은 많을 테니까. 그 가운데 누군가가 우발적으로 범행을 저질렀을 수도 있다.

조금 전 날 경계하던 분위기가 걷히고 반 아이들의 입에서 "류지 선배의 등을 민 게 도키타야?" "그럴 만한 배짱은 없잖아?" "소심한 애니까 살인은 아니겠지" 같은 말들이 멋대로 나왔다.

칠판 근처에 서 있던 쓰요시는 평소보다 흥분한 모습으로 친한 아이들과 수다를 떨고 있다. 말을 걸어온 후유토의 말투도 한결 부드러워졌다. 둘 다 노예 생활에서 해방되어 안도했나 보다.

그것은 나도 마찬가지였다. 크게 소리 내어 웃고 싶을 만큼 마음이 들떴다. 그런데 종잡을 수 없는 심경이 들었다.

"등을 민 사람은 어떤 사람이야?"

혹시 페니가 했나 싶어서 후유토에게 물었다.

"함께 있었던 게 아니니까, 그것까지는 모르지." 후유토는 어이없다는 듯 말하고 나서 계속 말을 이었다.

"어제, 류지 선배와 마지막 차를 타고 간 사람이 있는데 그 사람이 자판기에서 주스를 사고 있을 때, 누가 뒤에서 밀어 선로로 떨어뜨리는 모습을 봤대. 역에는 방범 카메라가 잔뜩 있으니까 곧 잡히겠지."

만약 페니가 혼자 했다면……. 어쩌지? 실행일보다 빨리…… 무엇보다 내가 짠 계획이 아니라 역 플랫폼에서 하다니, 완전범죄와는 거리가 멀잖아.

답 없는 의문만이 계속 떠오른다.

반 아이들은 질리지도 않고 여전히 내가 죽인 게 아니냐며 까불대며 떠들었다. 나는 켕기는 구석이 있어선지 마음이 영 불편했다.

오전에는 평소처럼 수업이 이루어졌다.

"본교 학생에게 사고가 있었으므로 앞으로 교직원 회의가 열린다. 오후에는 수업이 없으니 다들 집에 돌아가도록."

점심시간에 담임이 교실로 와 하교 지도를 했다. 그다음 휴교를 알리는 교내 방송도 나왔다.

학교는 아직 사건의 자세한 내용을 모르는지, 아니면 학생들의 동요를 막으려는지 '사고'라고 에둘러 표현했다.

반 아이들은 류지의 사고에 한껏 흥분해 아무도 집에 가려 하지 않았으나 나는 바로 전망대 공원으로 갔다.

공원을 구석구석 뒤졌으나 페니의 모습은 어디에도 없었다. 어쩔 수 없이 잔디밭 광장까지 가서 그늘을 드리우고 있는 느티나무 옆에 앉았다. 살해 계획을 적은 노트를 꺼내 그곳에 있는 번호로 전화를 걸었다.

몇 번쯤 신호가 간 다음 부재중 전화로 넘어간다. 무슨 말을 남겨야 할지 몰라 횡설수설하며 전화를 끊었다.

평정을 찾은 다음, 다시 전화를 걸어 메시지를 남겼다.

"어제, 류지가 살해되었어요. 연락주세요."

잠시 공원에서 페니의 연락을 기다렸다. 그러나 전화는 오지 않았다.

아까부터 침울해졌다가 안정되기를 반복했다. 양극단의 감정이 번갈아 밀려들었다.

류지가 죽었다는 사실을 알았을 때는 혼란스러웠는데 냉정하게 생각하니 기막힌 행운이었다. 내 손을 더럽히지 않고 다른 사람이 죽여준 것이다. 플랫폼에서 등을 떠민 사람에게 감사하고 싶었다.

하지만 그게 페니의 범행이라면 얘기는 달라진다.

무거운 죄책감이 덮쳐왔다.

나 때문에 범행을 저질렀으니까…….

전차로 집에 돌아갈 때까지 내내 스마트폰을 바라봤지만 연락은 오지 않았다.

맨션 부지 안으로 들어섰을 때 현관 부근에 정장 차림의 남녀가 있는 걸 발견했다.

엄격한 얼굴의 남성은 쉰 살 전후로, 여자는 이십 대 후반쯤으로 보였다. 석양을 받아 눈이 부신지 두 사람 모두 눈을 가늘게 뜨고 있다.

남자는 주름이 많고 거무스름한 피부에 피곤한 표정을 짓고 있었다. 어쩐지 음험한 인상이다. 바지 정장을 입은 날씬한 여자는 윤기 있는 피부와 어울리지 않게 눈 밑에 짙은 다크서클이 있다. 살짝 고개를 숙이는 행동은 남자보다 느낌이 좋았다.

"도키타 쇼헤이 군인가요?"

다가온 여자는 재킷에서 수첩을 꺼내 내게 보여줬다. 수첩 문장을 보고는 가슴이 크게 뛰었고, 긴장으로 온몸이 굳어졌다.

"경찰입니다. 도키타 군과 잠시 이야기를 나눴으면 하는데요, 저는 사사키라고 합니다."

이어서 여자 옆에 있던 남자가 "모토시마입니다"라고 이름을 댔다.

나도 모르게 내가 아니라고 소리치고 싶었다.

"잠깐 시간 좀 내주시겠습니까?"

여자가 차분하게 말했다. 남자는 퇴로를 막아서듯 바로 앞에 가만히 자리를 잡고 버텼다. 그럴 생각은 없었는지 모르겠으나 뭔가 탐색하는 듯한 눈빛을 보냈다.

"같은 고등학교에 다니는 가와사키 류지 군, 알죠?"

처음에는 여자에게 좋은 인상을 받았는데 가타부타 따지고 드는 말투에서 강한 압박감을 느껴 그만 경계하고 말았다.

류지의 스마트폰에는 내 연락처가 등록되어 있을 테니까, 경찰에게 사정 청취를 받는 것은 시간문제일 것이다. 이 자리에서 거짓말을 해봤자 득이 될 게 없다.

내가 "알아요"라고 대답하자 여자는 지체없이 다음 질문을 했다.

"류지 군과 사이가 좋았나요?"

"별로…… 그냥 그랬죠."

"최근 류지 군과 언제 만났나요?"

"……3주쯤 전입니다."

"그때 이상한 점은 없었나요?"

"특별한 건 없었는데요."

이번에는 남자가 물었다.

"마지막으로 류지 군을 어디서 만났는지 알려주시겠습니까?"

"학교입니다."

"어떤 대화를 나눴나요?"

말문이 막혔다. 돈을 요구받았다고 하면 훌륭한 살해 동기가 된다. 귀찮은 일이 벌어질 게 빤하다.

내가 주저하고 있자 여자가 부드러운 말투로 물었다.

"어제, 9월 27일 밤 11시부터 11시 반 무렵까지 어디에 있었나요?"

"집에 있었어요."

"가족과 같이?"

"어제는 아무도 없었어요."

"부모님이 돌아오신 시간은?"

나는 여자를 노려봤다.

"계속 혼자 있었어요. 어제는 아무도 돌아오지 않았으니까."

"부모님 모두?"

형사들은 대놓고 미간을 찌푸렸다.

가정환경에 문제가 있는 소년이라고 생각한 걸까? 경찰은 이런 게 일이니까 이런저런 질문을 던지는 것일 테지만, 가족에 관해서는 별로 말하고 싶지 않았다.

이제 얘기를 끝냈으면 좋겠다는 의사 표시로 현관 쪽으로 시선을 던졌는데 여자가 의외의 이름을 댔다.

"모토미야 하루이치 군 말인데요, 하루이치 군과 류지 군 사이에 무슨 문제라도 있었나요?"

"왜 하루이치 얘기가 나오죠?"

여자는 곤란한 듯 남자의 얼굴을 봤다.

"설마 하루이치가 범인이라고 생각하는 건가요?"

"범인이라니, 무슨 소리지?"

남자는 낮은 목소리로 재빨리 물었다.

"그건…… 학교에서 가와사키 선배가 살해됐다고 들어서……."

내가 죽인 것도 아닌데 남자의 목소리에 주눅이 들고 말았다. 류지가 없을 때는 이름을 막 불렀는데 괜한 의심을 사고 싶지 않아 존칭을 썼다.

"우리는 하루이치 군을 범인으로 생각하지 않는단다. 그걸 증명하려고 자세한 얘기를 들으려는 거지."

남자가 아이를 타이르는 듯이 말했다.

"의심하지 않는다면 물어볼 필요도 없잖아요?"

둘은 곤란한 듯 얼굴을 마주 봤다. 뭔가 있는데 말할 수 없다는 듯한 몸짓이다.

나는 마키의 일도 있고 해서 하루이치 얘기는 하고 싶지 않았다.

"하루이치와 가와사키 선배는 아무 관계도 없어요."

나는 그렇게 단언한 다음 현관을 향해 걷기 시작했다.

마치 내가 범인이 아닐까 싶을 정도로 심장이 빨리 뛰었다. 최대한 당당하게 현관을 통과했다.

돌아보니 둘은 여전히 이쪽을 보고 있었으나 쫓아올 것 같지는 않았다.

재빨리 엘리베이터를 탔다. 무서워 견딜 수 없었다. 살인 계획을 세운 것만으로도 죄가 될까…….

만일 실제로 범행을 저질렀다면 평정심을 위치하는 일 따위 절대 불가능했으리라. 형사라는 소개에도 벌벌 떨기 시작했을 것이다. 자신이 이토록 겁쟁이인지는 생각도 하지 못했다.

문을 열고 현관으로 발을 디뎠을 때, 마음을 가라앉히려고 천천히 숨을 토해냈다. 모든 게 처음 겪는 일이라 속속 벌어지는 비일상적인 사건에 바로 대응할 수 없었다.

거실 소파에 앉아 텔레비전을 켰다. 저녁 이 시간대에는 어느 방송국이나 보도 프로그램을 내보낸다. 지금은 고속도로 연쇄 추돌사고 영상이 나오고 있다.

류지 사건이 뉴스로 나오지 않을까 싶어 다른 방송국으로 바꾸려고 했을 때 메시지 착신음이 울렸다.

마키였다.

오빠가 경찰에 출두했어! 다 나 때문이야. 이제 어떻게 해야 좋을지 모르겠어. 쇼헤이 오빠, 좀 도와줘!

메시지를 읽고 자리에서 벌떡 일어났다. 사고가 멈춰 머릿속이 새하얬다.

출두? 왜 하루이치가 출두하지?

예기치 못한 전개에 기가 막혔다.

그러고 보니 형사도 하루이치에 관해 물었다.

류지를 죽인 게…… 하루이치인가?

모르는 것투성이라 머릿속이 아주 혼란스러웠다. 뭔가에 떠밀리듯 맨션을 뛰어나왔다. 아직 형사가 있는지 둘러봤는데 둘은 없었다. 대신 회색 양복을 입은 삼십 대 정도의 볼품없는 남자가 서 있었다.

저 사람도 형사일까…….

남자는 이쪽을 향해 가볍게 고개를 숙였다.

머리가 조금 길었는데 멋으로 기른 게 아니라 그냥 방치한 듯 보였다. 동그란 눈동자, 뺨에 주근깨가 흩어져 있다. 하얀 피부에 중성적인 이미지의 남자는 똑바로 이쪽을 향해 걸어온다.

형사라면 정말 듬직하지 못하네.

남자는 낡은 명함집에서 명함 한 장을 꺼내 내게 내밀었다.

"도세이출판《주간워시》편집부의 가타기리 마나부라고 합니다. 도키타 쇼헤이 군이죠?"

명함에는 이름 위에 '기자'라고 적혀 있었다.

《주간워시》는 정치, 경제, 연예 기사가 많은 주간지로, 내가 좋아하는 '기묘한 사건부'를 연재한다.

"잠깐만 시간을 내주실래요? 가와사키 류지 군에 관해 묻고 싶은 게 있습니다."

왜 다들 내게 질문하지? 이 기자는 하루이치가 출두한 사실을 알고 있나…….

"아무것도 말하고 싶지 않아요."

나는 노골적으로 미간을 찡그리며 말했다.

가타기리는 머리를 긁적이면서 "갑자기 찾아와 정말 죄송합니다"라고 사과했다.

"조금 전 학교 부근에서 도키타 군 반 학생들에게 이야기를 들었는데 일전에 '살해 계획'을 세웠다고 하더군요. 그렇다고 도키타 군이 무슨 짓을 했다고 생각하는 것은 아닙니다."

나는 내디디려던 걸음을 멈췄다. 미덥지 않아 보이는데 경찰도 아직 모르는 정보를 쥐고 있는 것에 놀랐다.

"나는 아무 짓도 하지 않았어요. 잠깐 급한 일이 있어서."

가타기리는 당황한 듯하며 사진 한 장을 수첩에서 꺼냈다.

"하나만 알려주십시오. 이 남성을 아나요?"

사진에는 정장 차림의 남자가 찍혀 있었다. 얼굴만 보면 사십대 정도인데 머리가 새하얬다. 전체적으로 마른 체형이다. 살짝 웃고 있는데 왠지 서글퍼 보였다.

어디서 만난 것 같은데……. 하지만 생각이 나지 않았다.

"이 사진 속 인물과 가와사키 선배가 관련이 있나요?"

하루이치 일도 있고 해서 유력한 정보가 있는지 물어봤다.

가타기리는 곤란하다는 표정으로 또 머리를 긁었다.

"이 현에서 삼 년 연속으로 11월 6일에 자살 사건이 일어난 걸 아십니까?"

헉, 숨을 들이켰다.

어째서 알아차리지 못했을까…….

몇 년 전, 공원 전망대에서 몸을 던진 여성이 있었다. 또 하나, 호프 볼링 옥상에서 몸을 던져 자살한 고등학생도 있다.

주간지에 실린 '11월 6일의 저주'는 이 현에서 일어난 사건이었다. 잡지에 실릴 만한 사건은 어딘가 나와 먼 곳에서 일어나리라 착각하고 있었다.

"이 남성의 아들과 부인이 11월 6일에 사망했습니다. 기묘한 일이죠. 그다음에도 아들과 관련된 인물이 죽어 현재 조사 중입니다."

사진 속 남자의 아들이 '이 녀석들을 저주한다'라는 글을 남기고 죽은 'S'일까.

나는 기자의 눈을 똑바로 보며 물었다.

"사진 속 남자와 가와사키 선배는 어떤 관계인가요?"

"이 남성의 아들과 가와사키 류지 군은 중학교 때 같은 반이었습니다. 가와사키 군의 사망 소식을 듣고 탐문을 했더니 도키타 군에 대해 말해준 학생이 있었습니다. 죄송합니다. 그다지 기분 좋은 일은 아니죠."

그렇게 말하고 미안하다는 듯 고개를 숙였다.

가타기리에게는 상대가 어른이든 고등학생이든 똑같이 대하는 성실함이 있었다.

"사진 속 남자가 가와사키 선배를 죽인 범인인가요?"

지금은 하루이치가 범인이 아니라는 증거가 필요했다.

"아뇨, 아닙니다. 그런 건 아닙니다만 저는 큰 관계가 있지 않을까 생각하고 있습니다."

"저는 사진 속 인물에 대해 전혀 몰라요."

가타기리는 "그렇군요"라고 말하며 웃었다. 마치 어린애 같은 순진무구한 웃음이다.

"시간을 빼앗아서 죄송합니다. 고맙습니다."

너무도 선선한 태도에 김이 샜다. 그래서 마음에 싹튼 의문을 꺼내고 말았다.

"당신은…… 내가 살해 계획을 세웠다고 경찰에 말했나요?"

가타기리는 정말 놀랐다는 듯 고개를 저었다.

"왜 해야 하죠?"

"저를 범인이라고 생각하지 않나요?"

"도키타 군이 범인인가요?"

"아뇨."

"저도 그렇게 생각합니다. 만나서 얘기해보면 그냥 알게 되죠. 아, 직업병이니 뭐 그런 대단한 건 아닙니다만."

그렇게 말하고 하얀 이를 드러내며 웃었다.

가타기리는 다시 "고맙습니다"라고 말하며 정중하게 고개를 숙였다. 그러고는 수첩에 뭔가를 적으면서 천천히 걸어갔다.

해가 지고 있었다.

나는 맨션 주차장에 세워놓은 자전거에 올라타 힘껏 페달을 밟았다. 모퉁이를 돌았을 때 사십 대 정도로 보이는 정장을 입은 남자가 걸어오는 게 보였다. 느닷없이 울고 있는 남자 모습이 뇌리에 떠올라 괜스레 가슴이 소란해졌다.

역시, 그 사진 속 남자와 만난 적이 있었어…….

전망대 공원에서 하늘을 올려다보며 울면서 전화하던 남자가 분명하다. 다 큰 어른이 우는 게 희한해 인상에 남았다.

서둘러 브레이크를 잡았으나 굳이 되돌아가 알려줄 것까지는 없을 것 같아 다시 페달을 밟았다.

필사적으로 페달을 밟아 익숙한 길을 나아간다.

하루이치의 집 앞에 자전거를 세우고 열려 있는 현관으로 들어가자 그곳에 마키가 서 있었다.

마키는 내 얼굴을 보자마자 울음을 터뜨렸다. 중학교 3학년이 됐는데 우는 얼굴은 길을 잃은 아이 같았다.

"오빠랑 할머니가 경찰에……."

문득 하루이치가 보여줬던 퉁퉁 부은 마키의 사진이 떠올랐다. 왼쪽 눈 옆에는 애처롭게도 당시에 베였던 흉터가 남았다.

"마사요 할머니도 경찰에?"

"오빠가 '내가 가와사키 류지를 죽였다'라고 했대. 그래서 보호자가 필요하다는 연락이 와서……."

거실로 들어가자 작은 텔레비전에서 뉴스가 흘러나오고 있었다. 마키도 류지 사건이 방송되지 않을까 싶어 마음 쓰고 있었을 것이다.

그리운 냄새가 났다. 내가 사는 맨션보다 이 집이 편안한 게 불가사의했다.

"만약 오빠가 죽였다면, 내 복수를 하려고 그랬던 거야. 최근 근육 운동을 시작하고 격투기 체육관에도 다녔거든. 지금 생각해보니 녀석을 죽일 준비였던 거야."

어쩌면 하루이치도 나처럼 녀석을 죽이려 했을지 모른다.

"네 탓이 아니야. 그거 말고는 하루이치가 이상했던 점, 없었어?"

"요즘 내내 고민이 있는 것 같았어. 같이 드라마를 보는데 주인공이 친구를 배신하는 장면에서 갑자기 울더라고. 내 앞에서는 늘 냉정했는데 오빠가 우는 걸 처음 보고 놀랐어. 내가 왜 그러냐고 물었더니 소중한 친구를 배신했다고……. 그래서 쇼헤이 오빠하고 무슨 일이 있었나 생각했어."

생각해보지 못한 하루이치의 고뇌에 가슴이 아팠다.

사람의 마음이란 이렇게 쉽게 변하는 것일까.

하루이치에게 배신당했다는 억울함이 눈 녹듯 사라지고 남은 감정은 슬픔뿐이었다.

하루이치 입장에서는 돈이 든 봉투를 우편함에 넣은 것이 최선의 사죄였구나. 지금이라면 솔직히 받아줬을 텐데. 무엇보다 너도 명백한 희생자라고 말해줄 건데.

"마키, 어젯밤 11시부터 11시 반까지 하루이치는 어디에 있었어?"

마키는 그게 아주 중대한 질문임을 알아채고 긴장한 표정으로 생각에 잠겼다.

"그 시간에 오빠는 집에 있었어."

마키는 표정이 확 밝아지며 말했다. "나랑 텔레비전을 보고 있었는걸!"

"할머니도 증명해줄 수 있을까?"

마키의 얼굴이 갑자기 흐려졌다.

"할머니는 이미 잠들어서……."

경찰에 말해봤자 가족 증언이라 알리바이로 채택되기는 어려울지도 모른다. 하지만 마키의 말이니 틀림없을 것이다.

하루이치는 범인이 아니다. 그렇다면 거짓 진술을 할 이유가 하나도 없다.

그 여름, 신사에서 소리치던 하루이치의 목소리가 되살아났다. 그것은 그냥 해본 소리가 아니었다.

쇼헤이가 위험한 일을 당하면 다음에는 내가 꼭 도와줄게!

하루이치는 나를 감싸려는 것이다. 반에서 일어난 일은 순식간에 다른 반으로 퍼진다. 그러니 살해 계획을 세웠다는 말을 들은 하루이치는 류지를 죽인 범인이 나라고 착각한 게 아닐까.

아니, 착각이 아니다. 정말로 류지를 죽이려고 했으니까…….

하루이치는 예전부터 내 기분을 민감하게 알아차렸다.

초등학교 때, 우리 둘은 같은 축구부에서 활동하며 지역 대회에 출전했다. 둘 다 스타팅 멤버로 뽑혔고 나는 스트라이커, 하루이치는 사령탑을 맡았다. 경기 도중 하루이치는 내 움직임을 확인하고 어디로 공을 줄지를 미리 읽은 다음 그곳으로 정확하게 패스했다. 그 덕분에 여러 번 골대를 흔들었다.

초등학교 6학년 마지막 경기였던 준결승전에서 졌을 때, 사실은 분해서 견딜 수가 없었다. 하지만 한창 허세를 부릴 때였던지라 나는 혼자 태연한 표정으로 동료들을 격려했다.

"져서 분했지? 너도 울어도 돼."

돌아오는 길에 단둘이 되자 하루이치가 툭 내뱉으며 내 등을 쓰다듬었다. 그 손이 너무 따뜻해서 솔직해지고 말았다. 그때까지 참았던 눈물이 자연스럽게 흘러나와 나는 줄곧 자신이 울고 싶었음을 깨달았다.

"마키, 할머니와 연락할 수 있어?"

하루이치가 범인이 아니라고 생각한 탓인지 혼란스러웠던 마음이 차차 가라앉아 다각도로 생각할 수 있는 여유도 생겼다.

"휴대전화를 가지고 갔으니까 될 거야."

"하루이치에게 '나는 류지를 죽이지 않았어'라고 전해줬으면 해. 나를 감싸려고 출두한 것 같거든. 하루이치는 범인이 아니고, 아무도 죽이지 않았어. 곧 집으로 돌아올 테니까 안심해."

마키는 안도하는 표정을 지었다.

우리는 텔레비전을 봤다. 연일 보도되고 있는 나카노 나오키의 살해사건이 나오고 있었다.

피해자의 아버지가 인터뷰하는 영상이 나왔다. 어떤 가게를 하는지, 조리복을 입은 아버지는 입가를 손으로 가리고 울었다. 수없이 '분해요'라고 말했다. 다른 말은 나오지 않는 듯했다.

내가 죽으면 아버지도 저렇게 울어줄까…….

문득 그런 생각이 뇌리를 스쳤다.

피해자는 고등학교 근처의 학원에 다녔다고 한다. 돌아오는 길에 뒷골목으로 끌려가 칼에 찔려 살해당했는데, 살해된 날 밤

10시까지는 학원 자습실에 있는 모습이 목격되었다.

그렇게 늦은 시간까지 학원 자습실에 있었다니, 공부를 열심히 했던 모양이네.

성실한 학생이었을지 모른다. 아니면 나처럼 집에 가기 싫은 이유가 따로 있었을까…….

다음 뉴스가 시작되었을 때, 마키는 서둘러 리모컨을 잡아 볼륨을 높였다.

역 플랫폼에서 고등학생이 누군가에 떠밀려 떨어져 전차에 치여 사망했다는 뉴스였다. 아나운서가 "사건의 유력한 용의자로 보이는 남성의 영상을 공개하겠습니다"라고 전하자, 화면이 바뀌었다.

플랫폼에 선 인물이 나타났다. 얼굴에 모자이크 처리를 했으나 아마도 저 인물이 류지일 것이다. 류지 뒤에서 웬 남자가 재빠르게 달려와 온몸을 내던지듯 류지를 밀어버린다. 다음 순간, 선로에 전차가 들어왔다.

도망치는 남자의 얼굴은 모자이크로 가려졌으나 이어서 개찰구를 통과하는 남자의 상반신이 크게 찍혀 나왔다.

그 순간, 나도 모르게 "앗!" 하고 소리를 지를 뻔했다.

얼굴은 잘 모르겠는데 덩치가 그 백발의 남자와 비슷했다.

이 현에서 도대체 무슨 일이 일어나고 있는 거지? 혹시 류지 사건에 그 남자가 관련되어 있다면…….

가타기리는 사진 속 남자의 아들과 류지가 중학교 때 같은 반이었다고 했다.

다시 주간지에 실린 '11월 6일의 저주'의 내용을 반추했다.

S는 노트에 '이 녀석들을 저주한다'라는 글을 남기고 칼로 목을 그어 자살했다. 다음 해 같은 날, S의 어머니가 아들의 뒤를 쫓듯 목숨을 끊었고, 그다음 해에는 S와 같은 반이었던 Y가 투신자살했다.

셋은 기묘하게도 모두 11월 6일에 죽었다.

Y는 S를 괴롭혔다는 유서를 남기고 죽었다고 했다.

혹시 Y만이 아니라 류지도 학교폭력에 가담했다면? 아니, 오히려 주모자였다면…… 백발의 남자가 류지를 살해할 동기는 충분해진다.

즉 아들의 복수를 한 것이다.

생각이 거기에까지 이르자 백발의 남자에게 강한 친근감이 느껴졌다. 틀림없이 나와 같은 원한을 품고 있을 것이다.

죽은 아내와 아들 말고 그 남자에게 가족이 있을까. 공원에서 울며 전화한 상대는 누구였을까.

마키를 혼자 두는 게 걱정되었으나 마사요 할머니와 연락이 닿은 듯하여 나는 집을 나섰다.

역 앞에 자전거를 세우고 계단을 뛰어올라 플랫폼까지 서둘러 가 상행선 전차를 탔다. 마음에 걸리는 게 있었다. 나는 다시 전망대 공원에 가보기로 마음먹었다.

손잡이를 잡고 차창으로 흐르는 풍경을 멍하니 바라봤다.

머릿속은 페니로 가득했다. 부재중 메시지를 들었을까.

이제 살인 같은 거 하지 않아도 된다. 이 사실을 빨리 알리고 싶다.

퇴근 시간과 겹친 탓인지 전차가 정차할 때마다 정장 차림의 사람들이 쏟아져 들어왔다.

문득 앞에 앉은 이십 대 여성의 입술이 눈에 들어왔다.

촉촉한 새먼핑크 립스틱……. 페니의 입가가 떠올랐다. 얇은 입술과 립스틱 색이 비슷했다.

얼굴을 든 여성이 의아한 표정을 지어서 바로 창밖으로 시선을 돌리고 스마트폰을 꺼냈다. 마침 새로운 메시지가 도착해 있었다.

내 말을 전해들은 하루이치는 '류지를 죽였다'는 진술을 철회했다고 한다. 마사요 할머니는 '쇼헤이에게 감자튀김 일 년어치를 먹여줄 거야'라고 말했단다. 늘 호쾌한 마사요 할머니의 모습이 떠올라 웃음이 났다.

류지 뉴스를 검색해보니 기사는 아직 많지 않았다.

누군가 보는 듯한 시선을 느껴 주위를 살폈다. 경찰과 기자를 차례로 만난 터라 감시당하는 기분이 들었다.

하지만 녀석을 죽인 것은 내가 아니다. 당당하게 있으면 그만이다.

전차에서 내려 바로 전망대 공원으로 향했다.

가로수가 바람에 흔들려 수런거렸다. 뜨뜻한 맞바람을 맞으면 잰걸음으로 걷는다.

이제 괴물은 이 세상에 없는데, 마키도 이제 두려워하며 살 필요가 없는데, 마음속의 암운이 거치질 않는다.

마음이 불안한 날이나 우울한 날에는 늘 페니를 만나고 싶어진다. 잔디밭 무대에 선 페니의 팬터마임을 보고 싶다.

정신을 차렸을 때는 누군가에게 쫓기듯 가로등 불빛이 떨어지는 산책로를 달리고 있었다.

공원의 서쪽 입구로 들어가 느티나무에 기대앉았다. 스마트폰을 확인했으나 역시 페니의 연락은 없었다.

잔디밭을 바라보고 있자니 페니와 즐거웠던 시간이 되살아났다. 페니는 늘 내 뒤쪽으로 조용히 다가와 놀라게 하려는 듯이 어깨를 두드렸다. 그다음에는 잔디밭 무대에서 팬터마임을 보여줬다. 그 모습을 보고 있을 때만은 온갖 나쁜 생각을 다 잊을 수 있었다.

팬터마임에 관심이 생긴 내게 벽에 손을 대는 연기와 로봇 댄스도 가르쳐줬다. 페니는 어색하게 춤을 추는 나를 보고 깔깔대며 웃었고, 그 웃음을 따라 나도 웃었다. 서로 많은 말을 나누지는 않았으나 페니와 함께 있는 시간은 어머니가 곁에 있던 때처럼 마음 놓을 수 있었다.

언제부터 아이로 있지 못했을까. 빨래와 식사 준비를 직접 하고, 정신을 차려보니 힘든 일이 생겨도 부모에게 기대지 않았다.

나쁜 일이 생긴 날에는 페니에게 배운 로봇 춤을 추며 마음을 달랬다. 팬터마임에 매료된 나는 입문서를 사서 집에서 몰래 연습도 했다. 능숙해져서 페니를 놀라게 해주고 싶었다.

인기척을 느껴 산책로를 보니 제복 차림의 경찰관이 주위를 경계하며 순찰을 돌고 있었다. 공원에서 날치기가 다발하고 있어서 순찰 중이라고만 생각했는데 어쩐 일인지 이쪽을 향해 곧장 걸어온다.

무슨 일이 있나…….

나는 교복을 입고 있다는 사실을 깨닫고 서둘러 손목시계를 내려다봤다. 어느새 밤 8시였다. 하지만 그리 늦은 시간도 아니었다.

"죄송합니다. 목격 정보가 없나 해서 여쭙겠습니다. 이 사진 속 남성을 보신 적이 없나요?"

사진에는 그 백발의 남자가 찍혀 있었다.

등줄기에 오한이 내달린다. 이 남자는 가족도 지인도 아닌데 내가 가는 곳마다 따라다니는 것만 같다.

역시 류지의 사건에 관련되어 있나…….

산책로를 보니 다른 경찰관이 지나가는 사람에게 말을 걸고 있었다. 보아하니 이 공원에 있는 모든 사람들에게 질문하고 돌아다니는 듯하다.

"……본 적 없어요."

나는 괜한 질문을 받고 싶지 않아 조그맣게 대답했다.

"한 장 더 봐주셨으면 하는데, 이 인물은 어디선가 본 적이 없나요?"

사진에는 초등학생 남자아이를 껴안고 남자아이의 어머니로 보이는 여성과 피에로가 찍혀 있었다.

온몸이 얼어붙었다.

오른쪽 끝에 찍힌 피에로는…… 페니였다.

오한이 일었고, 제대로 머리가 돌지 않았다. 흩어진 퍼즐 조각이 너무 많아 어떤 조각을 연결해야 할지 알 수 없었다.

"이 공원에 자주 나타나는 피에로인데 모르세요?"

경찰관은 아무 대답이 없는 나를 재촉하듯 물었다.

기분 탓인지 경찰관의 표정이 심각해졌다. 날카로운 시선에 기가 눌려 순간 시선을 피하고 말았다.

"저는 본 적 없는데…… 이 피에로가 왜요?"

간신히 목소리를 짜내 물었다.

숨이 막히는 것만 같았다. 덥지도 않은데 이마에서 비지땀이 배어 나왔다. 의심스럽게 여기지 않을까 걱정했는데 의외로 선선히 대답해주었다.

"조금 전 남자와 같은 인물입니다. 이런 모습으로 있을 때가 많아서 혹시나 해서 물어봤습니다."

외부의 소리가 모두 사라지고, 쿵쾅거리는 심장 소리만 들렸다. 경찰관은 어색한 미소를 지으며 "협력해주셔서 감사합니다. 이 주변에 날치기 사건이 많으니 조심하세요"라고 말하고는 사라지려 했다.

"저기, 그 사람이 무슨 짓을 했나요? 저도 이 공원에 자주 오는데 혹시 무슨 일이 있다면 불안해서……."

우물쭈물하면서도 열심히 이야기를 토해냈다.

"어떤 사건의 중요 참고인입니다. 우리도 되도록 순찰을 자주 할 테지만, 최근 요란한 사건이 많으니까 미성년자는 최대한 빨리 집으로 돌아가시길 바랍니다."

경찰관은 그렇게 말하고 나서 성큼성큼 산책로로 걸어갔다.

마음속의 의구심이 확신으로 변했다.

페니가 그 백발 남성이었다. 그렇다면 페니가 류지를 죽였을 가능성이 크다…….

페니는 아들도 아내도 잃고, 누구보다 깊은 절망에 빠져 있었다.

만약 류지가 자기 아들을 괴롭혔다면 페니의 분노는 굉장했을 것이다. 녀석은 조금도 변하지 않았으니까. 용서할 수 없었을 것이다.

하지만 류지가 살해된 것은 어젯밤이다. 아무리 경찰이 유능하더라도 이렇게 빨리 알 수 있었을까…….

거기까지 생각하다 놀라운 결론에 도달했다.

나는 주머니에서 명함을 꺼내 전화를 걸었다. 상대는 밝은 목소리로 "가타기리입니다"라고 대답했다.

"오후에 만났던 도키타 쇼헤이입니다. 하나만 알려주세요."

잠시 침묵이 흐른 뒤, 가타기리는 "제가 대답할 수 있는 것이라면"이라고 대답했다.

"이 현에서 일어난 고등학생 살해사건에 대해 알고 싶은 게 있습니다. 뒷골목으로 끌려가 살해된 나카노 나오키라는 사람도 그 사진 속 남자의 아들과 같은 중학교였나요?"

긴 침묵 끝에 가타기리는 "왜 그러시죠?"라고 걱정스러운 듯 물었다.

"가타기리 씨, 꼭 알고 싶습니다. 알려주십시오."

얼마 전 사진 속 남자를 생각해냈는데 알려줄 필요도 의리도 없다고 생각한 자신이 너무나 비겁하게 느껴졌다.

가타기리는 부드러운 목소리로 말했다.

"하나만 알려주시겠습니까? 도키타 군은 어떻게 나카노 나오키 군에 대해 아시죠?"

여기서 거짓말을 해봤자 가타기리에게 들킬 것이고, 결국 아무 얘기도 듣지 못할 것 같았다.

"돕고 싶은 사람이 있습니다."

가타기리는 한숨을 내쉬듯 "그래요?"라고 말하고 입을 다물었다. 긴 침묵은 사람을 초조하게 만든다.

"'11월 6일의 저주'가 인터넷에 떠돌아다니고 있는 듯한데, 나카노 나오키 군도 사진 속 남자의 아들과 같은 반이었습니다."

가타기리는 이리저리 질문을 던지고 싶어 했으나 나는 고맙다고 말하고 전화를 끊었다.

만약 페니가 범인이라면 왜 그토록 당당하게 범행을 저질렀을까? 하지만 그 의문은 금세 풀어졌다. 그의 본심을 깨달았기 때문이다.

페니는 처음부터 완전범죄를 목표로 하지 않았다. 증거가 남아도 개의치 않았을 것이다. 녀석들의 숨통을 끊을 수만 있다면 그다음은 어찌 되든 상관없다는 생각으로 범행을 저질렀으므로.

다시 페니에게 전화했으나 역시 받지 않았다.

얼마 전까지의 마음을 떠올렸다. 만약 내가 생각한 살해 계획이 실패로 끝나 경찰에 들키면 나는 자살하려고 했다.

흩어진 조각이 한곳으로 모일 때마다 나쁜 예감이 커졌다.

뇌리에 공원 안쪽에 있는 전망대가 스쳤다. 몇 년 전, 그곳에서 페니의 아내가 투신자살했다…….

강렬한 초조함에 시달리며 정신없이 달렸다. 산책로가 아니라 잔디밭을 가로질렀다.

내가 류지를 '죽이고 싶다'라고 한 탓에 페니는 복수를 결심했을지 모른다. 그 말이 방아쇠가 된 것이다.

심장이 으스러지는 것처럼 아팠다.

고개를 드니 전망대가 보였다. 전속력으로 달렸다.

나는 헐떡거리면서도 입구의 동그란 출입금지 간판을 지나쳐 전망대로 이어지는 완만한 비탈길을 달려 올라갔다. 전망대는 노후화로 철거가 결정되었는데 페니는 저기 있을지 모른다.

산소가 부족했다. 목과 폐가 살짝 아팠다. 축구부를 그만둔 뒤로 체력이 상당히 떨어졌다.

허벅지가 찢어질 것처럼 아프다. 숨이 찼으나 계속 달렸다. 헉헉대며 달려 언덕 위 광장으로 올라갔다.

눈앞에 시가지 야경이 펼쳐졌다.

정적 속에 내 거친 숨소리만 울렸다.

가로등 몇 개가 있고, 그 밑에는 벤치가 있었다.

인적은 전혀 없었고, 한산한 광장 안쪽에 전망대만 우두커니 서 있다. 가장 위쪽의 전망 데크까지 나선형 계단이 이어졌다.

전망 데크 주위는 허리 정도 높이의 벽으로 둘러쳐 있었다. 눈의 초점을 전망 데크에 맞춰 올려다보니 사람이 보였다.

그 사람은 벽 위에 올라가 하늘을 올려다보고 있었다. 조금이라도 균형이 흐트러지면 곧장 떨어질 것이다. 절망적인 상황이었다.

계단을 뛰어 올라가도 제때 도착할 것 같지 않았다.

어쩌지…….

주머니에서 스마트폰을 꺼내 발신 이력에 남은 번호를 터치했다. 손이 덜덜 떨렸다.

부탁해, 전화 좀 받아. 페니, 부탁이야…….

그 간절한 바람도 헛되었다. 벨이 몇 번 울리고 나서 부재중 녹음으로 넘어갔다.

"페니, 도와줘! 부탁이야! 류지의 동료에게 쫓기고 있어. 전망대 아래 광장이야. 도와줘, 페니!"

나는 그렇게 소리친 다음 너무나 두려워 발밑으로 고개를 떨어뜨렸다. 더는 전망대를 볼 수 없었다.

같이 하자고 약속했잖아……. 왜 페니는 자신에 대해 하나도 알려주지 않았던 거야? 이 세상에서 나만 힘든 게 아니었잖아.

어떤 소리가 들려 조심스럽게 고개를 들자 전망 데크에는 아무도 없었다. 정적 속에 계단을 내려오는 그림자가 보이고 발소리가 울렸다. 그림자가 무서운 속도로 내려왔다.

내가 광장 가운데로 가자 계단을 내려온 그림자는 총알처럼 전망대 입구에서 이쪽으로 달려왔다.

그림자가 갑자기 걸음을 멈췄다.

우리 사이에는 아직 거리가 있었다. 몇 걸음 다가가 손을 뻗었는데도 닿지 않았다. 그림자가 더는 내 쪽으로 다가오지 않았다.

백발의 남자는 씩씩대면서 허무한 표정을 짓고 있었다. 구겨진 하얀 셔츠에 회색 바지. 피에로 때의 환상적인 분위기는 전혀 없었다. 사진 속 모습보다 뺨이 더 움푹 팼고 말랐다.

"다치지 않았어? 괜찮니?"

평소 복화술로 듣던 목소리와 사뭇 달랐다. 맑은 목소리였다.

자기 일로 머릿속이 가득할 텐데 나까지 걱정해주는구나. 그게 가슴을 찔러 눈물이 되었다. 가득 고인 눈물로 앞이 흐려졌다. 돌아보면 당신은 언제나 나를 걱정해줬어.

"당신이…… 페니죠?"

그 질문에 자신이 피에로 분장을 하고 있지 않다는 사실을 깨달은 모양이다. 동요한 듯 시선을 살짝 떨어뜨렸다.

"미안해요. 나는 쫓기지 않았어요. 거짓말했어요."

"……왜?"

고개를 든 페니가 쉰 목소리로 물었다.

나는 내가 알아낸 정보를 밝혔다.

"11월 6일, 당신은 아들을 잃었어요. 다음 해 같은 날, 이 전망대에서 아내도 자살했죠."

페니는 고개를 숙인 채 꼼짝도 하지 않았다.

"가와사키 류지를 죽인 게 페니예요?"

침묵한 채 대답하지 않았다.

"나카노 나오키를 죽인 것도…… 페니예요?"

대답을 듣는 게 싫으면서도 입에서는 진실을 캐는 질문만 나왔다.

페니와 거리를 좁히고 싶어 한 걸음 내딛자 페니는 피하듯 뒷걸음쳤다. 억지로 거리를 좁히려 하면 전망대로 다시 가버릴 것 같아 불안해서 움직일 수 없었다. 나는 아무것도 할 수 없었다. 말할 수 없는 무력함에 시달렸다.

"내가 둘을 죽였어."

페니는 또박또박 그렇게 말했다.

"어째서…… 같이 하기로 약속했잖아!"

"너는 못 해. 사람을 죽일 수 있는 애가 아니야."

"난 세상에서 사라지고 싶었어. 어차피 죽을 바에는 녀석을 죽일 수 있었고."

"나는 알아. 너는 사람을 죽이지 못해."

"나에 대해 아무것도 모르면서 왜 그렇게 자신해?"

"내 아들과 닮았어. 그래서 알아."

"나 때문에 녀석을 죽였어?"

페니가 미소를 짓고는 고개를 저었다.

"나는 누군가를 위해 사람을 죽일 정도로 좋은 사람이 아니야. 날 위해서 그런 거지. 아내와 아들의 복수를 하고 싶었어. 학교폭력을 당한 아들은 자길 괴롭힌 반 아이의 이름을 노트에 적고 죽었어. 하지만 피로 얼룩져 읽을 수 없었지. 간신히 알 수 있었던 것은 '二'와 '中'라는 두 글자뿐이었고. 나는 아들의 반 아이들 이름을 조사했고, 그 글자의 학생을 알아냈어."

페니는 떠올리는 것조차 괴로운지 잠시 쉬었다가 이어 말했다.

"가와사키 류지의 아버지는 녀석이 열 살 때 상해 사건으로 교도소에 들어갔어. 항상 폭력적이었던 아버지는 마음에 안 드는 일이 있으면 어린 류지를 때렸다고 해. 어머니는 맞고 있는 아들을 도우려고 하지 않았다지. 어머니는 아버지가 교도소에 들어가자마자 이혼했는데, 새 남자가 생길 때마다 류지를 밖으로 내보냈어. 비 오는 날도, 눈 내리는 추운 날도……. 가여운 처지였음을 알았을 때, 녀석도 희생자라는 생각에 씁쓸하더군. 그래서 처음에는 녀석의 부모를 원망했어."

늘 강하게만 보이던 류지에게 상상도 할 수 없는 과거였다. 그런 아픈 과거가 있었기에 그토록 허세를 부렸을지 모른다. 페니 말대로 녀석도 희생자였구나.

누군가로부터 쏟아진 부조리한 악은 증오라는 강력한 무기가 되어 다른 누군가를 벤다.

“나카노 나오키도 가정환경이 좋은 건 아니었지. 불행한 아이였다. 하지만 열악한 환경에서 자란 아이가 전부 나빠지진 않아. 어렵게 자라도 배려를 잊지 않고 열심히 살면서 많은 사람의 사랑을 받고 대성하는 사람도 있어. 물론 그러지 못한 사람의 마음도 이해하지만. 여하튼 나는 녀석들을 죽이기로 마음먹었어.”

“어째서…….”

“예전에는 아들을 괴롭혔다는 증거를 모아 경찰에 신고하려고 했어. 안일한 생각이었지. 녀석들이 아주 영악해서 증거를 잡을 수 없었거든. 그것만이 아니야. 여전히 사람의 약점을 잡고 잔혹하게 괴롭히고 있더군.”

그 괴롭힘의 대상 가운데 하나가 나였다…….

“한심하게도 나는 녀석들의 덫에 걸려 호프 볼링에서 폭행을 당했어. 거기서 아들이 폭행당하는 영상도 보게 됐지. 아니, 그건 괴롭힘의 수준이 아니었어. 범죄지. 아들이 울면서 그만하라고 수없이 간청했는데도 녀석들은 폭행을 멈추지 않았어. 여러 해가 지난 지금도, 녀석들은 동영상을 보며 좋다고 웃더군. 정말로 즐거운 듯이."

누군가는 '고통을 아는 사람일수록 따뜻하다'라고 말했다. 그 말이 정말일까…….

류지도 나카노 나오키라는 소년도 수많은 고통을 경험했을 것이다. 그런데 왜 똑같이 다른 사람을 아프게 할까.

"이대로 조용히 아내와 아들이 있는 곳으로 가게 해주지 않을래? 그게 내가 가장 바라는 것이고, 행복이야."

"사실은 나도 하려고 했잖아……."

"네가 다칠 필요는 없어. 살인은 내가 계획했고, 나 혼자 했어. 누구를 위해서가 아니라 내 욕망을 위해서 한 일이야."

"그러면 왜 살해 계획을 세우라고 했어?"

"녀석들이 시게아키를 괴롭혔다는 증거를 잡으려면 시간이 필요했으니까."

그것만이 아니다. 살해라는 목표가 생기면 내가 스스로 목숨을 끊을 위험이 사라지기 때문이었을 것이다. 나를 걱정해서 범행 일정도 앞당겼던 거다.

"자신의 욕망 때문이라면서, 왜 지금도 나를 도우러 왔어?"

피로 이어진 사이는 아니었지만, 당신은 친아버지를 뛰어넘는 나의 아버지였다.

"아내와 아들을 잃고 나서야 깨달았어. 그 둘이 없으면 내 세계는 끝이야. 살아갈 의미도, 즐겁다는 감정도, 아름다운 풍경도, 모두 사라져. 뭘 먹어도 맛있지 않아. 아니, 음식이 맛있으면 아내도 지키지 못한 주제에 맛을 느끼고 있는 자신을 자책하며 토해버렸지. 살아 있다는 것 자체가 너무 괴로웠다…….”

“나는 줄곧 어둠 속에 있었어. 그런 내게 살아갈 희망을 준 사람이 페니야.”

“확증도 없이 말하는 게 얼마나 무책임한 일인지 알아. 그래도 네 미래에는 수많은 행복이 있으리라 믿어. 그러니까 앞으로는 앞만 보고 살길 바라.”

왜일까. 류지에게 배를 얻어맞았을 때보다 훨씬 고통스러웠다. 눈물을 삼키느라 제대로 말을 할 수도 없었다.

“네게 상처를 준 건…… 용서해줘.”

페니는 그렇게 말하고 고개를 깊이 숙인 다음 전망대를 향해 달리기 시작했다.

“페니!”

나는 비명 같은 소리를 지르며 뒤를 쫓을 수밖에 없었다. 어떤 말도, 페니에게는 닿을 것 같지 않았다. 고통을 잊는 방법 따위는 없다.

나선형 계단을 올라가는 뒷모습을 쫓았다. 극도의 긴장과 헐떡임으로 소리가 나오지 않았지만, 이를 악물고 계단을 올라갔다.

전망 데크로 나간 페니는 아래로 뛰어내리려는 듯 재빨리 벽 난간에 섰다.

“페니! 내가…….”

울음을 간신히 참고 소리를 높였다.

"내가 페니의 아들이 될게!"

정신을 차려보니 거친 호흡을 내뱉으면서 바보 같은 소리를 지껄이고 있었다. 하지만 진심이었다. 적당한 말을 찾지 못할 때는 마음의 소리를 그대로 소리 높여 외칠 수밖에 없다.

움직임을 멈추고 천천히 돌아본 페니의 얼굴은 엉망진창으로 일그러져 있었다. 그 표정을 숨기려는 듯 페니가 고개를 숙였다.

"내가 페니의 아들이 될 테니까…… 가지 마!"

나 같은 게 아들을 대신할 수 없다는 건 잘 안다. 그래도 가슴 깊숙한 곳에서 흘러나오는 진심을 막을 수는 없었다.

아무리 마음속을 뒤져도 전달할 다른 말을 찾을 수 없었다.

나는 팬터마임처럼 번갈아 손을 내밀어 보이지 않는 끈을 잡아당겼다. 페니와 이어져 있을 끈을 당긴다.

고개를 든 페니는 굳어버린 듯 움직이지 않았다.

나는 어딘가와 끈이 연결되어 있음을 믿고 필사적으로 당겼다. 불안에 싸여 끈이 점점 사라지는 듯하다. 나는 끈을 잃어버리지 않으려 더 힘을 주어 당긴다.

"페니, 부탁이야……. 가지 마."

다시 팬터마임을 보여줘. 내 곁에 있어줘. 아무 데도 가지 마…….

필사적으로 끈을 당긴다. 팔로 눈물을 닦으면서 힘껏 당긴다. 페니가 당장이라도 뛰어내릴 것 같아 무서워서 견딜 수 없었다.

페니는 고개를 숙인 채 어깨를 바르르 떨었다.

여기에 끈이 있음을 믿고, 당기는 수밖에 없다. 거짓말이 아니다. 정말로 끈이 있다. 그 끈은 틀림없이 페니와 이어져 있다.

페니는 입술을 깨물고 나를 똑바로 바라봤다.

나는 당기는 손을 놓지 않았다. 전력으로 당긴다. 또 당긴다.

갑자기 페니가 하늘로 손을 뻗었다. 그 모습이 기도하는 것처럼 보였다. 구름이 흘러 머리 위로 달이 모습을 드러냈다.

잠시 후 페니가 담 위에서 내려왔다. 왼발을 높이 올리고 오른발만으로 차듯 이쪽으로 온다. 오른쪽으로, 왼쪽으로, 비틀비틀 구르듯 다가온다.

그 모습이 눈물로 흐려졌다.

손을 뻗으면 닿을 듯한 페니의 모습이 환영처럼 흐렸다.

더 잘 보고 싶어서 손으로 눈물을 닦았다.

"이 끈은…… 페니의 발목에 묶여 있어."

나는 되도록 밝은 목소리로 말했고, 페니는 양쪽 어깨를 으쓱하며 살짝 웃었다.

"팬터마임이 정말 많이 늘었네. 혹시 《팬터마임 입문》을 읽고 공부했어?"

"어떻게…… 그 책을 읽었는지 알아?"

"역시 너였구나. 전차 안에서 너랑 비슷한 분위기의 아이를 봤어. 내 아들도 팬터마임을 좋아했지. 어렸을 때는 자주 해달라고 졸랐고. 피에로 복장을 하고 이 공원에서 연기하고 있으면 모르는 아이들도 모여들고……. 녀석은 내가 '전사 영웅보다 더 멋지다'고 말해줬지. 그랬는데 지켜주지 못했어."

페니는 주머니에서 엄지 크기의 남자아이 인형을 꺼내고는 이어 말했다. "아내는 초등학교에 들어갈 때 이 인형을 아들에게 줬어야 했다고 했어. 혹시 죽고 싶을 만큼 힘든 일이 생기면 아버지나 엄마에게 이 인형을 보여달라고 해야 했다면서 늘 후회했어. 말하지 않아도 돼. 힘든 상황은 굳이 말하지 않아도 돼. 그저 보여만 주면 우리가 꼭 도와줄 테니까, 그렇게 말하고 인형을 줬으면 됐는데……. 그랬다면 아들이 죽는 걸 막을 수 있지 않았을까, 그렇게 후회했어."

페니는 그 인형을 내게 주었다.

"이건 부적이야."

얼마나 쥐고 있었는지 인형에는 보풀이 잔뜩 일어났고, 인형 옷에 붙은 'S' 라는 약자도 들떠 있었다. 색이 바래 너덜너덜한 인형이 페니의 마음을 드러내는 듯했다.

갑자기 뒤에서 "소년에게서 떨어져! 움직이지 마!"라는 소리가 울렸다.

놀라 돌아보니 계단 부근에 제복 차림의 경찰관 셋이 있었다. 그들은 손에 경광봉을 들고 있다.

계단을 오르는 발소리를 전혀 듣지 못했다.

"페니! 같이 도망치자!"

그렇게 말한 뒤에야 도망칠 곳이 없다는 것을 깨달았다. 도망치려면 여기서 뛰어내리는 수밖에 없다.

페니는 뭔가 깨달은 듯한 표정으로 고개를 저었다.

"소년에게서 떨어지세요!"

우리 둘이 우두커니 서 있자 경찰관이 달려왔다.

그들은 페니를 둘러싸고 뭔가를 확인한 다음 재빨리 수갑을 채웠다.

"그 사람을 놓아줘……. 페니는 나쁜 사람이 아니야!"

정신을 차려보니 나는 난동을 부리고 있었다.

경찰관 하나가 소동을 피우는 나를 제압하면서 "좀 진정해"라며 당황스러워했다.

페니는 그들에게 떠밀려 걷기 시작했다. 저항하는 기미가 전혀 없었다.

나는 비명을 지르면서 경찰관을 뿌리치려고 몸부림쳤다.

"페니를 놔줘! 그 사람은 잘못한 게 없어! 데려가지 마!"

팔을 잡고 있던 경찰관이 손에 힘을 주며 "이러면 공무집행방해가 돼!"라고 소리쳤다.

페니는 걸음을 멈추고 이쪽을 돌아보며 깔깔깔 웃기 시작했다. 마치 '괜찮아'라고 안심시키는 듯이.

경찰관들은 일제히 어리둥절한 표정을 지었다. 하지만 나는 그것이 페니에게 있어서 최선의 배려임을 알았다.

온몸의 힘이 빠지며 뻗어버렸다.

페니의 뒷모습을 지켜보는 수밖에 없었다.

심장박동이 사이렌처럼 비명을 지르며 쿵쿵 가슴을 쳐댄다.

시야가 어두워져 정신을 차렸을 때는 깊은 어둠이 펼쳐져 있었다. 자신이 어디에 있는지조차 알 수 없었다.

하늘을 올려다보니 별들만이 조용히 반짝이고 있었다.

오직 하나의 말만이 넘쳐 마음에 질문을 던진다. 답 같은 건 필요 없었기 때문에 그 질문은 고통으로 변한다.

진짜 죄인은 누구인가요?

나는 한껏 소리 내어 울었다. 태어났을 때는 내지 못했던 외침. 그때의 첫울음이 이런 소리였을 것만 같다.

지상에서는 늘 누군가 울고 있는데 조용히 흩어진 별들은 언제나 우리를 평등하게 비추고 있었다.

제6장
심판

가자미 게이스케.

페니의 본명은 나를 데려간 경찰서에서 처음 들었다.

페니가 체포된 밤, 조사실에서 조사를 받은 나는 류지를 살해할 계획을 세우고 죽여달라고 한 사실을 남김없이 말했다.

전에 맨션 앞에서 만난 나이 든 형사는 용의자를 감싸기 위해 거짓 증언을 하는 게 아니냐며 의심스러운 말투로 따져 물었으나 끝까지 물러서지 않았다. 그런데도 내게는 어떤 죄도 묻지 않았다. 그리고 보호자 자격으로 경찰서에 온 아버지와 같이 집으로 돌아왔다.

이번에는 아버지가 페니와의 관계를 자세히 물었는데 생명의 은인이라고 말할 수밖에 없었다. 그것이 진실이기 때문이다.

마음도 몸도 피곤했는데 새벽까지 추궁을 당했다. 그래도 아버지는 납득이 가질 않았는지 "앞으로는 저녁 8시까지 집에 들어와라"라고 명령했다. 통금이 생긴 것이다.

어차피 에리카의 맨션에 머물며 집에는 거의 오지 않으니 귀가 시간 같은 건 정해봤자 아무 의미도 없을 것 같았다. 아버지와 에리카의 관계가 계속되고 있음은 익히 알고 있었다.

아버지는 내 생각을 간파했는지 밤 8시 이후에는 집으로 전화를 걸겠다며 강하게 말했다.

이럴 때만 아버지인 척 좀 하지 마.

아버지는 끈질기게 '이제까지 너를 믿고 그냥 뒀다'라고 말했지만 그게 아니라는 것 정도는 안다. 아버지는 자신이 자유롭게 지내고 싶어서 내게 간섭하지 않았을 뿐이다.

더는 누구와도 말하고 싶지 않았다. 유일하게 얘기하고 싶은 사람은 페니였다…….

고등학교에 다니는 남학생 둘을 살해한 사건은 순식간에 세상을 떠들썩하게 만들었고, 연일 언론에서 떠들어댔다. 시사 프로그램에서는 범죄 전문가들이 평론가들이 나와 제멋대로 판단했는데, 어쩐지 다 틀린 것 같았다.

주말에는 평일에 녹화해둔 와이드쇼를 보며 정보를 수집했다. 사건을 조금이라도 다룬 주간지가 있으면 죄다 사서 읽었다.

나로서는 그것밖에 할 수 있는 일이 없었다…….

인터넷 뉴스 댓글에는 페니를 영웅 취급하는 글이 많았는데 와이드쇼의 평론가들은 무한한 가능성을 지닌 소년들을 살해한 것은 극히 잔혹한 일이며 오만한 범죄라고 비판했다. 그 가운데는 비참한 상황에 빠진 자기 처지에 도취된 게 아니냐는 엄격한 의견도 있었다. 마음속에 분노가 치밀었다.

주간지는 대부분 페니를 일방적으로 악인 취급했는데《주간 워시》만은 달랐다. 학교폭력으로 아들을 잃은 남자의 복수 살인으로 평가하면서 페니의 경력을 자세히 실었다.

작은 시골 마을에서 태어난 페니는 어렸을 때 어머니를 병으로 잃고, 고등학교 3학년 때는 아버지까지 교통사고로 잃었다. 결국 대학 진학을 포기한 페니는 취직해 혼자 살았다고 한다.

살던 곳은 일자리가 적어서 시가지의 권투도장 직원으로 일한 페니. 처음에는 접수대 같은 데서 일했는데 프로를 목표로 하는 젊은이들에게 자극을 받아 체육관의 프로 코스를 밟았다.

페니는 아버지를 잃은 슬픔을 잊으려고 권투에 전념했다. 열심히 연습한 끝에 프로 테스트에 합격해 자격도 땄다. 데뷔전에서 KO승을 거두며 선수로 바로 두각을 드러내 플라이급 전일본 신인왕이 되었으나 눈에 병이 생겨 권투를 포기했다고 한다.

다음으로 페니를 매료시킨 것은 팬터마임이었다.

묘기를 중심으로 한 극단에 들어가 팬터마임 대회 우승을 꿈꿨다. 하지만 극단 활동만으로는 먹고살 수 없어서 피자 가게에서 아르바이트했다. 거기서 채플린을 좋아하는 아내 A와 만났고, 그 후 A에게 아이가 생겨 꿈을 포기하고 취직하는 길을 선택했다.

다양한 기사를 읽으면서 새삼 페니에 관해 아무것도 몰랐음을 깨달았다. 그리고 페니가 용의자가 됨과 동시에 이토록 자세하게 그간의 삶이 공개되어 세상에 드러나는 상황에 놀랐다.

오늘 발매된 다른 주간지에는 페니는 피해망상이 심하고 원래 흉악한 성격이었다는 기사가 실려 있었다. 아들이 자살한 뒤, 나카노 나오키가 아들을 괴롭힌 범인이라고 생각한 페니는 나오키의 아버지가 경영하는 케이크 가게를 찾아와 폭력을 휘둘러 경찰 조사를 받은 과거가 있었다면서.

옛날부터 다혈질이라 툭하면 싸웠다는 내용을 읽고는 온화한 성격의 페니와 격차가 너무 커서 강한 위화감을 느꼈다.

나는 페니에 대해 더 많은 것을 알고 싶어서 인터넷으로도 정보를 검색했다. 그러다가 '라이프세이브 모임'이라는 단체를 찾았고, 그들이 주체가 된 '가자미 게이스케 도움 모임'이라는 것의 존재를 알았다. 대표자는 '요시다'라고 하는, 도쿄에 사는 사십 대 남성으로, 활동 내용을 메일로 문의하자 곧장 답신이 돌아왔다.

나는 도쿄까지 가서 모임의 일원으로부터 설명을 듣고 법원에 제출할 사형 감형 탄원서에 서명했다. 그리고 모임의 일원이자 페니와 같은 회사에서 일했던 마루야마 구니아키라는 사람도 소개받았다.

마루야마 씨는 가벼운 말투로 말을 걸어와 얼핏 경박한 사람처럼 보여 처음에는 살짝 경계했다. 하지만 이야기를 나누다 보니 페니를 정말 좋아하고 있다는 것을 알 수 있었다. 그는 내가 긴장하고 있는 걸 알아채고는 '가자미 실장'의 흉내를 내며 분위기를 풀어줬는데, 지금까지 봐온 페니와 달라서 어떻게 반응해야 할지 몰라 당황했다.

그날은 도움 모임 사람들과 거리로 나가 해가 저물 때까지 서명을 받았다. '힘내요'라고 말해주는 사람도 있었고 '살인자는 응원하고 싶지 않아'라고 무섭게 말하는 사람도 있었다. 두 마음 다 이해할 수 있어서 풀이 죽지는 않았으나 신발에 침을 뱉는 사람 앞에서는 좌절하고 말았다.

마루야마 씨는 침울해하는 나를 발견하고 "침 뱉은 저 자식에게 저주를 걸었지"라며 귓속말을 해주었다. 어떤 저주를 걸었는지 물었더니 "개와 눈이 마주칠 때마다 물려라!"라고 저주했단다. 아무래도 나쁜 사람은 아닌 듯하다.

도쿄에까지 온 건 서명 활동을 돕기 위해서만이 아니라 페니를 담당하는 변호사의 연락처를 알고 싶었기 때문이다.

요시다 씨에게 나와 같은 현에 사는 국선 변호인 이나모토 다이치 씨의 연락처를 받았다. 그리고 토요일 오후, 카페에서 만나기로 약속했다.

내가 할 수 있는 일이 없을까 필사적으로 생각했다. 도서관을 다니며 재판에 관한 자료도 샅샅이 읽었다. 특히 재판원 재판*

* 우리나라의 '국민참여재판'과 같은 방식.

을 중점적으로 알아봤다. 살인이나 강도치사죄 등의 중대 사건은 재판원 재판의 대상이기 때문이다.

그러다 딱 한 가지, 내가 도울 수 있는 걸 찾아냈다. 그래서 변호사를 꼭 만나고 싶었다.

도움 모임의 일원이 유능한 사선 변호사를 소개해주려 했는데 페니가 거절해서 국선 변호사가 담당하게 되었다고 한다.

개인적으로 의뢰한 변호인이 아니다 보니 사건을 대충 처리하는 게 아닐까 싶어 만나기 전까지 불안했는데, 약속 장소에 나타난 이나모토 변호사는 꽤 듬직해 보였다.

환갑을 앞둔 이나모토 변호사는 입 주위에 하얀 수염이 나 있었다. 얼핏 완고한 아저씨처럼 보였는데 고압적인 태도가 전혀 없었다. 시종일관 온화한 말투로 이야기를 이어갔다.

"왜 내게 연락했지?"

나는 클래식이 흐르는 조용한 카페에서 만난 이나모토 변호사의 눈을 똑바로 바라보며 대답했다.

"정상참작 증인으로 법정에서 증언하고 싶습니다."

이나모토 변호사는 마치 손자를 보는 듯한 표정으로 미소를 지었다.

"도키타 군이라고 했지?"

내가 고개를 끄덕이는 모습을 지켜보고 이나모토 변호사가 말을 이었다.

"우선은 도키타 군과 가자미 씨의 만남부터 얘기해주겠니?"

"처음 만난 것은 학교 근처의 전망대 공원이었어요……."

나는 최대한 상세하게 페니와 함께한 날들을 말했다. 그동안 이나모토 변호사는 한 마디도 끼어들지 않고 맞장구만 쳤는데, 모든 이야기가 끝나자 놀라운 말을 했다.

"도키타 군만이 아니야. 가자미 씨를 돕겠다는 사람이 또 있어. 자네 또래의 아이지."

"저 말고도요?"

"그래. 그 아이가 법정에는 못 서지만, 증인으로 편지를 쓰겠다고 약속했어."

"그렇다면…… 저처럼 녀석들에게 괴롭힘을 당한 사람인가요?"

이나모토 변호사는 말없이 고개만 끄덕인 다음 커피를 한 모금 마셨다.

"그나저나 가자미 씨와 접견했는데 네가 한 말과는 완전히 다르네. 우선은 그것부터 제대로 확인해야겠구나."

이나모토 변호사는 가방에서 자료를 꺼내고 펜을 든 채 질문했다.

"가자미 씨는 네가 소설 쓰기를 좋아해서 이야기를 써달라고 부탁했다더구나."

"아닙니다. 제가 류지의 살해 계획을 세우고 페니에게 죽여달라고 부탁했어요."

"다른 질문을 하기 전에 재판에서는 무엇이 중요한지를 알려줘야겠구나."

이나모토 변호사는 왠지 곤란한 듯한 표정으로 턱을 쓰다듬으면서 말했다. "살인은 유죄 판결을 받으면 사형, 혹은 무기징역, 아니면 징역 오 년 이상의 중형을 받게 된단다."

"페니를…… 사형당하지 않게 해주세요."

사형이라는 말에 새삼스레 소름이 돋아 나도 모르게 그렇게 말했다. 이나모토 변호사는 다 이해한다는 듯 여러 번 고개를 끄덕였다.

"가자미 씨는 범행을 전면 인정하고 있어서 이번 재판은 형량을 다투게 될 거야. 재판원을 아군으로만 삼을 수 있다면 우리에게 유리할 수도 있단다."

"왜요?"

"쉽게 말해 살인은 나쁜 거다. 하지만 거기에 어떤 사정이 있는지, 동정할 만한 점은 없었는지에 따라 형량이 달라지지."

"가능한 가볍게 해주세요."

"그러기 위해서라도 무엇이 진실인지 모르는 상태의 재판원들에게 가자미 씨의 괴로웠던 상황을 이해시키고 마음을 움직이게 할 필요가 있어. 때로는 눈물로 호소할 에피소드가 효과적일 수도 있고. 다만 재판에서 단순한 감정론은 무시당하기 쉬워. 그러니 완벽하게 사실에 근거해 증언할 필요가 있단다."

"어떻게 하면 재판원의 마음을 움직일 수 있나요?"

"그건 앞으로 같이 생각해보자꾸나."

아직 재판이 시작도 하지 않았는데 벌써 울고 싶은 심정이다. 내내 혼자서만 생각해온 탓인지 눈앞에 도와주는 어른이 있다는 게 든든하고 기뻤다. 마음도 조금 가벼워졌다. 하지만 온화했던 이나모토 변호사의 표정이 갑자기 심각해졌다.

"우선 네가 말한 살해 계획 말인데, 그것은 우리 쪽에 좋지 않아. 만약 자네들이 살인 계획을 세우고, 살해 현장을 미리 가보고, 흉기를 준비하고, 상대를 불러낼 연락 등을 했다면 그건 살인 예비죄에 해당할 수도 있어. 가자미 씨가 어째서 너와 다른 증언을 고집하는지, 이제 알겠지?"

"나를 끌어들이지 않으려고……."

이나모토 변호사는 크게 고개를 끄덕이고 나서 말했다.

"게다가 사전에 미성년자와 살해 계획을 세웠다는 것도 좋은 인상을 주긴 어렵지. 그러니 네 살해 계획 증언은 가자미 씨에게 도움이 되지 않는단다."

"그럼 저는 어떤 증언을 해야 하나요?"

"너는 피해자로부터 지독한 폭행을 당해왔어. 그때의 심정을 알려주길 바란다."

"무섭다……. 그만했으면 좋겠다, 괴롭다, 죽고 싶다, 살해당할지도 모른다."

"죽고 싶다, 살해당할지도 모른다, 그렇게 생각했구나? 그 이유를 설명해줄 수 있니?"

"매달 5만 엔씩 내라고 했어요. 하지만 돈 나올 데도 차차 없어지고, 어떤 때는 돈을 줘도 때렸어요. 육체적으로나 정신적으로 궁지에 몰렸어요."

"왜 경찰에 신고하지 않았니?"

이어지는 질문에 긴장한 나머지 마치 내가 법정에 서 있는 것 같은 기분이 들었다.

"만약 경찰에 신고하면 소년원에서 나오자마자 죽이러 오겠다고 했으니까요."

"처음 공원에서 가자미 씨를 봤을 때, 가자미 씨가 너를 도와줬다고 했지. 그때 가자미 씨는 칼을 꺼내 피해자인 가와사키 류지에게 겨눴어. 틀림없니?"

"어떻게 그걸……."

"현장에 살해된 피해자와 너만 있었다면 몰라도 거기에는 제삼자가 있었으니까. 조용히 끝날 수는 없지."

분명 류지 외에 쓰요시와 후유토가 있었다. 하지만 칼을 겨눴다고 하면 페니에게 불리해질 것 같아 말문이 막혔다.

"이 질문은 네가 증인으로 법정에 섰을 때, 검찰 측 반대 심문에서 물어볼 가능성이 있단다. 법정에서 거짓말을 하면 위증죄가 돼. 묻지 않는 것까지 솔직히 대답할 필요는 없지만, 질문을 받고 대답해야 하면 처음부터 솔직히 얘기하는 게 좋아."

"페니는…… 류지에게 칼을 겨눴어요."

"왜 그랬을까?"

"상대는 셋이니까…… 그래서 얌전하게 만들려고 그랬을 거예요."

이나모토 변호사는 이제 됐다는 듯 미소를 지었다.

"멋진 대답이구나. 재판 전에 증인을 만나 이렇게 이야기를 맞춰봐야 하지. 물론 검찰의 모든 질문을 예상할 수는 없어. 그러니까 곤란할 때는 솔직하게 답하면 된다. 그것만 명심해라."

이나모토 변호사는 숨을 내뱉고 말을 계속했다.

"그런데 말이야, 가자미 씨는 너희가 증인으로 법정에 나오는 걸 바라지 않아. 실은 나도 네게 묻는 걸 고민했단다. 피고인에게 거부할 권리는 없단다. 하지만 가능하면 의뢰인의 의사를 지켜주고 싶구나. 혹시 가자미 씨가 끝까지 거부하면 증인으로 편지를 써주길 바란다. 그 편지를 정상참작 증거로 내가 법정에서 읽을 테니까."

"재판에서 유리한 판결이 되기만 한다면 뭐든 할게요."

"가자미 씨를 생각하는 네 마음은 우리에게 강력한 힘이 될 거다."

나는 수없이 "잘 부탁드립니다"라며 고개를 숙였다.

차가운 비가 내리는 가운데 페니의 첫 공판이 열렸다.

가을 장마철에는 각지에서 물 부족이 염려될 만큼 맑은 날이 이어지더니 11월에 들어서자 매일같이 비가 내렸다. 느닷없는 집중호우가 쏟아지는 바람에 각지에서 산사태 등의 재해도 발생했다.

보복 살인사건 보도도 두 달쯤 지나니 잠잠해졌다. 지금은 인기 배우의 불륜과 중학생이 동급생을 살해한 사건이 와이드쇼를 떠들썩하게 만들었다.

'가자미 게이스케 도움 모임'은 적극적으로 활동하여 첫 공판까지 탄원서 서명을 3천 6백여 명에게 받았다.

지방 법원의 '방청인 입구'를 통해 법정으로 들어갔다. 입구는 방청석 뒤로 이어져 있었다. 개정까지는 아직 시간이 남은 탓인지 5열 정도 되는 자리가 다 차지는 않았다. 가장 앞자리에는 하얀 시트가 깔린 '보도 기자석'이 있고, 거기에는 '보도'라고 적힌 완장을 찬 사람 셋이 앉아 있었다. 《주간워시》의 가타기리의 모습도 보였다.

언론 관계자가 몇 명밖에 없다는 게 이상했다. 두 달 전에는 그토록 소란을 떨더니 세상은 벌써 질린 모양이다.

방청석과 법정은 낮은 울타리 같은 것으로 구분되어 있고, 법정 안쪽에는 판사와 재판원이 앉는 한 단 높은 법단이 있었다. 거기에 긴 책상이 있고, 마이크 스탠드와 컴퓨터 같은 것이 여러 대 놓여 있었다. 법정 왼쪽 벽에는 커다란 액정 디스플레이가 설치되어 있었다.

꽉 찰 것으로 예상했던 방청석은 개정 십오 분 전까지도 빈자리가 있었다.

법정은 생각보다 넓었는데 창이 없어서인지 폐쇄감이 들었다. 나는 마음을 가라앉히고 싶어 천천히 숨을 들이쉬었다가 뱉

어냈다.

문득 두 번째 줄 왼쪽 끝에 앉은 오십 대로 보이는 여성이 눈에 들어왔다. 백발이 섞인 긴 머리를 늘어뜨리고 상복 같은 옷을 입었는데 머리를 앞뒤로 흔들고 있어서 눈에 띄었다. 손에는 커다란 염주를 들고 뭔가를 기도하는 듯하다.

나카노 나오키나 류지의 어머니일까?

순간 텔레비전에 나왔던 조리복을 입은 남자를 찾았는데 아무리 둘러봐도 없었다. 그토록 분해 했으면서…….

세 번째 줄에는 도움 모임 사람 몇 명이 앉아 있었다. 마루야마 씨가 이쪽을 돌아보고 살짝 손을 흔들어서 나도 가볍게 고개를 숙여 인사했다.

마루야마 씨의 양쪽에 사람이 다 앉아 있어서 나는 앞에서 네 번째 줄의 입구 가까운 구석 자리에 앉았다. 왼쪽 대각선 앞에는 여고생 같은 인물이 둘 있었다. 하나는 머리가 아주 짧고 활발해 보였다. 왼쪽 옆에는 친구일까? 모범생의 전형으로 보이는 차분한 인상의 소녀가 앉아 있었다. 둘 다 긴장한 표정이 역력했다.

나도 그렇겠지만, 오늘은 평일이라 십 대인 둘이 유달리 눈에 띄었다. 학교에 빠진 것을 들킬까 봐 불안했던 차에 또래가 있는 걸 보니 안심이 되었다.

경찰관에 연행된 날부터 아버지는 일찍 귀가하여 집에 있을 때가 많아졌다. 그래서 오늘 아침에도 교복을 입고 학교에 가는 척하며 집을 나와 역 화장실에서 사복으로 갈아입고 법원에 왔다.

이나모토 변호사는 나 말고도 페니를 돕고 싶어 하는 사람이 있다고 했다.

저 둘이 정상참작 증인으로 편지를 써준 걸까…….

공판이 시작되기 몇 주 전, 나는 다시 경찰에 불려가 류지의 살해 계획에 관한 질문을 받았는데, '그건 페니를 도우려고 했던 거짓말이다. 이야기를 지어내는 걸 좋아해서 수업 중에 썼을 뿐이다'라고 대답했다.

페니는 끝내 내가 법정에 서는 것을 마다해서 편지를 써서 이나모토 변호사가 읽기로 했다. 그녀들도 그랬다면 페니의 편일 터이다.

갑자기 동료 의식이 생겨 불안한 마음에 말을 걸어보고 싶은 충동에 사로잡혔으나 피해자 가족이 근처에 있을지도 모르는 일이라 관뒀다. 게다가 그녀들이 피해자 측 사람일 가능성도 있었다.

적대적인 마음을 품은 사람들이 가림막 하나 없이 한자리에 있다는 게 기묘하게 느껴졌다. 자칫 잘못하면 다툼이 일어날 것만 같았다.

개정 십 분 전이 되자 법정 좌우의 긴 책상 앞에 정장 차림의 사람이 앉았다.

오른쪽 변호인석에는 이나모토 변호사, 옆에는 검은색 바지 정장을 입은 키가 크고 단아한 서른 전후의 여성이 앉았다. 왼쪽 검찰석에는 사십 대쯤 되어 보이는 검사가 앉았다. 감색 양복 차림으로 검은 테 안경을 쓴 비즈니스맨 같은 남자였다.

삼 분 전, 법정 앞문을 통해 허리에 밧줄을 매고 손에는 수갑을 찬 페니가 나타났다.

제복 차림의 남자 교도관 둘이 페니를 사이에 끼고 데려와 변호인석 앞 긴 의자에 앉혔다. 위에는 하얀 셔츠, 아래에는 베이지색 바지. 두 달 전에도 깡마른 상태였는데 그사이 체중이 더 빠진 것 같았다. 뺨에도 혈기가 없었고, 입술은 보라색이었다.

나도 모르게 페니를 부르고 싶었으나 꾹 참았다.

개정 시각 10시가 되자 검은 법복을 입은 판사 세 명과 재판원 여섯 명이 입정했다.

법정에 있던 사람들이 일제히 자리에서 일어났다.

엄숙한 분위기 속, 법단에 아홉 명이 섰다. 법복 차림의 세 판사가 중앙에 서고, 그 좌우에 재판원이 세 명씩 나눠 자리를 잡았다.

재판원은 이십 대에서 육십 대로 보이는 남녀가 세 명씩 나왔다. 모두 나처럼 긴장한 표정을 짓고 있었다.

중앙의 재판장이 가볍게 인사하자 방청석 사람들도 인사하고 법정에 있는 전원이 착석했다.

"그럼 개정하겠습니다. 피고인은 앞으로 나오세요."

또렷하게 들리는 목소리로 재판장이 말했다. 나는 마치 내 이름이 불린 듯 심장이 쿵쾅쿵쾅 뛰기 시작했다.

페니는 살짝 고개를 들고 천천히 증언대 앞에 섰다.

재판장은 본인 확인 질문을 시작했다.

"피고인의 이름은?"

"가자미 게이스케입니다."

이어서 생년월일, 직업, 주소, 본적을 차례로 물었고, 페니가 질문에 대답했다. 직업을 묻자 "전 회사원입니다"라고 대답한 게 마음에 걸렸다. 사건이 있은 뒤에 해고되었나? 아니면 회사에 폐가 되지 않도록 범행 전에 그만뒀을 수도 있다.

"이제부터 피고인 가자미 게이스케에 대한 심리를 시작하겠습니다. 검사, 기소장을 낭독하세요."

검사석의 남자가 일어나 들고 있던 자료를 읽기 시작했다.

"그럼 기소장을 읽겠습니다."

검사는 헛기침을 하고 기소장을 읽어나갔다.

"공소 사실. 피고인은 20××년 9월 26일 오후 11시경……."

어떤 죄로 기소되었는지 검사가 나열한다.

페니는 학원에서 집으로 돌아가던 나카노 나오키의 팔을 서바이벌 나이프로 찔러 뒷골목으로 끌고 간 뒤 흉부에 깊은 상처를 내 살해했다. 그다음 날인 9월 27일 오후 11시경, 플랫폼에 전차가 들어오는 순간을 노려 가와사키 류지의 등을 밀어 선로로 떨어뜨렸고 사망에 이르게 했다.

검사는 잠시 침묵했다가 큰 소리로 말했다.

"죄명 및 죄상, 살인, 형법 199조. 이상의 사실에 따라 심리해주시기 바랍니다."

검사가 착석하자 재판장은 묵비권이 있음을 설명하고 "이 법정에서 피고인의 말은 전부 증거가 되므로 주의하기 바랍니다"라고 고지했다.

"그럼 피고인은 지금 검사가 낭독한 기소장의 내용을 인정합니까?"

재판장은 죄상의 인정 여부를 물었다.

나는 페니의 등을 바라보면서 땀이 밴 손으로 주먹을 쥐었다. 앞으로 형량 다툼이 시작될 거란 생각에 어깨에 힘이 들어갔다.

"모든 걸 인정합니다만…… 한 가지 틀린 게 있습니다."

방청석이 술렁였다. 변호인도 검사도 얼굴을 찌푸렸고, 재판원들은 멀거니 피고인을 바라봤다.

"살해한 사람의 숫자가 다릅니다."

재판장은 표정의 변화 없이 질문했다.

"피고인, 그게 무슨 소리죠?"

"제가 죽인 사람은 둘이 아니라 셋입니다."

방청인 대다수가 숨을 죽였고, 긴박한 공기가 법정 안을 팽팽하게 채웠다.

이제 막 재판이 시작되었는데 눈앞에 시커먼 막이 내려진 듯한 느낌이었다.

살해한 사람이 둘이라면 사형을 면할 가능성이 있다. 우리는 오직 그 희망에 모든 것을 걸고 페니를 돕기 위해 활동했다. 그런데 셋을 죽였다니…… 이제 도울 방법이 없다.

온몸이 차가워지고 손끝이 덜덜 떨렸다. 페니의 말을 믿을 수 없었다.

이나모토 변호사는 미간을 찌푸리고 증언대를 바라봤다. 턱에 손을 대고 조금 동요하는 모습으로 보아 사전에 듣지 못한 것 같다. 초조하고 불안해졌다.

검사는 주위에 다 들리도록 한숨을 크게 내쉬고 변호인석을 노려봤다.

인터넷 정보에 따르면, 재판원 제도에서는 재판을 빠르게 진행하려고 공판 전 정리 절차라는 게 있다고 했다. 재판이 시작되기 전에 재판관, 검사, 변호인이 모여 사건의 쟁점을 명확히 하고 증거를 나열하며 공판 일정 등을 결정하는 것이다.

검사의 짜증스러운 표정과 이나모토 변호사의 곤혹스러운 모습을 보니 전혀 예기치 못한 상황인 듯하다.

"변호인은 피고인이 지금 진술한 내용을 사전에 들었습니까?"

재판장이 조금 엄격한 목소리로 물었다. 이나모토 변호사는 자리에서 일어나 낙담한 듯한 말투로 대답했다.

"듣지 못했습니다."

재판장은 양 옆에 앉은 판사와 의견을 나눈 다음 말했다.

"피고인은 피해자인 나카노 나오키와 가와사키 류지 외에 살해한 사람이 있다는 겁니까?"

"그렇습니다."

방청석이 또다시 술렁였다. 재판원들도 동요한 표정으로 옆 사람과 얼굴을 마주 봤다. 도움 모임 사람들은 모두 고개를 살짝 숙였다.

재판장은 "정숙하세요!"라고 엄하게 말하고 질문했다.

"조사를 받을 때는 왜 그 사실을 말하지 않았습니까?"

"경찰이 은폐할까 두려웠기 때문입니다. 만약 이 자리에서 진실을 말하지 못한다면 저는 평생 진상을 밝히지 않을 작정입니다."

법정 안은 단숨에 긴박해졌다. 검사의 얼굴이 딱딱하게 굳어졌다.

재판장은 뜻밖의 일에 초조해졌는지 급히 말했다.

"변호인에게 말할 생각은 하지 않았습니까?"

"이나모토 변호사는 믿고 의지할 수 있는 아주 우수한 분입니다. 하지만 이 이야기가 새어나가 법정에서 증언할 수 없게 되는 일만은 피하고 싶었습니다. 이나모토 변호사에게는 죄송하지만 언론 관계자도 있는 자리에서, 또 진실을 추구하는 이 법정에서 증언하고 싶었습니다."

페니는 그렇게 말하고 이나모토 변호사를 향해 살짝 고개를 숙였다.

"조금 전 알렸듯 법정에서 피고인이 하는 말은 전부 증거가 됩니다. 그 점을 이해했나요?"

재판장이 재차 확인했다.

"알고 있습니다. 저는 감형을 원하는 게 아닙니다. 사형이 내려져도 상관없습니다. 다만 진실을 밝히고 싶습니다. 다시 말씀드리지만, 지금 이 자리에서 얘기할 기회가 주어지지 않는다면 다시는 진상을 말하지 않겠습니다."

이나모토 변호사는 입을 굳게 다물고 페니를 응시했다.

"검사, 변호인, 이쪽으로 오세요."

재판장의 부름에 두 사람이 재판장 쪽으로 모였다.

그들의 대화는 들리지 않았다. 하지만 검사의 손짓이나 몸짓으로 보아 상당히 화가 난 듯하다. 변호인이 정말 자세한 내용을 듣지 못했는지 의심하고 있을지 모르겠다. 이나모토 변호사는 가슴을 펴고 검사의 얼굴을 가만히 보며 뭐라고 얘기했다.

이례적인 사태인지, 언론 관계자 한 명이 급히 재판장을 빠져나갔다.

심리는 일시 중단되었고, 십 분 뒤에 다시 재개되었다.

무거운 공기 속에서 검사와 변호사가 각자 자리로 돌아가 천천히 의자에 앉았다.

"재판은 진리를 얻기 위해 이루어지는 것입니다. 제멋대로 혼란을 일으키지 말아주세요. 피고인은 거짓 없이 간결하게 말하세요."

재판장의 이야기를 들은 페니는 고개를 크게 끄덕이고 이야기를 시작했다.

"아들 시게아키뿐 아니라 아내 아키에까지 잃게 된 것은 진실을 몰랐기 때문입니다. 좀 더 빨리 학교폭력의 진상을 알았더라면 미래는 바뀌지 않았을까 생각했습니다."

페니는 재판장의 얼굴을 올려다보며 놀라운 진상을 말하기 시작했다.

"일 년 전 9월, 집 우편함에 보낸 사람이 없는 하얀 봉투가 들어 있었습니다. 안에는 웹사이트 주소와 암호가 적혀 있었을 뿐 메시지 같은 건 없었습니다.

지금 돌이켜보면 덫이었겠죠. 하지만 당시에는 깨닫지 못했습니다. 저는 뭔가에 이끌리듯 컴퓨터에 주소를 입력했고 '시노하라 야마토에 대해'라는 사이트를 찾아갔습니다.

캄캄한 배경, 피 같은 붉은 글씨로 적힌 사이트가 너무나 불길해서 닫으려고 했는데 '야마토가 중학교 때 같은 반의 S를 괴롭혀 자살에 이르게 만들었다'라는 내용이 눈에 들어와 손을 멈췄습니다.

야마토는 시게아키를 괴롭힌 주범이었으면서도 다른 학생이 괴롭혔다고 떠들고 다녔다고 합니다. 그 밖에도 야마토의 가족 이름, 아버지와 형의 근무지, 주소, 휴대전화 번호가 공개되어 있었습니다.

저는 S가 누군지 바로 알았습니다. 왜냐면 S는 11월 6일에 목을 그어 자살했다고 적혀 있었으니까요. 시게아키와 같은 반 학생이 읽으면 누구나 알았겠죠.

처음에는 목적을 알 수 없었습니다. 그저 시게아키가 당한 학교폭력을 아는 누군가가 진상을 전해주려는 게 아닐까 생각했습니다.

바로 반 명부와 단체 사진을 확인해 저는 시노하라 야마토를 떠올렸습니다.

예전에 야마토는 시게아키의 죽음의 진상을 찾던 아키에에게 돈을 받고 '시게아키를 괴롭힌 사람은 나카노 나오키였다'라고 말해준 소년이었습니다. 그런데 실제로 괴롭힌 사람이 야마토라는 글을 읽고 당황했습니다. 만약이 내용이 사실이라면, 절대 용서할 수 없었습니다. 분노로 온몸이 떨렸죠.

더 큰 충격을 받은 것은 야마토의 형 마사요시의 직업이었습니다.

마사요시는 경찰관이었습니다. 근무지는 우리 집에서 가장 가까운 파출소였고, 이미 권총 자살로 사망했다고 적혀 있었습니다. 그 사실을 알았을 때, 무시무시한 상상이 떠올랐습니다.

그 상상이 사실인지 확인하기 위해 저는 공중전화로 야마토의 휴대전화에 전화를 걸었고, 음성 변조기를 이용해 목소리를 바꿔 11월 6일 밤 7시에 호프 볼링 옥상으로 오라고 전했습니다. 그렇게만 말하면 오지 않을 수도 있어서 야마토가 시게아키를 괴롭힌 증거를 가지고 있다. 그게 세상에 드러나길 바라지 않는다면 약속 장소로 혼자 오라는 협박을 덧붙였습니다.

사람들이 찾지 않는 폐허가 된 호프 볼링을 선택한 것은 야마토를 칼로 위협해 자백을 받을 생각을 했기 때문입니다.

옥상에서 기다리고 있던 저는 시간에 맞춰 온 야마토에게 '네가 시게아키를 괴롭혔니?'라고 물었습니다. 그러자 야마토는 어이가 없을 정도로 '죄송해요'라며 고개를 숙이고 사과했습니다. 그럼 왜 아키에에게 돈을 받고 나카노 나오키가 범인이라고 말했냐고 따져 묻자 야마토는 게임기를 사고 싶어서 적당히 둘러댄 거라고 말했습니다.

그 경박하고 치졸한 이유에 걷잡을 수 없는 분노가 끓어올랐습니다.

시게아키를 죽음으로 몰고, 돈이 필요해 거짓말까지 한 야마토를 용서할 수 없었습니다. 하지만 한 가지 의문이 머리에서 떠나지 않아 '이 년 전, 형이 근무한 파출소가 어디였지?'라는 질문을 던졌습니다.

근무지가 사이트에 실린 곳과 같음을 알았을 때, 시게아키가 자살한 날에 집에 왔던 경찰관이 마사요시가 아니었을까 하는 생각에 다다랐습니다. 시게아키가 남긴 노트를 발견한 마사요시는 패닉에 빠졌겠죠. 노트에 동생 이름이 적혀 있었으니까. 게다가 쓰러진 시게아키는 동생과 같은 중학교 교복 차림이었습니다.

구급대가 집의 초인종을 눌렀을 때, 아키에는 그들을 시게아키의 방으로 데려오려고 급히 현관으로 나갔습니다. 그리고 혼자 남은 마사요시는 야마토의 이름을 지우기 위해 노트에 피를 묻힌 게 아닐까, 그렇게 추측했습니다.

노트 자체를 없애지 못한 것은 아키에가 그 존재를 알고 있을 가능성 때문입니다. 나중에 방에 있던 물건이 사라졌다고 증언하면 큰일이 되리라 우려했겠죠.

처음에는 의심하지 않았는데 잘 생각해보니 부자연스러운 점이 있었습니다.

노트에는 이름이 적힌 페이지만이 아니라 표지와 뒷장에도 피가 묻어 있었습니다. 만약 노트가 펼쳐진 채 놓여 있었다면 피가 튀어도 표지와 뒷장에 묻었을 리 없다는 생각이 들었습니다. 그 의문을 던지자 놀랍게도 야마토는 부정하지 않았습니다.

야마토는 마사요시가 이따금 자기 방에서 피 묻은 손수건을 바라보고 있는 걸 목격했던 겁니다. 한번은 걱정이 되어 '괜찮아?'라고 물었더니 창백한 표정으로 고개를 끄덕였다고 하더군요.

당시 마사요시는 파출소 근무가 힘들어 고민했다고 하더군요.

같은 파출소에 있던 상사에게 늘 '쓸모없는 쓰레기'라며 혼나고, 보고할 때 조금이라도 말문이 막히면 '유치원생보다 못하다'라는 핀잔을 들었다고……. 실수하면 혼난다는 공포 때문에 긴장하여 말을 제대로 하지 못하게 되었고, 가족에게 '상사가 무섭다' '일하러 가기 싫다'라는 말을 하기도 했답니다.

그러던 차에 마사요시는 한 남성으로부터 상담을 받습니다. 남성은 아내에게 폭행당하고 있다고 했답니다. 마사요시는 경찰관으로서 친절하게 상담해줬는데 상사에게 치정 싸움에 깊이 관여할 필요는 없다는 지시를 받습니다.

마사요시도 피해자가 남성이라 그리 심각하게 생각하지 않았던 모양입니다. 그런데 며칠 뒤, 그 남성이 아내의 폭력으로 중상을 입은 사건이 일어났습니다.

시간이 지나고 남성이 '경찰에 상담했는데 제대로 대응해주지 않았다'라고 인터넷에 올리는 바람에 '왜 미리 범죄를 막지 못했나' '무엇 때문에 경찰이 존재하는가' '세금 도둑'이라며 많은 사람의 비난을 받았습니다.

마사요시 자신도 더 할 수 있었던 일은 없었을까 자책하며 수면제 없이는 잠들지 못하는 날이 이어졌습니다. 그런 가운데 상사는 그를 감싸기는커녕 '너 때문에 경찰 전체의 불상사가 되었다'라며 호통을 쳤다고 합니다.

그런 시기에 마사요시가 시게아키의 자살 현장에 출동한 겁니다. 그리고 현장에서 문제의 노트를 발견했습니다. 시게아키가 자살한 원인이 동생이라는 사실이 밝혀지면 또 상사의 질책을 받으리라 생각했겠죠. 그렇기에 이름이 적힌 부분에 피를 묻힌 게 아닐까 합니다.

야마토는 '시게아키가 자살한 다음 마치 저주에 걸린 것처럼 가족이 무너졌다'라고 말하며 울기 시작했고, 마사요시가 파출소에서 권총 자살한 얘기를 꺼냈습니다.

아키에가 자살하고 정확히 석 달 뒤의 일입니다.

친근한 장소에서 일어난 사건이라 기억하고 있었지요. 다만 경찰관의 권총 자살은 가끔 있는 일이라 그다지 신경 쓰지 않았습니다.

상사의 횡포가 목숨을 끊는 계기가 되었는지, 아니면 부정을 저지른 걸 자책하다가 고민 끝에 자살했는지, 그 이유는 모릅니다. 어쩌면 그 두 가지 고민이 다 원인이었을 수 있죠.

마사요시가 죽은 뒤, 어머니는 거의 노이로제 상태로 매일 아버지와 싸웠다더군요. 게다가 사이트에 가족 일이 공개된 탓에 집 유리창이 깨지는 일이 생기고, 인근 주민들의 시선도 차가워져서 시노하라 집안은 궁지에 몰렸다고…….

제가 사이트 작성자가 누구냐고 물었더니 시게아키를 괴롭혔던 동료 가운데 하나인 것 같다고 대답했습니다.

야마토는 자신이 시게아키와 같은 처지가 되니 얼마나 힘든지 깨달았다며 울면서 사과했습니다. 저는 야마토가 정말로 후회하는지 확인하려고 집에서 가져온 새 노트를 던지고 학교폭력에 가담한 학생의 이름과 실태를 자세히 적으라면서 호통쳤습니다.

그렇게, 시게아키의 진짜 고통을 처음으로 알게 되었습니다.

시게아키가 당한 일은 괴롭힘이라는 말로 표현될 만큼 가벼운 게 아니었습니다. 실신할 때까지 스포츠 타월로 목이 졸리고, 정신을 차리면 같은 일을 반복해서 당합니다. 한번은 실수로 소변을 지렸는데, 그다음부터는 바지까지 벗겼다고 적힌 것을 읽고는 아들이 죽고 싶을 만큼 굴욕적인 상황을 수없이 당했음을 알았습니다.

그런데도 야마토는 노트에 자기 이름만 실명으로 적고, 다른 사람의 이름은 'X1''X2'라고 적었더군요. 시게아키의 이름조차 마지막까지 'S'라고 했고요.

저는 분노를 넘어 절망을 느꼈습니다.

왜 솔직하게 이름을 적지 않느냐고 따져 묻자 실명을 적으면 더 지독한 일을 당한다, 더는 가족을 끌어들이고 싶지 않다며 울었습니다.

그제야 학교폭력의 주범이 야마토가 아님을 깨달았습니다.

야마토가 후회한다는 게 거짓은 아닐까? 문득 그런 생각이 들어 칼로 위협하며 이름을 쓰라고 압박하고 드잡이를 벌였는데…… 야마토가 옥상에서 떨어지고 말았습니다."

거기까지 말했을 때, 법정 안에서 비명 같은 소리가 울려 퍼졌다.

"저 남자를 빨리 사형시켜! 살인자! 야마토를 살려내! 내 가족을 다시 돌려줘!"

두 번째 줄 왼쪽 끝에 있던 여자가 벌떡 일어나 방청석과 법정 사이의 울타리를 넘어가려고 했다. 재판장은 냉정하게 "자리로 돌아가주세요"라고 전했는데도 여자는 머리를 풀어 헤치고 똑같은 말을 소리쳤다.

여자는 증언대를 향해 염주를 던졌는데 방향이 빗나가 염주가 떨어지면서 검은 구슬이 바닥에 흩어졌다. 페니는 고개를 살짝 숙이고 그 자리에 우두커니 서 있었다.

여자는 법정 경비원에 팔을 붙잡혀 제압당했다. 그리고 퇴정당할 때까지 계속 "내 아들을 살려내! 살려내라고!"라며 울부짖었다. 아마도 야마토의 어머니일 것이다.

나카노 나오키나 류지의 유족이라고 생각했는데 다른 피해자 가족일 줄은 상상도 하지 못했다.

법정이 다시 조용해지자 페니는 이야기를 계속했다.

"옥상에서 떨어진 야마토를 보고 두려워서 황급히 도망쳤습니다.

노트에는 지문이 남았을 텐데, 대형 마트에서 산 덕분에 저에게까지 수사의 손길이 미치진 않았습니다. 틀림없이, 야마토가 남긴 노트가 유서로 보였겠죠? 그러니 자살로 인정되었을 테고요. 학교 이름과 실명이 적히지 않아 학교폭력도 문제가 되지 않았습니다. 또 아무리 기다려도 경찰이나 야마토 가족의 연락은 없었습니다.

저는 시게아키가 남긴 피 묻은 노트의 진상을 확인하려고 경찰서를 찾아가 사건 당일 집에 출동했던 경찰관을 알아봤는데, 마사요시였습니다.

의혹이 확신으로 바뀐 순간, 강한 분노를 느꼈습니다. 노트에 남은 이해할 수 없는 피에 관해 설명하고 다시 조사해달라고 부탁도 했습니다.

그러자 몇 주 뒤에 경찰에서 연락이 왔는데, 고의로 글자를 읽지 못하게 한 흔적은 없다더군요. 카펫에 많은 피가 스며들었고 그것이 노트 표지와 뒷장에 묻은 게 아니냐면서. 혹은 응급처치 중에 묻었을 가능성도 있다며 전혀 상대해주지 않았습니다.

포기하지 않고 수없이 경찰서를 찾아 조사를 의뢰했습니다. 하지만 경찰관들은 노골적으로 싫은 내색을 보이며 문전박대했습니다.

도저히 참을 수가 없어 야마토 집에도 찾아갔습니다. 야마토가 남긴 노트를 입수해 경찰에 괴롭힘을 조사하게 하고 싶다, 'X1'과 'X2'가 누군지 특정해주길 바랐습니다.

야마토의 부모를 만나 솔직히 아드님이 자살한 것 같은데 무슨 일이 있었느냐 물을 생각이었습니다. 나도 아들을 잃은 신세라 마음이 쓰인다고 얘기하면서 자연스럽게 노트 얘기를 꺼내야겠다고 말입니다.

그러나 야마토 집은 텅 비어 있었습니다. 장지문이 너덜너덜 찢어지고, 외벽은 스프레이로 낙서되었고, 유리창은 깨진 데다 마당에는 빈 깡통이 수없이……. 밖에서 봐도 알 수 있을 정도로 집은 황폐해진 상태였습니다.

그날 밤, 야마토가 쓴 노트를 가져왔으면 좋았을 텐데……. 후회했습니다. 그러나 냉정하게 생각하면 이름이 적혀 있지 않으니 증거가 될 리 없다고, 결국은 범인을 특정하지 못해 괴롭기만 했으리라는 생각에 이르렀습니다.

어떻게 해볼 도리가 없는 상태로 시간만 흘렀습니다. 그리고 반년이 지났을 때, 학교폭력으로 괴로워하는 사람들이 찾는 라이프세이브 모임 게시판에서 하기노라는 필명의 고등학생을 알게 되었습니다.

하기노는 같은 현에 사는 아이였습니다. 게시판에서 교류하다가 실제로 만나게 되었고, 그 아이에게 분노로 온몸을 떨게 할 이야기를 들었습니다. 그것은 나카노 나오키가 중학교 때 동급생을 괴롭혀 자살로 몰아갔다는 얘기였습니다. 가와사키 류지도 한 소년에게 잔학한 폭행을 계속하고 있었습니다.

거기서부터 제 복수가 시작되었습니다."

모든 이야기가 끝나자 방청석에서 깊은 탄식이 흘러나왔다.

"시게아키가 남긴 노트의 이름을 지우지만 않았다면 아키에는 죽지 않았을지 모릅니다."

페니가 그렇게 말하자 검사가 급히 일어났다.

"형사 재판은 증거가 없는 상상을 말하는 곳이 아닙니다."

곧바로 이나모토 변호사가 일어났다.

"그 증거를 제대로 수사하지 않았던 경찰에 문제가 있었기 때문에 이런 상황까지 오게 된 거 아닙니까? 피고인은 형이 무거워질 것을 각오하고, 그럼에도 진상을 규명해달라고 검찰과 경찰에 호소하는 겁니다."

검사는 이나모토 변호사의 말을 무시하고 증언대로 다가가 엄격하게 말했다.

"피고인, 당신은 학교폭력 피해자 학생들의 영웅이 아닙니다. 어떤 이유에서든 사람을 죽여 해결할 수는 없습니다. 그것을 알려주는 것이 어른의 역할이자 책임 아닌가요? 살인은 어리석은 행위입니다. 우리는 그것을 용서할 수 없고, 용서해서도 안 된다고 생각합니다. 진심으로 반성하지도 않고 원인을 우리에게서 찾는 것은 잘못된 일입니다."

순식간에 법정 안의 공기가 얼어붙었다.

페니가 웃음을 터뜨렸다.

"피고인, 뭐가 우습죠?"

검사의 목소리가 분노로 떨렸다.

페니는 천천히 고개를 들고 말했다.

"나를 심판할 수 있는 사람은 검사도 판사도 아닙니다. 만약 나를 심판할 수 있는 사람이 있다면 그것은 학교폭력으로 아이를 잃은 유족뿐입니다."

연일 이어질 예정이었던 공판 일정이 변경되었다. 페니의 두 번째 공판은 그로부터 일주일 뒤다.

재판장이 폐정을 알렸지만, 나는 온몸에 힘이 빠져 일어설 수 없었다. 마루야마 씨가 어깨를 두드리며 "괜찮아?"라고 말을 걸어줬는데 전혀 반응할 수 없었다. 혼자 있게 해달라고 간신히 말한 게 최선이었다.

퍼뜩 정신을 차리니 주위에 아무도 없었다…….

뭐가 정말 옳은지는 모르겠다. 그저 필사적으로 참지 않으면 눈물을 터뜨릴 것만 같았다.

페니가 말한 '나를 심판할 수 있는 사람이 있다면 그것은 학교폭력으로 아이를 잃은 유족뿐입니다'라는 말이 뇌리에서 수없이 반복되었다. 너무 심란했다.

지방 법원을 나서는데 수많은 보도진이 모여 있었다.

그 속에 가타기리의 모습도 있었다. 가타기리는 나와 눈이 마주치자 가볍게 고개를 숙였을 뿐 다가오지는 않았다.

앞을 걷는 여고생 같은 둘에게 말을 거는 기자가 있었는데 그 애들은 도망치듯 재빨리 자리를 피했다.

나도 시선을 떨어뜨리고 잰걸음으로 문을 나와 대로로 나서자마자 역으로 향했다. 건널목에 거의 다 왔을 때, 조금 전의 짧은 머리 여학생이 다가왔다. 여학생이 접은 종이쪽지를 내게 건넸다.

멀거니 있는 사이 여학생은 역을 향해 달려갔다.

종이에는 근처 역 주변의 지도가 간단히 그려져 있었다. 역 앞의 패스트푸드 가게에 별 표시가 되어 있고 '이리로 와주세요'라고 적혀 있었다.

갑작스러운 일에 놀랐으나 이대로 집에 가고 싶은 마음도 없었던 터라 가게로 향했다.

1층을 둘러봐도 그 여학생들의 모습은 찾을 수 없었다. 불현

듯 정말 여기 있나 싶어 불안해졌다. 그런데 2층으로 가니 아까 쪽지를 건네 아이가 '여기야'라고 알려주듯 살짝 손을 들었다.

테이블에는 음료수 석 잔이 놓여 있었다. 둘 이외에 누가 있나 싶었는데 내 음료수였다.

"갑자기 불러내서 미안해요. 나는 중학교 때 시게아키 군과 같은 반이었던 니카이도 아사미라고 해요."

이어서 다른 하나가 인사했다.

"나는 가자미 씨가 법정에서 얘기한 하기노예요."

설마 이 여학생이 하기노일 줄은 몰랐다. 당황하여 음료수를 쏟을 뻔했다. 처음 만났는데도 친근감을 느꼈다. 틀림없이 이 애도 지독한 일을 당했으리라.

"나는 가자미 씨의 도움을 받은 도키타 쇼헤이라고 해요."

둘은 얼굴을 마주 보며 "역시!"라고 말했다.

하기노는 당황해하는 내게 웃어 보였다.

"아사미와는 법정에서 처음 만났어. 그쪽도 고등학생처럼 보이기에 같이 얘기해보고 싶었고."

나도 그 애들을 봤을 때부터 같은 고통을 안은 것 같아 이야기를 나눠보고 싶었다.

"하기노 씨와 아사미 씨는 가자미 씨와는 어떻게 알게 되었어요?"

둘은 곤란한 듯 서로의 얼굴을 마주 보더니 페니와의 관계를 자세히 알려주었다.

아사미는 시게아키를 괴롭힌 사람을 알려달라고 부탁하는 페니를 피해 도망치기만 했던 자신의 행동을 후회하고 있었다. 나오키 일당에 관해 이야기를 하면 다음은 자신이 표적이 될 것 같아 겁을 먹었다고 했다. 이후 나오키 일당이 살해된 사실을 알고 좀 더 빨리 얘기했다면 이런 사태가 일어나지 않았을까 고민했다면서.

"하지만 진상을 빨리 얘기했더라도 결과는 마찬가지였을지 몰라. 그렇게 자신을 타이르며 잊어버리려고 했지만 무리였어. 앞으로 계속 괴롭게 살 바에는 제대로 재판을 보기로 했지."

아사미는 그렇게 말하고 입을 굳게 다물었다.

하기노는 친구에게 배신당해 류지 일당에게 지독한 일을 당했다. 얼마나 상처가 깊은지, 본명을 대는 것조차 두려워했다.

하기노가 울상을 지으며 말했다.

"나는 가자미 씨를 속였어요."

아사미도 처음 듣는 말인지 당황스러운 표정으로 하기노를 쳐다봤다.

"나카노 나오키에게 가자미 씨를 호프 볼링으로 불러내라는 지시를 받고…… 제가 메시지를 보내 불러냈어요."

"왜 그런 짓을 했어요?"

내가 묻는 말에 하기노는 조그만 목소리로 대답했다.

"다른 사람에게 보여주고 싶지 않은 동영상이 있어요. 그걸로 협박을 당해서……. 녀석들은 호프 볼링에서 가자미 씨에게 폭력을 휘두른 데다 시게아키 군을 괴롭힌 영상까지 보여줬어요."

페니가 녀석들을 죽이기로 한 마음을 알 수 있었다. 배 속에서 분노가 끓어올랐다.

"가자미 씨는 '정말 견디기 힘들 때는 연락해요. 언제든 도우러 갈 테니까요. 부디 본인의 생명만은 끊지 말아요'라고 말해줬는데 나는……. 그 말이 없었다면 지금쯤 자포자기한 상태였을 텐데……."

하기노는 떨리는 목소리로 계속 말했다. "내가 가자미 씨에게 도움을 요청하고 상담하지 않았으면 이런 일은 일어나지 않았을 것 같아요."

만약 페니가 녀석들을 죽이지 않았다면 스스로 목숨을 끊은 것은 나와 하기노였을지 모른다.

우리 셋의 공통점은 자신이 한 행동을 후회한다는 것이다.

"가자미 씨의 판결은 어떻게 될까?"

아사미의 질문에 하기노가 대답했다.

"셋이나 죽였으니까…… 사형이겠지."

둘은 "그쪽은 어떻게 생각해?"라며 나를 봤는데 그 애들의 의견에 찬성하고 싶지 않았다.

우리가 모이고 싶었던 이유를 어렴풋하게나마 알 수 있었다. 고통스러운 마음을 털어놓고 서로의 상처를 핥아주고 싶었기 때문이다. 페니가 무거운 벌을 받는 것은 피해자 탓이다. 자신들은 잘못한 게 없다. 하지만 아무도 '우리는 잘못이 없어'라고 말하지 못했다. 그저 그때도, 지금도, 나는 아무것도 할 수 없다는 무력감만을 절절히 느낄 뿐이었다.

만약 시간을 돌이킬 수 있다면 도대체 뭘 할 수 있을까…….

조금 떨어진 자리에 앉아 있던 여고생들이 손뼉을 치며 웃었다. 그 즐거운 웃음소리가 울려 퍼질수록 마음이 가라앉았다. 다시는 오를 수 없는 깊은 바닷속으로 떨어져 저렇게 환하게 웃을 수 있는 날이 다시는 올 것 같지 않았다.

패스트푸드 가게를 나오자 밖은 캄캄했다.

셋 다 연락처를 교환하지 않고, 서로를 격려하지도 않고, 언제 치유될지 모를 상처를 안은 채 헤어졌다. 혹여 법정에서 다시 만나더라도 더는 얘기를 나누지 않을 것 같았다. 다시 만나면 서로를 감쌀 것 같았다.

피해자가 나쁜 사람이었다고 해도 상처 입은 마음은 회복되지 않는다. 그렇게 한다고 해서 페니가 구원을 받을 수 있는 게 아니기 때문이다. 다른 사람의 탓으로 돌리고 편안히 지낼 만큼 어리지도 않고, 이 고통을 어떻게 정리해야 할지 알 정도로 어른도 아니다. 이 어정쩡한 상태가 너무 고통스러워 답답했다.

역 화장실에서 교복으로 갈아입고 밖으로 나오자 하늘은 회색 구름으로 뒤덮였고 빗방울이 툭툭 떨어지기 시작했다.

잰걸음으로 오가는 사람들과 달리 나는 천천히 맨션까지 걸어갔다. 두 번 다시 페니의 팬터마임을 보지 못한다는 생각에 갑자기 눈물이 흘러나왔다.

페니는 하기노에게 나카노 나오키 얘기를 듣지 않았으면 좋았을 텐데. 아사미가 좀 더 빨리 진실을 말해줬으면 좋았을 텐데. 내가…… 나 같은 놈과 만나지 않았으면 좋았을 텐데…….

비와 눈물이 섞인 얼굴을 손으로 닦았다. 누군가를 원망하고 자신을 원망해도 기분은 조금도 풀리지 않았다.

엘리베이터에서 내려 현관문을 열자 검은 가죽구두가 눈에 들어왔다. 서둘러 스마트폰 메시지를 확인했다. 아버지가 여러 번 연락한 기록이 남아 있다. 불길한 예감이 들어 우두커니 서 있는데 아버지가 방에서 나왔다.

"쇼헤이, 할 얘기가 있으니까 거실로 와라."

아버지는 내가 울었다는 것도 모른다. 알아주길 바라지도 않지만…….

거실로 들어서자 아버지는 소파에 앉아 있었다.

"오늘, 어디 갔었니?"

"어디라니…… 학교지."

"담임선생님이 학교에 안 왔다고 연락하셨다."

설마 연락할 줄은 몰랐다. 재판 생각을 하느라 거기까지 생각이 미치지 못했다.

"너, 언제부터 거짓말하기 시작했니?"

나도 모르게 웃을 뻔했다.

거짓말? 어머니와 나를 속이고 바람을 피워 가족을 망가뜨린 사람이 할 소리인가!

그렇게 말하고 싶었으나 더는 반항할 기운도 없었다. 얼마 전까지 큰 부분을 차지하던 가족 문제가 지금은 아무래도 상관없는 문제가 되었다.

너무 피곤했다. 누구와도 싸우고 싶지 않았다. 페니와 재판 이외의 일을 생각할 여유도 없었다.

"유유상종이라는 말이 있다. 아버지가 무슨 말 하는지 알겠니?"

"지긋지긋해. 돌려 말할 필요 없어."

"이제 그런 범죄자와는 얽히지 마라."

더는 아버지의 한심한 말을 듣고 싶지 않아 거실에서 나가려다가 전부터 꼭 하고 싶었던 질문을 했다.

"아버지는 혹시 내가 누군가에게 괴롭힘을 당해 자살하면 아버지의 인생을 날리면서까지 상대에게 복수할 거야?"

아버지의 얼굴이 단숨에 흐려졌다.

"여러 번 말하게 하지 마라. 더는 그 남자와 얽히지 마."

"내 질문에 대답해."

"아버지는 사람을 죽이지 않을 거고, 가족을 위한 복수라는 말도 옳다고 생각하지 않는다. 어떤 이유로든 사람을 죽여서는 안 되는 게 상식이야."

너무나도 도덕적인 대답에 웃음이 절로 나왔다.

"그렇지……. 복수는 옳지 않지. 안심해, 더는 얽히지 않을 테니까."

마음에도 없는 말을 내뱉고 거실에서 나왔다.

개구리의 자식은 개구리지. 나도 당신 아들이라 거짓말쟁이야.

깊은 절망에 빠져 있을 때는 옳은 소리도 가슴을 울리지 못한다. 지금은 대단한 듯 설교하기보다 내 마음속 고통을 들어주길 바랐다.

이제 모든 기대를 접었는데도 누구에게든 매달리고 싶을 정도로 고독에 지쳤다.

방으로 들어와 침대에 쓰러졌다.

아버지에게 복수 같은 건 바라지도 않아. 그런 기대는 한 적도 없는데 왜지…….

눈물이 멈추지 않았다.

질식할 정도로 베개에 얼굴을 묻고 소리를 죽여가며 울었다.

페니가 소년 셋을 죽였다는 증언은 각 언론 매체에서 특종 기사로 다뤘고, 잠잠했던 세상은 다시 시끄러워졌다.

사흘간 이어진 재판은 방청권을 구하려는 사람들로 북새통을 이뤘고, 대다수가 추첨에 뽑히지 못했다. 나 역시 법정에 들어가지 못했다.

판결이 내려지는 날은 장대비가 쏟아져 무척 추웠다. 우산에 후드득 떨어지는 빗소리가 불쾌하여 괜스레 불안해졌다.

나는 지방 법원 밖에서 기도하는 마음으로 판결을 기다렸다.

법원 안에서 보도 기자가 달려 나온다. 그리고 카메라를 향해 고함치듯 판결을 전했다. 수없이 외친다, 수없이…….

소란한 주위 소리가 사라지고 손에서 우산이 떨어졌다. 비가 아스팔트를 강하게 때린다.

검찰의 구형대로, 가자미 게이스케에게 사형이 선고됐다.

제7장
기원

페니에게.

꼭 전하고 싶은 말이 있어 편지를 씁니다. 하지만 막상 쓰려니까 할 말이 생각나지 않아 다시 펜을 놓았더니 또 지금의 심정을 전하고 싶고……. 같은 일을 몇 시간째 되풀이하고 있습니다.
판결이 나온 뒤 똑같은 의문이 드는데 도무지 답을 찾을 수가 없습니다. 답이 떠오르지 않으면 생각을 멈추면 될 텐데 무슨 짓을 해도 머릿속에서 사라지지 않아 괴롭습니다.
페니는 왜 법정에서 셋을 죽였다고 증언했나요?
저는 그때의 심정을 이해할 수가 없습니다. 이유는 모르겠으나 페니는 시노하라 야마토를 죽이지 않은 것 같습니다. 지금은 단순한 추측에 불과하고 증명할 수 있는 것도 아닙니다. 하지만 도무지 납득이 가질 않습니다. 그래서 그 이유를 계속 찾고 있습니다.

이제 시간을 돌이킬 수도 없는데 류지에게 어떻게 행동했어야 했는지 계속 생각하게 됩니다.

만약 페니를 만나지 않았다면 류지에게 지독한 폭행을 당하고 저는 살해당했을지도 모릅니다. 아니면 스스로 목숨을 끊었겠지요.

그날 밤, 페니는 '너는 사람을 죽이지 못해' '아들과 닮았어'라고 말했죠. 잘 생각해보니 맞는 말 같아요. 기회가 있었더라도 저는 류지를 죽이지 못했을 겁니다. 그런 점은 시게아키 군과 닮았을지 모릅니다.

많은 사람이 '죽을 용기가 있으면 더 할 수 있는 일이 있을 거야'라고 말합니다. 하지만 정말 그럴까요. 죽을 용기가 있다면 증오하는 상대를 죽일 수 있을지도 모르는데…….

하지만 상대에게 상처를 주지 않고, 아무도 끌어들이지도 않고 자살한 시게아키 군은 마지막까지 인간으로서 따뜻함을 지녔을지도 모릅니다.

그렇다면 페니는 따뜻함이 없는 사람인가? 그렇게 물으면 그건 아닌 것 같습니다. 역시 아무리 생각해도 명확한 답이 나오지 않아 이렇게 눈물이 멈추지 않는 거겠죠.

그런 판결이 나올 줄 알았으면 그때 그냥 페니를 죽게 둘걸, 괜한 짓을 해서 괴롭게 만든 게 아닐까? 자문하는 날들입니다.

나는, 페니를 잃고 싶지 않았습니다. 아무것도 할 수 없는 저를 용서하세요.

다시 한번, 페니와 함께 팬터마임을 하고 싶다.

매일 그렇게 기도합니다.

사형 판결이 떨어진 다음, 페니는 항소하지 않았다.

확정 사형수가 되면 면회나 서신 교환 등의 접견권이 제한된다는 얘기를 듣고 나는 이나모토 변호사에게 편지를 맡기기로 했다.

감옥법 개정으로 사형수에 대한 제한이 완화되면서 가족이 아니더라도 서신은 교환할 수 있게 되었으나 실제로는 교도소장이 인정하지 않으면 어렵다고 한다. 하지만 이나모토 변호사에게 페니가 성실하게 생활하고 태도도 순종적이라 서신 교환이 인정될 가능성이 크다는 고무적인 소식을 전해 들었다.

처음 편지를 보내고 몇 개월이 흘렀을 때, 페니에게 편지가 전해졌다는 연락을 받았다.

그 뒤로도 여러 통의 편지를 썼다.

답장은 한 번도 없었다. 하지만 학교 교실, 패스트푸드 가게, 도서관, 전망대 공원 등 다양한 장소에서 계속 편지를 썼다. 편지를 쓰는 일은 페니를 위한 일이 아니었다. 나 자신을 위해서였다. 편지라도 쓰지 않으면 마음속에 쌓인 후회와 죄책감 같은 나쁜 감정이 넘쳐 숨이 막힐 것 같았다.

재판을 방청한 사람의 블로그를 읽어보니 페니는 마지막까지 '자신을 위한 살인이었다'라고 주장했다고 한다. 하지만 나는 그렇게 생각하지 않았다.

하기노는 페니와 패밀리레스토랑에서 만났을 때, '정말 견디기 힘들 때는 연락해요. 언제든 도우러 갈 테니까요'라는 말을 들었다고 했다.

나도 아버지처럼 따뜻한 페니의 모습만 떠올랐다.

사형 판결이 떨어진 뒤 의욕 없는 날들을 보냈다. 장래 같은 건 생각조차 하지 않고 무의미한 하루하루를 보냈다.

이전과 달라진 생활이라고는 주유소에서 아르바이트를 시작한 것이다. 아버지에게 의지하지 않고 돈을 벌고 싶었다.

처음에는 가솔린 냄새가 너무 싫었는데 요즘에는 전혀 신경쓰이지 않았고, 일도 척척 해냈다. 학교가 끝나고 저녁 8시까지 아르바이트하고 노곤한 몸으로 집에 돌아오는, 특별할 것 없는 나날을 보냈다.

얼마 전까지 일찍 귀가하던 아버지도 최근 들어 다시 새벽에야 돌아오는 날이 늘었다. 가끔 일찍 퇴근해도 서로 대화가 없어 어색한 분위기만 흐른다. 그럴 때는 방에 틀어박혔다. 가까이 있는데 지독히도 먼 존재였다.

아르바이트가 끝나도 곧장 돌아오고 싶지 않아 자전거로 정처 없이 달릴 때도 있다.

오늘도 아르바이트를 끝내고 자전거를 탔다.

더위가 한풀 꺾인 9월 말이 좋다. 별이 가득한 하늘을 올려다보면서 페달을 밟았다.

활 같은 달을 보게 된 밤, 잔디 광장에서 '주거지는 달, 가족은 저 별들이야'라고 말했던 페니의 말이 떠올랐다. 아무것도 몰랐던 그때는 웃기려고 한 말인 줄 알고 가볍게 흘려들었다.

이대로 전망대 공원까지 가고 싶은데 거리를 생각하면 현실적으로 집 근처 하천 둔치까지만 달리는 게 순리였다.

달리다 지쳐 집으로 돌아오니 자전거 전용 주차장 근처에 사람이 있었다. 제라늄이 심어진 화단 앞에 고개를 떨어뜨린 채 있었다.

손목시계를 보니 벌써 9시가 넘었다.

"이런 데서 뭐해?"

내 목소리를 듣고 하루이치는 쑥스러운 듯 고개를 들었다.

몇 개월 만의 대화였다. 학교에서 만나도 서로 눈조차 마주치지 않았다.

하루이치가 경찰에 출두한 뒤로 여러 차례 말을 걸려고 했는데 도무지 할 수가 없었다. 반 아이들이 듣기 힘든 험담을 하는 빈도는 줄었으나 여전히 곁을 주는 친구가 없었고, 미움받는 내가 학교 안에서 말을 걸 수도 없었다. 누가 볼지 모르기 때문이다.

결국은 의식하면서도 피하는 듯한 태도를 유지할 수밖에 없었다. 하루이치도 어색한지 복도에서 우연히 마주치면 고개를 돌리고 재빨리 사라졌다.

“계속 기다렸냐? 문자 보내지.”

하루이치는 내가 아르바이트를 시작한지 모를 것이다.

자전거가 없는 걸 보고 여기서 내내 기다렸나…….

“방금 와서 괜찮아.”

하루이치는 그렇게 말하고 살짝 시선을 떨어뜨렸다.

“왜 그런 짓을 했냐?”

나는 자전거를 세우고 과감하게 물었다.

“마키를 지키고 싶어서……. 나도 지키고 싶었고. 그래서 너를 함정에 빠뜨리는 지독한 짓을 했어.”

“그거 말고, 왜 경찰서에서 거짓말한 거야?”

하루이치는 눈을 커다랗게 뜬 다음 “아아, 그거?”라고 중얼거렸다.

“나야, 당연히 네가 류지를 죽였다고 생각했지. 부모님이 없어서 외로울 때, 너는 늘 내 옆에서 위로해줬어. 힘들 때마다 도와줬는데 나는 너를 배신하고……. 최악의 행동을 했지. 네가 류지에게 맞는 걸 보고 여러 번 녀석을 죽이고 싶었다. 둘이 힘을 합쳐 싸웠어야 했어. 둘로 부족하면 셋이, 셋이 안 되면 넷이 녀석과 맞서면 되는 일이었는데.”

하루이치는 뭔가 깨달은 듯 숨을 멈추고 가라앉은 목소리로 말을 이어갔다. “이런 긍정적인 생각은 녀석이 죽었으니까 할 수 있는 거겠지. 이제야 잘난 말을 떠들다니. 미안해, 류지가 살아 있을 때는 말 한마디 제대로 건네지 못한 주제에…….”

“주유소에서 아르바이트를 시작했어.”

나는 더이상 하루이치의 어두운 얼굴을 보고 싶지 않아서 화제를 바꿨다. 하루이치는 놀라지도 않고 살짝 고개를 끄덕였다.

“아르바이트하는 거, 알아.”

“어떻게?”

“사과하고 싶어서 여러 번 네 뒤를 따라다녔어. 하지만 결국은 말을 걸지 못했지…….”

심각한 표정으로, 탐정처럼 몰래 따라오는 모습을 상상하니 저도 모르게 웃고 말았다.

하루이치도 “뭐야!”라며 웃고는 복잡한 표정을 지었다.

“나는 류지가 죽었을 때 솔직히 안도했어. 기쁘더라. 하지만 내 세계가 안전해졌다는 생각이 드니까 그제야 너를 생각할 여유도 생겼고……. 정말 한심하지. 이제 와 사과한다고 용서받을 수 없을 텐데…….”

“됐어. 그보다 도와줬으면 하는 일이 있는데.”

내가 아무 설명도 안 했는데, 하루이치는 초등학생 때처럼 환한 미소를 지으며 “그래!”라고 대답했다.

상쾌한 바람이 화단의 제라늄을 흔들었다.

페니에게.

같은 회사에 다니던 마루야마 구니아키 씨를 기억하세요?
조금 이상한 사람이지만, 아주 좋은 사람이죠.
제가 페니에게 받은 인형을 늘 꼭 쥐고 있는 게 이상했는지, 마루야마 씨가 이런저런 질문을 던져 대답했더니 그 사람이 활동을 시작했어요. 마루야마 씨가 중심이 되고 라이프세이브 모임이 협력하고 있답니다.
인형을 만든 아키에 씨의 유지를 이어 초등학교에 입학하는 아이들에게 하얀색과 파란색으로 이루어진 손목 밴드를 나눠줍니다. 그것을 '라이프 밴드'라고 불러요. 정신적으로 몰려 죽고 싶을 정도로 괴로울 때는 손목에 차고 부모님에게 도움을 요청하라는 바람이 담겨 있죠.
아이들이 제대로 표현하지 못하더라도 라이프 밴드를 차고 있으면 부모는 이야기를 듣고 그들을 지켜주자는 운동입니다.
아이들의 자살을 줄이려고 모두 필사적으로 활동하고 있습니다.
페니, 하나만 알려주세요.
당신은 정말 시노하라 야마토를 죽였나요?
전에 보낸 편지에도 썼는데 나는 아무래도 페니가 죽인 것 같지 않아요. 필적 감정 결과, 괴롭힘의 실태가 적힌 노트 글자는 시노하라 야마토의 것이고 그 노트에서는 페니의 지문이 나오지 않았어요.

사건의 자료들을 정리하다가 가슴에 있던 위화감의 정체를 깨달았습니다.

첫 공판이 끝난 날, 니카이도 아사미 씨라는 사람과 알게 되었습니다. 아사미 씨는 페니로부터 '아들을 괴롭힌 상대를 알려달라'는 부탁을 여러 번 받았는데 솔직히 말하지 않은 것을 후회하고 있었습니다.

페니는 아사미 씨를 만났을 때 '시게아키와 야마토 군을 자살로 몬 사람은 틀림없이 같은 사람입니다. 사이트를 만든 사람이 괴롭힘의 주모자 아닙니까?'라고 말했다죠.

만약 페니가 시노하라 야마토를 죽였다면 '같은 사람'이라는 말은 하지 않았겠죠. 왜냐면 페니가 시노하라 야마토를 죽인 범인이라면 시게아키 군을 죽인 것도 페니가 되니까요. 하지만 그건 있을 수 없죠.

시노하라 야마토는 자살한 게 아닌가요?

나카노 나오키의 폭력과 그가 만든 사이트로 궁지에 몰린 야마토는 스스로 옥상에서 떨어진 게 아닐까……. 그렇게 생각하는 게 자연스러운 것 같습니다.

만약 법정에서 증언했듯 칼로 위협하고 드잡이를 하다가 옥상에서 떨어졌다면 증거 노트만은 챙겨 돌아오지 않았을까요?

페니는 피고인 질문에서 당시 상황에 관한 질문을 받았을 때 '당황해서 노트를 두고 오고 말았다'라고 대답했는데 도무지 납득할 수 없습니다. 페니가 아무리 당황했더라도 시게아키 군에 대한 폭력의 실태가 적힌 소중한 노트를 그냥 두고 올 리는 없으니까요.

그러므로 왜 세 사람을 죽였다고 증언했는지, 그 이유를 모르겠습니다. 설사 정답이 아니더라도 나름의 답을 찾으면 이토록 괴롭지 않을 텐데, 지금의 저로서는 도통 답이 나오지 않아 너무 힘이 듭니다.

언젠가 진실을 들을 수 있기를…… 그렇게 기도합니다.

페니를 생각할 때 가장 먼저 떠오르는 것은 '미안해요'라는 말입니다. 만약 제 편지가 폐가 된다면 연락해주세요.

일요일 저녁, 아르바이트에서 돌아오자 맨션 앞에 《주간워시》 기자 가타기리가 있었다.

나는 절로 마음의 준비를 했다. 사형이 확정되고 모든 언론에서 페니를 나쁘게 썼기 때문이다.

《주간워시》도 결국은 페니를 나쁘다고 썼다.

며칠 전부터 몇 번 휴대전화로 연락이 왔는데 나는 아무 말도 하고 싶지 않아서 받지 않았다.

"집 앞에서 기다려서 죄송합니다."

그렇게 말하면서 정중하게 고개를 숙인 가타기리에게 나는 매몰차게 말했다.

"주간지는 우리 일을 참 마음대로 써대더군요."

"학교폭력을 당한 소년들은 범죄자를 영웅 취급하고 도취해 있다. 그렇게 쓴 잡지도 있었죠. 틀린 내용입니까?"

"도취하지 않았어요."

"그럼 어떤 기분이었나요? 세상에는 모든 정보가 흘러넘치고, 물론 그중에는 오보도 있을 겁니다. 도키타 군은 우리 일을 싫어할지도 몰라도 저는 잘못된 내용을 정정하는 것 또한 언론의 일이라고 생각합니다."

"당신들이 쓴 내용이 정의라고 생각하나요? 뭐가 정론이고 잘못인지 저는 잘 모르겠습니다. 그런데 이 세계에서는 소수파의 의견은 무조건 잘못되었다고 하죠."

"그건 아닙니다."

"얼버무리지 마세요. 아들의 복수로 저지른 살인은 용서할 수 없죠?"

가타기리가 내 눈을 똑바로 보며 대답했다.

"용서할 수 없습니다. 저는 어떤 이유로도 사람을 죽여선 안 된다고 생각합니다."

"만약 가타기리 씨의 가족이나 연인이 누군가에게 지독한 일을 당해 자살해도 같은 말을 할 수 있나요?"

눈을 내리깔고 잠시 생각하는 모습에 조금이나마 성의가 느껴졌다. 하지만 가타기리는 고개를 들고 똑같은 말을 했다.

"역시 저는 어떤 이유에서라도 사람을 죽여선 안 된다고 생각합니다."

"그럼 왜 내 얘기를 들으려고 하죠? 나는 당신이 바라는 말을 할 수 없어요. 그러니 결국 의견이 다른 사람을 비판하는 기사를 신나게 쓰려는 거 아닙니까?"

가타기리는 잠자코 고개를 가로저으며 대답했다.

"아무래도 살인은 인정할 수 없습니다. 그래도 같은 인간으로서 사람을 죽일 정도로 괴로운 심정과 거기에 담긴 고통을 다루고 싶습니다. 나는 도키타 군이나 가해자, 피해자 가족의 고통을 흥미 삼아 쓰려는 게 아닙니다. 사건 속에 담긴 고통을 전달함으로써 사람에게 상처주는 행위가 나중에 어떤 불행을 불러오는지 알리고 싶습니다. 누군가가 같은 잘못을 저지르지 않게 하려고."

"그런 걸 쓴다고 이 세상에서 범죄가 사라지는 건 아니에요."

나는 내뱉듯 속내를 토해냈다.

"그래도 이번 사건을 통해 배운 게 많다고 생각합니다. 누군가를 비난하기보다 내 안에 악의 싹이 있지 않은지, 그런 반성을 하는 사람도 있을 겁니다."

"가타기리 씨, 나는 깨달았어요."

그 말에 가타기리가 고개를 갸웃했다.

분노를 퍼부을 상대는 기자도 판사도 부모도 아니다. 그건 전부터 내내 알고 있었다. 너무나 한심하고 억울하다, 그것은…….

"내가 무기력하다는 거……. 아무것도 할 수 없는 인간이라는 걸 깨달았습니다. 나는 시노하라 야마토를 죽인 건 가자미 씨가 아니라고 생각합니다. 하지만 그걸 증명할 만한 능력이 없습니다."

아마추어의 추측 따위 비웃으리라 생각했는데 가타기리는 진지한 얼굴로 "당신 말에 동의합니다"라고 말했다.

경찰은 시게아키가 남긴 노트를 마사요시가 손댔다는 증거를 발견하지 못했다고 발표했다.

"가자미 씨가 알고 싶었던 진실을 가타기리 씨가 찾아주세요. 시노하라 야마토 일도 부탁합니다."

나는 무릎에 이마가 닿을 정도로 고개를 깊이 숙인 다음 걷기 시작했다.

"도키타 군, 누군가를 위해 고개를 숙일 수 있는 사람은 무기력하지 않습니다."

놀라서 돌아보니 가타기리가 강력한 의지를 담은 눈빛으로 이쪽을 보고 있었다.

"나는 도키타 군과의 약속을 지키기 위해 노력할 겁니다. 잡지에 실린 성격 테스트 결과를 보면 나는 '집념이 강한 타입'인 듯하니까."

조금 전까지의 긴박했던 공기가 사라졌다. 가타기리가 미소를 지어 보였다.

"나는…… '기묘한 사건부'를 아주 좋아했습니다."

"그건 제 담당이 아닙니다만, 고맙습니다."

나는 다시 고개를 숙이고 걷기 시작했다.

맨션 우편함에 편지가 와 있었다. 페니에게서 온 것이었다.

불안이 뇌리를 스쳤다.

'이제 편지는 보내지 마라'라고 적혀 있지 않을까? 떨리는 손으로 그 자리에서 당장 편지 봉투를 열어 편지를 읽었다.

나를 걱정하지 말아요. 죽음에 대한 공포는 없습니다. 당신이 가슴 아파하는 게 제일 괴롭습니다.

……로 시작되는 몇 줄의 짧은 편지였다.

페니에게.

페니가 보낸 편지, 너무 기뻐서 수없이 읽고 또 읽었습니다.
하굣길에 전망대 공원의 잔디 광장에 갔어요. 늘 보여주던 팬터마임이 떠올라 조금 쓸쓸해졌습니다.
얼마 전, 공원에서 피에로 차림으로 팬터마임을 해서 2천 3백 엔을 벌었어요. 아직 서툰데도 많은 사람이 웃어주는 것을 보고 용기 내어 하길 잘했다는 생각에 기분이 좋아졌습니다.
팬터마임을 할 때만은 나쁜 생각이 사라집니다. 혹시 페니도 그랬던 게 아닐까요.
고등학교 2학년이 되어 이제 슬슬 가고 싶은 대학이나 장래 희망을 생각해야 하는데 아직 꿈도 목표도 발견하지 못했습니다.
장래 같은 거 상상할 수는 없지만, 당장 이루고 싶은 꿈은 있습니다. 그것은 혼자서 이룰 수 없어요. 페니의 협력이 필요합니다.

부디 11월 6일 아침 10시가 되면 하늘을 올려봐주세요. 나도 같은 시간에 하늘을 볼게요.

그저 페니와 같은 하늘을 보고 싶습니다.

이나모토 변호사로부터 페니는 교도소에서 규칙적인 생활을 한다고 들었다.

매일의 일정은 거의 같았다. 아침 7시에 기상하며 7시 반에 아침 식사, 11시 50분에 점심 식사, 16시 20분에 저녁 식사, 취침은 21시란다. 주에 3회, 월수금 10시가 되면 옥상에 있는 운동장에 나와 삼십 분간 줄넘기 같은 운동을 한다.

나는 인터넷 쇼핑몰에서 풍선과 헬륨가스 통을 사고, 받는 사람 주소에 하루이치 집 주소를 입력했다. 우리 집에 오면 무슨 말을 들을지 모른다. 귀찮은 일은 피하고 싶었다.

일요일, 하루이치 집으로 가서 인터넷으로 산 상품을 꺼냈다.

"풍선 종류가 이렇게 많구나. 어릴 때는 좋아했는데."

마루야마 씨는 그렇게 말하고 내 옆에서 눈을 반짝였다.

오늘은 마루야마 씨와 함께 하루이치 집에서 자기로 했다.

"전문점에서는 다양한 풍선을 팔아요."

내가 의기양양하게 말했다.

"가자미 실장님, 놀라겠다."

마루야마 씨는 변함없이 '가자미 실장님'이라고 불렀다.

페니는 범행 사흘 전에 사표를 제출했다고 한다. 그 사실을 안 마루야마 씨가 여러 번 휴대전화로 연락했는데 내내 부재중 메시지로 넘어갔단다.

"아침까지 완성하자."

마사요 할머니의 튀김으로 배를 채운 우리는 풍선에 헬륨가스를 넣었다. 풍선 주둥이를 묶고 끈을 다는 일은 마사요 할머니와 마키가 도와주었다.

별과 물방울 같은 무늬가 그려져 있는 형형색색의 풍선 중에서 마키는 파란 지구 그림 풍선을 제일 좋아했다.

작업은 밤늦게까지 이어져 자정을 넘겼을 때, 마사요 할머니가 꾸벅꾸벅 졸기 시작했다. 하루이치가 "먼저 자"라고 했으나 "할머니는 아직 졸리지 않아"라고 우기더니 결국은 우리 근처에서 잠들었다.

내일 운전을 해야 하는 마루야마 씨는 옆방에서 먼저 쉬게 했다.

올려다보니 천장에 컬러풀한 풍선이 잔뜩 달라붙어 있었다. 다다미방에 풍선이 떠 있는 게 흥미로웠다.

마침내 수백 개나 되는 풍선에 헬륨가스를 넣었다. 복도와 부엌, 목욕탕까지 풍선이 떠 있었다.

툇마루에 면한 마당으로 나와 방구석에 말아 놓았던 종이를 펼쳤다. 커다란 도화지를 투명 비닐 테이프로 이어붙여 거대한 종이 한 장으로 만든 것이다.

연을 만들 때 쓰는 대나무로 종이 뒤에 뼈대를 만든다. 종이가 찢어지지 않도록 위쪽에 비닐 테이프를 붙이고 그곳에 구멍을 내어 풍선의 끈을 연결한다. 종이 아랫부분에도 비닐 테이프를 붙여 손잡이가 될 끈을 연결했다.

"초등학교 때, 졸업 기념으로 스파이더맨 벽화를 그린 거 기억나?"

나는 갑자기 추억에 잠겨 하루이치에게 물었다.

"그거 재미없었어."

"그래, 맞아. 그때는 지루했는데 지금은 왜 이렇게 즐겁지?"

"꼭 보여주고 싶은 상대가 있으니까. 그 벽화, 누구를 위해 그리는지도 영 알 수 없었잖아. 어쩌면 유명한 화가도 누군가를 위해 그림을 그릴지 몰라. 이 그림은 꼭 그 사람에게 보여줘야지 하고 생각하는 사람 말이야. 그래서 명화일지도."

나도 그런 것 같아 "그럴지도 모르겠다"라고 대답하고는 웃었다.

"너와는 상관없는 일인데 부탁해서 미안해."

"이상하게 페니가 생판 남인 것 같지 않아."

뜻밖의 말이 기뻤다. 그러고 보니 초등학교 때는 하루이치가 좋아하는 걸 좋아하곤 했다. 반대도 마찬가지일지 모른다.

"성공할까?"

"성공하지 못하면 계속하지 뭐."

"그래."

축구부에 있을 때 나눈 대화를 떠올렸다.

망쳤더라도 다음 경기에서 열심히 하면 되지…….

어른이 되면 점점 더 '다음'이 없어질 것 같다. 그래도 '다음에 또 열심히 하면 되지'라고 말해줄 사람이 옆에 있으면 그렇게 나쁜 인생은 아니라고 생각한다.

새벽이 되어서야 다 완성되었다. 아직 밖은 어두컴컴했고 주위에는 나 말고 아무도 없었다.

마루야마 씨를 깨워 하루이치의 집 근처에 있는 주차장까지 가서 거기에 세워둔 트럭 짐칸을 열었다. 마루야마 씨가 빌려준 렌터카다.

짐칸은 측면으로 짐을 오르내릴 수 있도록 윙 보디가 달려 있었다. 천장 중앙을 분리하여 날개를 펼치듯 측면을 열어 짐칸에 도화지를 붙인 풍선을 넣었다.

모든 정리를 끝내고 마사요 할머니가 준비해준 커다란 도시락을 들고 트럭에 탔다. 운전석에는 마루야마 씨, 그 옆에 나와 하루이치가 나란히 앉았다.

마사요 할머니와 마키도 배웅해주었는데 "할머니도 풍선 날리는 거 보고 싶어"라며 떼를 써서 애를 먹었다.

출발 직전까지 주름진 얼굴을 일그러뜨리며 "안 데려가면 후회할 거야!"라고 하는 모습이 귀여웠다. 하루이치가 창문으로 얼굴을 내밀며 돌아보니 마사요 할머니가 부루퉁한 얼굴로 크게 손을 흔들며 배웅해줬다고 한다.

고속도로를 탄 뒤로는 이제 돌이킬 수 없다고 생각했다.

“만약 지금부터 하는 일이 법에 저촉된다면 마루야마 씨는 어른이라 우리보다 죄가 무거울 거예요.”

나는 급히 불안해져 그렇게 물었다.

“괜찮아. 그때는 그 수염 변호사의 도움을 받으면 돼.”

틀림없이 이나모토 변호사일 것이다. 그 사람이라면 정말 도와줄 것 같다.

“나, 실장님이 없었으면 벌써 회사를 그만뒀을 거야. 실장님 덕분에 계속 다닐 수 있었어.”

“페니는 좋은 상사였나요?”

“부서는 다르지만 아주 좋은 상사였지. 입사했을 무렵에는 영수증과 교통비 정산을 잘 못해서 경리부에 자주 혼났어. 그때 자세히 알려준 사람이 당시 경리부에 있던 가자미 실장님이었고.”

마루야마 씨는 눈을 가늘게 뜨고 먼 곳을 바라보면서 계속 말했다.

“점포 개발부라는 부서에 있던 나는 처음으로 새 점포를 맡고 무척 긴장했어. 조사한 토지에는 문제가 없었지만 손님이 오긴 할까, 수익은 날까, 모든 게 불안했지. 그래서 가자미 실장님에게 매번 상담하고 격려를 받았어. 하지만 휴일에도 마음이 놓이지 않아 수없이 가게를 찾아가 점장의 이야기를 들었지. 매상은 괜찮은지, 곤란한 문제는 없는지 말이야. 반년이 지났을 무렵, 토요일 밤에 가게를 방문했더니 가자미 실장님 가족이 식사하고 있더라. 일부러 와줬다는 반가운 마음에 실장님 테이블에 가려는데 점장이 '저 사람들은 매주 토요일마다 와주는 단골'이라고 알려주었어. 가자미 실장님 집에서 가게까지 차로 사십 분 이상 걸리는데 매주 왔다는 거야. 그 사람은 그렇게 따뜻한 사람이야."

마루야마 씨가 왜 이렇게까지 페니에게 잘하는지 알 수 있었다. 마루야마 씨에게도 페니는 마음의 안식처였을지 모른다.

"그때 가게에서 본 세 가족의 즐거운 표정을 잊을 수가 없어. 노력해서 좋은 가게를 만들어주었구나, 진심으로 그렇게 생각했지. 그런데…… 그 가족에게 그런 비극이 일어나리라고는 꿈에도 생각하지 못했어."

하루이치가 창밖을 보면서 툭 내뱉었다.

"인간이란 정말 이상해요. 어떤 사람에게는 선인이고, 어떤 사람에게는 악인이네요."

"동감이야."

마루야마 씨가 한숨을 쉬며 대답했다.

수도고속도로를 빠져나와 페니가 수감되어 있는 교도소에 가까워지자 우리는 말수가 현저히 줄었다. 차 안에는 긴박한 공기마저 감돌았다.

교도소 주위는 높은 콘크리트 담으로 둘러싸여 있으리라는 이미지가 있었는데 그런 것도 아니었다. 하지만 광대한 대지에 세운 커다란 건물에 박력이 있었다.

제방을 따라 난 길을 달리자 교도소 가까이에 편의점이 있어서 그 주차장에 트럭을 세웠다.

시간은 예정대로 10시 정각이다.

운 좋게도 바람이 교도소 쪽으로 불었다.

트럭 짐칸의 윙 보디를 열었다. 열린 순간, 우리는 손잡이 부분의 끈을 들고 편의점 옆의 좁은 길을 달리기 시작했다.

줄이 줄줄 풀리면서 풍선이 하늘로 날아오른다.

경비원이 출동하는 건 시간문제이리라. 이제는 기도하는 수밖에 없다.

작아지는 풍선을 바라보면서 나는 "페니"라고 중얼거렸다.

*

그 소년을 처음 만난 것은 휴일에 자주 찾던 전망대 공원에서였다. 회사 창립 기념일이라 나는 피에로 복장을 하고 아이들을 상대로 팬터마임을 선보이고 있었다.

편의점에서 음료수를 사서 다시 돌아오려고 할 때 교복 차림의 소년이 부자연스러운 발걸음으로 공원 안으로 달려왔다. 소년은 나와 어깨가 부딪혔는데 피에로 복장인 것조차 알아차리지 못하고 뒤도 돌아보지도 않은 채 땅만 보며 전속력으로 달려갔다.

소년의 뒤를 세 사람이 쫓아가는 걸 보고 평범한 일이 아니라는 생각에 가슴이 너무 소란했다.

셋 가운데 둘은 소년과 같은 교복을 입었고 체격이 좋고 운동복을 입은 다른 남자는 새빨간 스니커스를 신고 있었다. 시게아키의 반 단체 사진을 본 적 있었으나 그것이 류지라는 사실은 나중에 졸업 앨범의 개인 사진을 볼 때까지는 깨닫지 못했다. 고등학교 2학년이 된 류지는 예전의 가냘픈 모습이 완전히 사라지고 근육질에 눈매가 사나워져 위압감을 뿜어내고 있었다.

그때 새빨간 스니커스와 소년의 울 것 같은 표정이 뇌리에 박혀 한동안 우두커니 서 있었다.

아들을 떠올리고 만 것이다…….

시게아키도 저렇게 매일 필사적으로 도망쳐 다녔을지 모른다. 학교라는 좁은 세계에서 도망칠 곳이란 없었을 텐데…….

3인조가 "참 잘도 도망치는 쓰레기야"라며 웃는 것을 듣고 몸이 자연스럽게 반응해 그 뒤를 쫓았다.

권투를 했던 터라 일 대 일이라면 싸워 이길 자신은 있었다. 하지만 상대는 셋이다. 게다가 하나는 몸집도 크다. 혹여나 있을 일에 대비해 끈을 자를 때 쓰는 칼을 주머니에 숨기고 뒤를 쫓았다.

잔디 광장 끝에 있는 잡목림 안으로 들어가자 퍽퍽 둔탁한 소리가 들려왔다. 셋은 땅에 쓰러져 저항할 힘도 없는 소년을 발로 차고 있었다. 교복 차림의 소년들은 적당히 하는 듯 보였는데 류지는 있는 힘껏 폭력을 휘두르고 있었다. 커다란 빨간 스니커스가 수없이 소년을 짓밟았다.

바로 도와주려던 나는 놀라 걸음을 멈췄다. 보통 울어도 이상할 게 없는 상황인데 소년은 웃고 있었다.

미소를 머금은 입에서 '이제 됐어, 죽여'라는 말이 나왔을 때는 소년의 모습이 시게아키와 겹쳐 보였다.

시게아키는 겁쟁이 같은 부분이 있었는데 그것을 드러내지 않는 강인함도 갖춘 아이였다.

여섯 살 무렵, 계단에서 넘어져 골절상으로 응급 수술을 받을 때였다. 아키에는 걱정하며 계속 울었고, 나도 수술이 성공할지 불안해 견딜 수 없었다. 첫 수술이었으니 시게아키도 무서웠을 텐데 아키에가 우는 모습을 보고 '엄마, 기운 좀 내'라며 위로했다.

공원에서 장난감을 빼앗는 친구를 보고 자기보다 훨씬 덩치가 큰 남자에게 덜덜 떨면서 맞선 적도 있었다. 남자아이가 삽으로 때리려고 하는데도 도망치지 않았다. 멀리서 보고 있던 내가 달려가 아무 일 없이 끝났으나 조금만 늦었어도 크게 다칠 뻔했다. 그런데도 시게아키는 '조금도 무섭지 않았어. 괜찮아'라며 창백한 얼굴로 웃었다.

잡목림에서 소년이 '이제 됐어, 죽여'라고 말했을 때의 얼굴과 시게아키의 그때 모습이 그대로 겹쳐졌다.

간신히 셋을 쫓아버리고 나는 피에로 복장으로 소년에게 사정을 물었다.

고등학생은 다감한 시기인지라 생면부지의 사십 대 아저씨보다는 피에로에게 더 솔직하게 얘기하기 쉬울 것 같았다.

소년이 아주 괴로운 환경에 처해 있음을 알고 나는 도울 방법이 없을까 생각했다. 시게아키에게 해주지 못했던 후회가 마음을 닦아 세웠는지 모른다.

시게아키가 어렸을 때는 자주 피에로 차림을 하고 팬터마임을 연기했는데 중학교에 올라가서는 거의 하지 않았다. 그런데 아내와 아이가 떠난 뒤부터 피에로 복장을 하는 일이 늘었다. 유일하게 편안한 마음이 되는 게 공원에서 팬터마임을 할 때였기 때문이다.

집에 돌아와 혼자라는 사실에 견딜 수 없이 괴로울 때는 늦은 시간이라도 공원으로 가 피에로가 되어 공원을 날아다녔다. 별이 뜬 하늘을 올려다보며 팬터마임을 할 때는 모든 걸 잊을 수 있었다. 녹초가 될 때까지 몸을 움직인 밤이면 잠도 푹 잘 수 있었다.

피에로의 점프슈트로 갈아입고 얼굴에 마스크를 쓰고 머리에 가발을 쓴 다음 화장대 앞에 앉아 서랍에서 아키에가 좋아하던 새먼핑크 립스틱을 꺼내 어색한 손놀림으로 칠했다.

아키에는 침울해지는 날이면 '이 립스틱을 바르면 힘이 나'라며 즐거운 듯 말했다. 그것은 시게아키가 중학생이 되고 나서 어머니의 날 선물로 준 것이다.

시게아키가 백화점 화장품 매장에서 어떤 색으로 살지 심각하게 고민하던 모습을 기억한다. 결국은 아키에가 좋아하던 색을 골랐다.

나는 립스틱을 바르면 아키에와 같이 있는 느낌이 들어 조금이나마 밝은 마음이 되었다.

지금 생각하면 불가사의한 운명에 이끌린 듯도 하다.

절대 자신을 정당화할 생각은 아니다. 하지만 만약 녀석들이 마음을 고쳐먹고 올바른 인간으로 변했다면 죽이지 않았을 것 같다. 야마토의 형 마사요시가 노트를 은폐하지 않았다면 더 빨리 범인을 알았을 테고, 그러면 아키에가 목숨을 끊는 일도 없었을지 모른다. 모든 게 무언가로 나를 이끄는 듯한 느낌이었다.

이런 상황에서도 올바른 사람으로 살아갈 수 있는지, 신이 나를 시험하는 것인지도 모른다. 가령 그렇다고 해도 소중한 아내와 아들을 다치게 하면서까지 참아야 하는 시련일까. 그렇게 생각하며 신을 저주했다.

아내와 아들을 잃기 전까지 살인은 나쁜 짓이라고 자신 있게 말할 수 있었고, 자신은 절대 할 수 없는 일이라고 단언했다. 그랬기에 살인을 저지르는 사람의 마음 같은 건 몰랐고 설령 전쟁이 일어난다 해도 적을 죽일 순 없다고 생각했다.

시게아키의 1주기를 맞은 날, 나와 아키에는 유급 휴가를 받아 성묘를 갈 예정이었다.

아침에 일어나 거실로 가니 테이블에는 3인분의 아침 식사가 차려져 있었다. 시게아키가 죽은 뒤 한동안 3인분의 식사가 차려졌는데 최근 들어서는 2인분뿐이었다. 불안했으나 오늘은 특별한 날이니까 준비했으리라 자신을 다독였다.

그때 휴대전화가 울리고 회사로부터 내가 작성한 견적서에 문제가 생겼다는 연락을 받았다. 시게아키가 죽은 다음부터 잠들지 못하는 날이 생겨 종종 실수하게 되었다. 부장의 재검 덕분에 무사히 넘어가 회사에 출근할 필요까지는 없었으나 한심하고 죄송스러운 마음에 침울해졌다.

그런데 아키에에게 그렇게 회사 일이 걱정되면 지금이라도 출근하라는 차가운 말을 들으니 어이가 없었다.

그 무렵, 아키에는 정신적으로도 안정되어 평온한 일상을 보내게 되었는데 그날은 상태가 너무나 이상했다.

아키에는 차가운 표정으로 아이를 잃은 충격으로 회사를 일 년 가까이 휴직한 아버지도 있다며 비난하는 듯 말했다.

아들을 잃었더라도 살아야지. 살기 위해서는 돈이 필요하고. 돈을 벌려면 일해야 해. 그래서 괴롭지만 필사적으로 일하는 거라고. 그러지 않으면 우리도 죽는 수밖에 없잖아! 그렇게 목소리를 높이고 말았다.

울음을 터뜨릴 줄 알았는데 아키에는 왠지 안도한 듯한 표정으로 '고마워'라고 말하고는 미소를 지었다. 그 말에는 어떤 비난의 느낌도 없었다. 진심인 듯했다.

아키에는 '처음으로 당신의 진심을 들은 것 같아. 당신 말이 맞아. 시게아키를 위해서라도 열심히 살아야겠지'라고, 그렇게 얘기했다.

그런 다음, 묘소에 놓을 꽃을 까먹었다며 집을 나가더니 다시 돌아오지 않았다. 전망대에서 뛰어내린 것이다.

마지막으로 내게 보낸 메시지에는 '이대로 가면 당신까지 망가질 거야. 미안해'라고 적혀 있었다. '당신까지'라는 말에서 아키에의 고통이 얼마나 깊었는지 깨달았다. 틀림없이 시게아키를 지키지 못한 것은 자기 책임이라고 생각했을 것이다.

그날 아침, 그런 한심한 소리를 하지 않았다면 아키에는 죽지 않았을지 모른다. 그렇게 생각하니 자신이 너무 한심해 강한 자책감에 사로잡혔다. 정신적인 고통을 조금이라도 잊으려고 수없이 벽에 머리를 찧기도 했다.

어두컴컴한 방에서 눈을 떴을 때, 모든 기력을 잃었다. 뭐든 어떻게 되든 상관없었다. 살아가는 것조차…….

잠들지 못하는 밤에 어떻게 죽을지 생각하면 마음이 차분해지고 행복해졌다. 그만큼 죽음은 평안을 가져다주는 존재로 변했다.

그런 아슬아슬한 생활을 보내다가 학교폭력의 진상을 안 것이다. 인생은 선택의 연속이라고 누군가 말했는데 죽음을 각오할 때조차 몇 가지 선택지가 남아 있었다. 혼자 죽을지, 아니면 복수를 끝내고 죽을지. 그 갈등에 괴로웠다.

소중한 것은 이제 이 세상에 없다. 인간으로 있을 수 있는 것은 소중한 사람이나 자신이 소중하다고 느껴지는 마음이 남아 있기 때문이다. 그런 것들이 다 사라지면 도덕이나 윤리 개념은 사라지고 인간은 아주 쉽게 괴물이 될 수 있다.

죽음을 받아들이고, 사람이기를 포기할 각오가 되면…… 무엇이든 될 수 있고, 무슨 짓이든 할 수 있다…….

아들이 폭행당하는 동영상을 본 뒤로는 마치 마물에 씐 듯 더는 스스로 감정을 조절할 수 없었다. 복수를 생각하면 기분이 고양됐다. 내내 마물에 마음이 지배당한 듯한데 범행 뒤 그 마물이 바로 자신이었음을 깨달았다.

교도소로 이송되고 몇 달이 지났을 무렵, 소년으로부터 편지를 받았다.

소년은 자기 때문에 내가 살인이 저지른 게 아닐까 고민하고 있었다.

분명히 혼자 계획하고 범행했으면서도, 마음속으로는 누군가에게 도움이 되고 죽고 싶다는 못난 생각이 숨어 있었을지 모른다. 그 탓에 그 소년에게 깊은 상처를 주고 말았다.

전망대의 전망 데크에서 뛰어내리려는 나를 필사적으로 말리던 소년의 얼굴을 지금도 잊을 수 없다.

그때도 소년이 아들처럼 보였다…….

시게아키가 울면서 '아버지'라고 소리쳤다. 그 소년이 시게아키를 불러준 것 같다.

그때 나는 살아서 죗값을 받기로 마음먹었다. 그리고 그 전에 노트를 훼손한 게 아닐까 하는 의혹을 분명히 해보자는 생각이

들었다.

일단 인간임을 잊었으나 시게아키의 눈물을 봤을 때, 다시 아버지로서의 올바른 모습을 보여야 한다는 생각에 이르렀다. 사람을 죽인 이상 더는 예전으로 돌아갈 수 없지만, 완전히 악이 될 수도 없었다. 사형수가 되어 마지막 순간까지 무엇이 옳았는지 계속 생각하기로 마음먹었다.

소년의 편지에 '당신은, 정말 시노하라 야마토를 죽였나요? 전에 보낸 편지에도 썼는데 나는 아무래도 페니가 죽인 것 같지 않아요'라는 글귀를 봤을 때는 가슴이 덜컥했다. 섬세하고 배려 넘치는 아이라는 건 알고 있었으나 나를 위해 진상을 파헤칠 줄은 몰랐다. 진짜 아들처럼 여겨져 글자가 눈물로 흐려졌다.

소년의 말대로 나는 시노하라 야마토를 죽이지 않았다.

매년 아내와 아들이 세상을 떠난 11월 6일에는 회사를 쉬었다. 그날도 그랬다.

법정에서 말한 대로 호프 볼링으로 야마토를 불러내 마사요시와 학교폭력의 실태를 물은 것까지는 사실이나 그다음은 거짓 증언이었다.

괴롭힌 사람의 사람을 쓰고 싶지 않다며 우는 야마토를 어떻게 해볼 도리가 없어서 시간만 흘렀다. 곧 밤 9시가 되려 했다.

야마토는 자신이 시게아키와 같은 처지가 되어 보니 얼마나 힘든 일이지 깨달았다며 울며 사과했다. 고등학생이 된 뒤로는 반에서 무시당하는 학생이 있어도 말을 걸었다고 했다. 그게 그

나름의 속죄였으리라.

가족을 더는 끌어들이고 싶지 않다는 마음도 알겠으나 그래도 시게아키를 궁지로 몬 사람의 이름을 알고 싶었던 나는 '하루의 시간을 줄 테니까 내일까지 이름을 적어 노트를 가져와라. 그렇지 않으면 너의 행동을 온갖 수단을 동원해 세상에 알리겠다'라고 위협하고 호프 볼링을 떠났다. 지금은 혼란스럽겠지만 냉정해지면 진상을 털어놓는 것 이외의 길은 없음을 깨달으리라 생각했다.

그 생각이 너무 안일했다…….

야마토가 자살했다는 소식은 다음 날 신문 기사로 알았다. 시간으로 봐서 내가 떠난 다음 옥상에서 뛰어내린 듯했다.

이렇게 될 줄 알았으면 야마토가 적은 노트라도 가지고 올걸 그랬다고 후회했으나 이미 뒤늦은 일이었다.

야마토가 죽은 뒤, 나는 시게아키의 노트를 경찰에 가져가 마사요시에 대해 재조사를 요청했으나 무시당했다.

학교폭력의 진상을 찾기 위해 다시 시게아키의 동급생들을 찾아다닐까 생각했는데 또 누군가를 죽음으로 몰 것만 같아 의욕을 잃어버렸다.

야마토가 자살한 다음 해, 《주간워시》에 아들의 기사가 실렸다. 거기에는 '11월 6일의 저주'에 대해 적혀 있었다. 이 기사가 실리기 한 달 전에 주간지 기자로부터 연락이 있었다. '아드님의 자살에 관해 묻고 싶은 게 있다'라고 했는데 아무 말 없이 끊었다. 학교폭력의 진상을 밝혀준다면 모를까 상대가 '기묘한 사건부'라는 코너이고, 반쯤 재미 삼아 기사를 쓰려는 것을 알았기 때문이다.

그런데 기사를 읽고 놀랐다. 거기에 'Y는 유서를 남기고 자살했다'라고 적혀 있었기 때문이다. 누구에게 얻은 정보인지 알고 싶어 출판사에 연락하자 정보 제공자는 알려줄 수 없다며 거절당했다. '아들이 괴롭힘을 당해 자살했다. 범인을 찾고 싶다'라고 수없이 연락했으나 담당자가 자리에 없다는 말만 되풀이할 뿐 제대로 상대해주지 않았다.

유서는 야마토의 유족이나 경찰 관계자로부터 흘러나왔을 것이다. 그 진상을 밝힐 방법이 없었다.

운명이란 정말 아이러니하다고 생각한다.

학교폭력에 고통받는 사람들이 찾는 라이프세이브 모임 게시판에서 나는 하기노를 알게 되었고, 그 애를 통해 시게아키를 괴롭힌 주모자를 알게 되리라고는 꿈에도 생각하지 못했다.

무엇보다 절망적이었던 것은 그 녀석들은 야마토와 달리 여전히 가혹 행위를 계속하고 있었다는 점이다.

하지만 다 끝나고 보니 나도 나오키나 류지와 다르지 않은 인간임을 깨달았다. 반성하며 살아가는 야마토를 죽음으로 몰아넣었기 때문이다. 재판에서 한 말은 거짓이 아니다. 내가 위협해 살해한 것이나 마찬가지였다.

그 탓에 많은 사람이 상처를 입었다. 도움 모임 사람들, 마루야마……. 그 소년이 서명 활동을 펼치며 사형을 받지 않도록 노력한 사실을 이나모토 변호사를 통해 들었다. 셋을 죽였다는 증언은 소년의 마음을 죽이는 행동처럼 느껴진다.

좁은 독방에서 지낸 날들…….

정신을 차려보니 소년이 보내는 편지를 손꼽아 기다리는 내가 있었다. 사실은 이제 편지는 필요 없다고 전해 그 소년을 자유롭게 해주어야 했는데 나의 나약함이 거부했다. 하지만 이제 전해야 한다.

나를 잊고, 그 아이가 행복해지길 바란다.

교도소 생활은 그리 힘들지 않았다.

교도관도 무턱대고 엄격한 사람들이 아니었다. 그들은 이웃 독방 사람이 자포자기로 날뛰면 그들의 얘기를 조용히 듣고 다정한 말로 위로해주었다. 지금까지 품고 있던 교도소 이미지와는 완전히 달랐다.

다다미 석 장 반 정도의 방은 수세식 화장실과 책상, 싱크대 등이 있다. 카메라와 마이크가 설치되어 항상 감시당했으나 세 끼가 꼬박꼬박 나왔고, 한 달에 몇 번씩 디브이디도 볼 수 있다.

나는 시게아키와 아키에가 좋아하는 영화를 봤다. 행복했던 때를 떠올리며 다시 그날로 돌아가고 싶다고 수없이 기도했다.

"56번, 출방 준비"

방문 열리는 소리가 난다. 열릴 때까지 무릎을 꿇고 기다려야 한다.

교도관들이 안으로 들어오면 자리에서 일어나 아무것도 지니고 있지 않은지 옷 위로 신체검사를 당한다.

일주일에 세 번 실외 운동이 있는데 나는 가능한 같은 요일, 같은 시간에 하고 싶다고 전해 규칙적으로 생활했다. 그리고 최대한 빨리 사형시켜달라는 소원도 냈다.

11월 6일…….

소년의 편지에는 같이 하늘을 보고 싶다고 적혀 있었다.

교도관의 호위를 받으며 긴 복도를 걸어간다.

이 복도를 걸을 때마다 어쩌면 이대로 사형장으로 끌려가 집행되는 게 아닐까 하는 생각이 스친다. 그래서 늘 이곳을 걸을 때는 기분이 오르락내리락한다. 이제 죽는다는 기쁨과 다시 아내와 아들을 만날지 모른다는 기대, 그와 동시에 죽음에 대한 본능적인 공포가 밀려온다.

무엇이 옳은지는 죽기 전까지 모르지.

문득 호프 볼링에서 나오키에게 던졌던 말이 떠오른다.

처형되기 직전, 나는 무슨 생각을 할까…….

아무리 생각해도 모르겠다. 하지만 확실히 아는 것은 내가 처형되면 그 소년은 상처를 입는다는 사실이다.

필사적으로 생명 줄을 잡아당겨주던 소년의 모습이 지금도 선명하다. '내가 페니의 아들이 될 테니까!'라고 울며 외치던 목소리도 잊을 수가 없다.

틀림없이, 소년은 평생 상처를 안은 채 살아가야 하리라.

그런 생각이 들면 자신이 얼마나 어리석은 짓을 저질렀는지 비로소 알 수 있었다. 출구 없는 어둠 속에서 그 사실을 깨닫고 정말 해서는 안 될 일을 했다는 후회에 시달린다. 그러나 이제는 사죄할 수조차 없다. 사죄한다고 해서 상처가 사라지는 건 아니기 때문이다.

소년은 편지에 '미안해요'라는 말을 적었는데 그것을 읽을 때마다 가슴이 찢어진다. 사과해야 할 사람은, 용서받고 싶은 사람은 바로 나였다.

"56번, 들어가세요."

옥상에는 새장 같은 운동장이 있었다. 하늘은 철조망 너머로만 보였다.

교도관으로부터 줄넘기를 받아 좁은 운동장으로 나간다.

눈이 부셔 눈을 가늘게 뜨면서 천천히 늦가을의 하늘을 올려다봤다. 높고 맑은 하늘에 비늘구름이 떠 있었다.

꿈을 꾸고 있나…….

하늘에 형형색색의 풍선이 떠 있었다. 풍선 아래에는 거대한 종이가 매달려 있었다. 뭐라고 적혀 있는 듯한데 바로 아래에서 올려다보는 터라 글씨는 읽을 수 없었다.

머리 위에서 감시하던 교도관이 이변을 깨닫자 주위가 소란스러워졌다.

종이가 바람에 나부끼는 순간, 글자가 눈에 들어왔다.

무릎이 떨려 더는 서 있을 수 없었다. 마음 깊숙한 곳에서 올라오는 오열을 멈출 수 없었다.

교도관들이 무너져내린 내 양쪽 팔을 잡았다. 그것을 뿌리치고 무릎을 꿇고 사과하듯 몸을 웅크리고 콘크리트 바닥에 이마를 찧어댔다.

지금 할 수 있는 일은 하나밖에 없었다. 그것밖에 없었다.

웅크린 채 다시 하늘에서 흔들리는 글을 올려다봤다.

페니, 나는 당신을 만나 행복했어.

울부짖듯 하늘을 향해 수없이 소리쳤다.

부디, 부디, 소년의 미래에 수많은 행복을…….

학교폭력, 죄와 구원의 이야기

복수를 합법화한 시대를 가정한 작품으로 데뷔하며 충격을 주었던 작가 고바야시 유카가 이번에 선택한 주제는 '괴롭힘' '왕따'라는 이름의 '학교폭력'이다. 우리 앞에 벌어지고 있는 학교폭력의 실태를 드러내면서 전작에 이어 복수라는 주제를 더 깊이 파헤치고 있다.

이야기는 도시 전설로 시작된다. 몇 년 전 11월 6일, S라는 중학생이 자신의 목을 칼로 그어 자살했다. 다음 해 11월 6일, 아들의 뒤를 따라 어머니가 자살했고, 그다음 해 11월 6일에는 S와 동창이었던 고등학생이 자살했다. 삼 년째 이어진 불가사의한 죽음. 올해도 똑같은 사건이 발생할까. 여기서부터 독자들은 이미 사건에 한 발 들어선다.

이어서 현재 학교폭력을 당하는 도키타라는 고등학생이 등장한다. 이유를 알 수 없는 폭력과 공갈, 협박에 시달리던 도키타는 이제는 생을 놓고 싶다는 충동에 시달린다. 가정의 불화, 믿었던 친구의 배신……. 세상이, 부모가, 친구가 시키는 대로 살았고 최선을 다했으나 돌아오는 것은 불행의 연속이었다. 모든 걸 놓아버리려는 순간 불가사의한 존재 피에로 페니와 만난다. 한편 S의 아버지 가자미는 아들과 아내를 잃고 실의의 나날을 보내던 중 우연히 아들의 자살 사건의 진상에 접근할 기회를 잡는다.

학교폭력의 당사자인 도키타와 그 폭력으로 가정이 무너진 가자미가 번갈아 등장해 일인칭 시점으로 이야기를 끌고 간다. 진상을 알 수 없는 11월 6일의 미스터리와 환상적이기까지 한 페니라는 인물. 그리고 처절한 현실 속에서 마지막 숨통마저 졸리고 있는 두 피해자. 이들이 엮어내는 이야기는 숨 막히게 고통스럽다가도 절로 미소 짓게 할 만큼 아름답다.

절망만 있다면 모든 감각기관을 차단할 수 있을지 모른다. 이 소년에게는 행복했던 과거와 소중했던 친구와 그리고 얼마 안 되는 희망이라는 게 남아 있다. 이 아버지에게도 과거의 행복과 그 가족을 생각했던 따뜻한 마음이 여전히 존재한다. 행복의 기억과 소중한 존재에 대한 마음이 남아 있기에 지금의 절망이 더 깊고 어두운 것이다. 그 깊은 어둠 속에서 이들은 증오와 복수를 길어 올릴까, 아니면 미약한 희망과 행복에 빛을 쏘이게 될까.

피해자 일인칭 시점으로 전개되는 이야기를 따라가다보면 피해자의 절망감이 손에 잡힐 듯 느껴진다. 피해자임에도 점점 고립되어가는 모습에 마음이 아프다. 그리고 문득 주목하게 된다. 방관하거나 주목하는 주위가 너무 압도적이라는 사실을……. 그들 역시 다음 피해자가 내가 되지 않기 위해 필사적일 뿐이라는 것도 안다. 하지만 그들, 아니 우리, 나의 행동이 가해자에게 막강한 힘을 실어주었음을 작가는 낱낱이 들이댄다. "당신은 죄가 없는가?"

그렇다. 작가는 끊임없이 죄를 묻는다.

가해자들이 가해자가 되는 과정에는 아동학대라는 또 다른 죄가 있다. '소중한 것은 이제 이 세상에 없다. 인간으로 있을 수 있는 것은 소중한 사람이나 자신이 소중하다고 느껴지는 마음이 남아 있기 때문이다. 그런 것들이 다 사라지면 도덕이나 윤리 개념은 사라지고 인간은 아주 쉽게 괴물이 될 수 있다.' 그렇게 괴물이 된 아이들은, 절망 속에서 증오를 길어 올린 아이들은 새로운 희생양을 찾아 죄를 저지른다.

피해자들에게도 새로운 감정이 싹튼다. '누군가로부터 쏟아진 부조리한 악은 증오라는 강력한 무기가 되어 다른 누군가를 베게' 되는 것이다. 그렇다면 진짜 죄인은 누구인가?

범죄에 의한 상처는 치유될 수 있는가. 상대를 처벌하면 고통은 사라지나.

고바야시 유카는 답 없는 질문을 우리에게 던진다. 그러면서도 끝내 삶을 택한 아이들의 모습을 우리에게 보여주는 것으로 끝을 맺는다. '적당한 말을 찾지 못할 때는 마음의 소리를 그대로 소리높여 외칠 수밖에 없다'라며 도키타는 마침내 목소리를 높인다. 그의 부름에 이제까지 그의 곁에 있었으나 함부로 다가오지 못했던 이들이 한 걸음 다가온다.

그리고 모든 걸 잃었다고 생각한 남자에게도 찬란한 하늘이 보인다.

작가는 한 인터뷰에서 이렇게 말했다.

"인생은 장밋빛이 아니며 부조리한 일이 정말 많이 일어나죠. 도대체 왜 이런 일이 벌어지는지 알 수 없는 분노에 사로잡히고 그 풀 길 없는 억울함이 '쓰고 싶다'라는 충동으로 이어집니다. 물론 제 주장을 넣으려는 마음은 전혀 없습니다. 그저 '계속 생각'하는 거죠. 그것이 바로 가까운 사람을 행복하게 하는 힘이 될 것이고 스스로 살아가는 데도 유익할 것 같습니다."

정답이 없는 질문에 우리가 유일하게 할 수 있는 일은 작가의 말처럼 '계속 생각하는 것'일지 모른다. 생각하며 소리쳐 도움을 요청하는 사람의 손을 잡고, 다시 시작할 수 있다고, 다음이 있다는 얘기를 건네는 사람이 되고 싶다. 그런 생각에 오열하고, 웃게 만드는 작품이다.

민경욱

죄인이 기도할 때

1판 1쇄 발행 2021년 10월 29일

저 자 고바야시 유카
옮 긴 이 민경욱
발 행 인 유재옥

본 부 장 조병권
담당편집 박소연
편 집 1 팀 이준환 김혜연 박소연
편 집 2 팀 정영길 조찬희 박치우 조현진
편 집 3 팀 오준영 곽혜민 이해빈
디 자 인 김보라 서정원
표지디자인 곰곰사무소
라 이 츠 한주원
디 지 털 박상섭 이성호 최서윤
발 행 처 (주)소미미디어
발행등록 제2015-000008호
주 소 서울시 마포구 토정로 222, 403호(신수동, 한국출판콘텐츠센터)
판 매 (주)소미미디어
제 작 처 코리아피앤피
마 케 팅 한민지 최정연
물 류 허석용 백철기
외부스태프 한귀숙
전 화 편집부 (070)4260-1393, (070)4405-6528 기획실 (02)567-3388
판매 및 마케팅 (070)4165-6888, Fax (02)322-7665

ISBN 979-11-384-0437-2 03830

* 책값은 뒤표지에 있습니다.
* 파본은 구입하신 서점에서 교환해드립니다.